娜些二年

著

婚痒

THE ITCH OF MARRIAGE

北京联合出版公司
Beijing United Publishing Co.,Ltd.

图书在版编目（ＣＩＰ）数据

婚痒 / 娜些年著 . —北京：北京联合出版公司，2016.6（2023.3 重印）

ISBN 978-7-5502-7434-1

Ⅰ.①婚…　Ⅱ.①娜…　Ⅲ.①言情小说－中国－当代　Ⅳ.① I247.5

中国版本图书馆 CIP 数据核字 (2016) 第 067337 号

婚痒

作　　者：娜些年

出 品 人：赵红仕

责任编辑：徐秀琴

封面设计：赵银翠

北京联合出版公司出版

（北京市西城区德外大街83号楼9层 100088）

北京新华先锋出版科技有限公司发行

大厂回族自治县德诚印务有限公司印刷　新华书店经销

字数173千字　620毫米×889毫米　1/16　16印张

2016年6月第1版　2023年3月第2次印刷

ISBN 978-7-5502-7434-1

定价：49.00元

目 录
contents

I

我一生渴望被人收藏好，妥善安放，细心保存。免我惊，免我苦，免我四下流离，免我无枝可依。

　　　　　　　　　　　　　　——《时有女子》

Chapter 1

哪怕

时光匆匆

一. 陪伴是最长情的告白

都说婚姻是爱情的坟墓。已婚的男人都期望出现一个盗墓者把自己从中解救出来。而小三就是那个没德没品的盗墓者。沈初晴和骆晋结婚整整两年。这两年里，沈初晴从未怀疑过他，她给足了骆晋信任、理解以及宽容。

随着骆晋的事业蒸蒸日上，身边的亲友开始不断提醒她一条千古不变的定律——男人有钱就变坏。更何况骆晋年轻又帅又多金，就算他意志力再坚定，也架不住那些如狼似虎的拜金女一拨一拨地往他怀里扑，所以一定要多留个心眼……

类似的话，沈初晴每接一次沈母的电话就要听她老人家警告一次：丈夫丈夫，一丈之内才是夫，一定要看好自己的男人，一定要掌握家里的经济来源……沈初晴嘴上应着，心里却不认同。夫妻之间本应该相互信任，如果这样各自防备，这样的婚姻还有存在的意义吗？

在她心里，骆晋不是这种人。更何况，男人若是变心，岂是你想看就看得住的？她坚信一条：是你的，别人抢不走；不是你的，强留也留不住。

那时候，沈初晴根本不清楚自己的自信来自哪里。后来，她才明白是因为爱。因为爱，所以选择了全身心的投入和信任。

看到那条短信，沈初晴是无意的。她从没有翻看老公手机的习惯。即使结婚了，也应该保留自己的空间和隐私。

对于这一点，沈初晴很认同。

那天晚上，骆晋在洗澡，手机就扔在床上，她在露台练瑜伽。手机反反复复响了好多遍。蓝色的屏幕上一串数字不厌其烦地跳跃着，沈初晴拿起手机的时候，铃声恰巧停止了，一条短信挤了进来。

"你的好，我会一辈子记在心里！我愿意用自己的一切来报答你。"

只怪触屏太灵敏，沈初晴看到的那一瞬间，心里"咯噔"一下。这样不算太亲密却又暧昧的话语，让她不由自主地多想了，可又想着是不是发错了，再看那几通未接电话同这条短信是一个号码，便下意识地记下了这个号码。

第六感告诉她，发短信的这个人是个女的。就在她胡乱猜想的时候，浴室的门开了，骆晋走了出来。他只围着一条浴巾，裸露出结实的胸膛。因为长期锻炼身材健硕且匀称，隐隐地散发着力量感，肤色也是那种健康的蜜色，既性感又充满魅力。看到沈初晴拿着自己的手机，"怎么？有我电话吗？"他边用毛巾擦着湿漉漉的头发边走过去接她递过来的手机。骆晋看到那串号码后，眉头微蹙，随之又放在了桌子上。这个号码他并不熟悉，而那条短信，已经被沈初晴删除了。

"是不是公司里有事了？"自从他的公司日渐壮大，骆晋陪她的时间屈指可数。

"不是。"骆晋长臂一伸将她拥入怀中柔声道，"今晚我只属于我的老婆大人！"淡淡的烟草味夹杂着清新的沐浴露的味道覆盖而来，沈初晴环住他结实的腰际，感受着他胸膛的温暖。小巧的下巴刚好抵在他的颈窝。她的个子不算矮，可在一米八五的骆晋面前就显得娇小多了。

"那你说说你有多久没有陪我了？"带着点撒娇带着点埋怨，沈初晴昂起脸看着他。

"那作为惩罚。今夜就让你为所欲为吧！"骆晋低笑着将她凌空抱起。一个旋转两人双双跌倒在柔软的大床上。

"呸！谁稀罕你！"沈初晴嗔骂着，红晕却爬上了脸颊。尽管他们彼此已经熟悉，但每次他的亲近总能让她脸红，让她心跳不已。

骆晋狠狠攫住她的唇，"那就让我稀罕稀罕你。"

沈初晴还想反驳，骆晋却不再给她任何机会。终，在他温柔攻势下化为一摊柔水。短信的疑惑，也被抛诸在脑后……

天刚蒙蒙亮，沈初晴正做着自己设计的礼服得奖，就要上台拿着金光闪闪的奖杯接受万人崇拜的美梦，却被于悦的催命电话吵醒了。

沈初晴一翻身，摸摸身侧已空。骆晋有晨跑的习惯，这是他雷打不动的习惯。

"初晴，沈初晴。"那端于悦兴奋地嚷嚷，把沈初晴仅剩的一点瞌睡虫也彻底惊跑了。"本来不想吵你睡觉，可是我实在等不及了。我定做的婚纱到了！天哪！我真想迫不及待地穿上。你过来陪我去试婚纱好不好？立刻，马上……我一刻也等不及了，是姐妹的话现在就过来！"于悦连撒娇带威胁地挂了电话。

沈初晴无奈地揉了揉太阳穴。对这个说风就是雨的于悦，实在没有办法，这妞的性子总是风风火火的。速度收拾好，刚出大门，家里的阿姨追了出来。

"小晴，小晴，吃了早餐再走吧！我都准备好了。"

"不吃了。"沈初晴发动了引擎。

"那不行。你的胃本来就不好。"阿姨摇头一本正经地说，"再说骆先生嘱咐我了，一定要你吃了早餐才能出门。所以你必须去吃早餐。要不然，你带走吃也行？"阿姨对骆晋的话一向是言听计从。

20分钟后沈初晴赶到名门婚纱店——国际顶级婚纱礼服店。

所谓名门，就是专为名媛富豪设计独一无二的礼服和婚纱。更重要的是这里随便一件婚纱没有百万根本拿不下来。

景颜先沈初晴一步到了，坐在那里正翻着本杂志出神。

"你也被她揪过来了？"沈初晴拍了一下景颜的肩头笑道。

景颜是沈初晴的闺密，小学起两人就形影不离。两人的性子很相似，都是拗起来九匹马也拉不回来的。两人好到什么程度呢？上大学的时候不少人以为她俩是 Gay，她们哈哈一笑也懒得解释。其实这个问题于悦也怀疑过，她曾对初晴说："如果你不是和骆晋结婚了，我真的认为你俩是 Gay。"

严格说来，于悦算不上是沈初晴的闺密，她是骆晋的兄弟成铭赫的未婚妻，正宗的名媛闺秀。她们是在一次宴会上认识的。因此，景颜是通过她认识于悦的。

于悦穿着那套法国首席设计师设计的婚纱走出来的时候，着实让人眼前一亮。

设计师将蕾丝和中国风的经典刺绣巧妙地结合在了一起，加上镶嵌在婚纱上的百颗真钻，尽显了奢华和高贵。在水晶灯下，于悦整个人就像镀了层光芒，犹如童话故事里走出来的公主，高贵优雅。

于悦浅笑着缓步走过去，在她们面前优雅地转了一圈。

"怎么样？"

沈初晴笑着做了一个"OK"的手势。

不得不说，这深V的鱼尾式婚纱勾勒出她的玲珑身材，腰侧的镂空蕾丝和光洁的后背裸露得恰到好处，使她既有西方的妩媚性感，又不失东方的端庄大气。

婚礼只有这么一次，所以于悦要求极尽完美，试完婚纱又开始选宴会时的礼服了。

"不对，不对，我不喜欢这个颜色？"

"这件显得我脸色不好……"

"我要一件能配我这双鞋子的。"

……

婚纱店里所有的工作人员都围着于悦一个人团团转。她们在一旁看着都要抓狂了，真难为那位意大利设计师始终保持微笑，认真敬业地把于大小姐的要求一一记录。

也不奇怪，于家声名显赫，于悦就是那种典型的含着金汤匙出生的千金小姐，自然有的是资本可以为所欲为，任性骄纵。

沈初晴看着忙着折腾不知疲倦的于悦，她待嫁女儿心的紧张和期待已经溢于言表了，不禁哑然失笑。回想着自己结婚前那会儿是不是也像于悦这样，但真到了婚礼那天，她整个人都懵懵的，仿佛像是做了一场梦。

回想起来整整两年过去了。

沈初晴一回头不见了景颜，她从展厅各式各样的婚纱中穿过，发现景颜站在不起眼的角落里的婚纱前失神，身影颇显落寞。

"景颜？"沈初晴叫了她一声，景颜不知道在想什么，没有反应，"嘿！发什么呆呢？"沈初晴走过去拍了她一下，景颜这才猛然回过神，眼底的哀伤一闪而逝。

"啊！没事，到处看看。昨晚值班，一大早又被于悦拉过来，有点儿累了。"景颜揉了揉太阳穴。

"真的？"沈初晴不相信，从她进店开始就觉得景颜状态不太对。她今天太安静了，而且还有点儿心不在焉。往常她和于悦一见面就掐，谁也不会让着谁。

"废话！"景颜打起精神。

沈初晴狐疑地看了她一眼，正准备继续问，店员走了过来，手中捧着两件伴娘的礼服。

"骆太太，景小姐，这是伴娘礼服，两位请到这边试衣服吧！"店员的笑容到位，声音也很甜美。

"快点去试试你们的礼服，快去。"于悦跑过来笑盈盈地将她们拉起身。

两人起身去了试衣间，沈初晴斜倚着宽大的试衣镜看着景颜等她开口，她太了解景颜的拗脾气，想说的她自然会说，不想说的你也甭想问出来。

景颜望着镜子里两人的影子，淡紫色的伴娘礼服衬得沈初晴的肤色更加白皙了。半晌她幽幽地说了一句，"能嫁给自己喜欢的人，真好！"

沈初晴还以为孤家寡人的她被晒幸福的于悦刺激到了，于是宽慰道："别伤感了，美女！你也会有这么一天的！"

"世界上最好的男人已经娶了你，哪还有我的份儿？"景颜自嘲地笑笑，心底响起了一个声音，不会了！

只有她心里清楚，她想嫁的人要娶别人了，而她却做了他老婆的伴娘，还有比这更讽刺的事吗？

沈初晴知道某个时候，景颜和自己很像。遇到事情总是自己一个人死撑，不愿把脆弱的一面示人，好像软弱一下是一件无比丢脸的事情。

这样的执拗，沈初晴也不知道是好还是坏。

一个上午于悦兴奋得像只陀螺团团转，搅得沈初晴连和骆晋约好去父母家的事情都忘记了。

好在骆晋"神通广大"，无论她去到哪里，他总能准确无误地找到她。

跟在骆晋身后的"尾巴花"看见沈初晴果然在这儿，"姐，你怎么又不带手机？每次都这样，害得我跟姐夫到处找你！"本来想和姐夫单独去那家法国餐厅吃饭，偏骆晋说要叫上沈初晴一起，没能如愿的沈卫婷一脸的不高兴。

景颜看不惯"尾巴花"盛气凌人的架势，瞪了她一眼，总觉得她眼睛里藏着精明，有事没事缠着骆晋分明就是不怀好意。

"不想来，就别跟着。又没人求着你来。"

"尾巴花"是沈初晴的堂妹，因为她总是喜欢缠着骆晋，跟在他屁股后面，所以景颜给她起了个"尾巴花"的外号。其实叫她"尾巴花"还是看在沈初晴的面子上，不然会更难听。

沈卫婷毫不客气地回瞪过去，轻蔑地冷哼，"这里哪有你说话的份儿？要不是我姐，你能进这高级的婚纱店，还穿这么贵的礼服？"

"卫婷，怎么说话呢？"沈初晴怒了。

景颜倒是笑了笑，"是啊！我虽然穷，但我可不像某些人，总是做一些春秋大梦！"

沈卫婷从小的梦想就是成为大明星，总是想着一夜成名，所以书也没念好。不但没考进中戏，还在家里闹自杀，把父母都气得住院了。最后还是骆晋出面给学校一大笔赞助费，沈家这位二小姐才如愿以偿地进了学校。

"你……"

论斗嘴，沈卫婷可不是景颜的对手。

沈卫婷气得一跺脚，转身去找骆晋哭诉，"姐夫，我被别人欺负，我姐也不帮我说话……"

沈初晴摇摇头，对这个妹妹很是头疼。可是没办法，三叔三婶千叮咛万嘱咐要她照顾好这个妹妹。所以，每个月沈初晴都会接她一起回沈家的老宅，顺便送她回家。

沈初晴的父母退休后就搬到了乡下的老宅，距离市区大概两个小时的路程。骆晋提过让他们二老搬来和他们一起住，可是他们不肯，说是乡下空气好，可以在这里种种菜遛遛狗。所以，骆晋尽量每月抽出时间和沈初晴一起回去看他们，偶尔也会住上几天。

沈卫婷最高兴的就是这一天。当然，如果没有沈初晴在的话会更好。

沈家最热闹的也是这个时候，沈母大清早就开始张罗。邻居们只要看到她大兜小兜地往家里拎东西，就知道她那个又孝顺又优秀的女婿要回来了。

然后在接下来的一整天里沈母就在街坊邻居们无比羡慕的目光中忙东忙西，早早地备下骆晋喜欢吃的菜，满满的一大桌。之后，就在路口一边和街坊聊天，一边等他们。

骆晋一下车就被一群人团团围住，热情地问东问西，弄得沈初晴都有点儿不好意思。可沈母最享受的就是这个时刻，她的好女婿已然成了她炫耀的资本，而最近她开始有些担忧。

因为亲友们总会关心同一个问题——沈初晴怎么还没有孩子。

"人家城里人都兴什么丁克，要过两人世界……"

"过什么丁克，什么两人世界，到老了没人送终……"

"结婚都两年了，两人世界也该过够了吧！该不是不会生吧。沈家的姑爷那么有钱，没孩子传宗接代，难保他不会变心……"

"早些生恢复得快。再说，趁我现在年轻，还能帮你们带带孩子。"

沈母几次跟沈初晴说起这件事，沈初晴就一句话，顺其自然。沈母可不这么想，两个人婚姻有了孩子才能巩固。骆晋这么有钱难保没人惦记，万一以后他们怎么样，有了孩子做牵扯沈初晴也算有个靠山。

沈母还暗地里去找专生儿子的偏方，什么中药、针灸、圣水……每次都上当被骗了好多钱。弄得沈初晴都怕了。这次的饭桌上，这个话题又被沈初晴的三婶就是沈卫婷的老妈庞素芬重提了。

"姐，你是不想生？还是真的不会生？"沈卫婷貌似无心地问了一句。

她的话音未落，脑袋就被敲了一下，庞素芬骂道："不说话没人把你当哑巴。"

沈卫婷不满地嘟囔，"我说错什么了？"

其实，她就是故意想让沈初晴难堪的。

从小她就被亲戚们拿来跟沈初晴比，说沈初晴聪明、漂亮，比她学习好，还嫁了个那么好的老公……样样尽是如意。现在她终于有缺陷了，她不会生孩子，迟早会被姐夫抛弃。哪个男人能忍受自己孤独终老，更何况想为姐夫生孩子的女人多得是。想到沈初晴即将成为弃妇，她心里就暗爽。

"我们还年轻，初晴自己都还跟个孩子一样，所以生孩子的事先不着急。"骆晋很适时地为沈初晴解了围。他自然亲昵地握起沈初晴的手，力度微微一紧。

沈初晴明白，骆晋是叫她不要冷脸。

在外人看来，自然是恩爱无比。

"继续装吧！"

沈卫婷在心底翻了个大大的白眼。

饭后，骆晋陪父亲在客厅里下棋。沈初晴想去凑热闹，结果被沈母叫了过去。沈初晴知道躲不过去了，百般无奈地跟她去了房间。

骆晋附在她耳边低声嘱咐，"不管妈说什么，你只负责听就是了。再不然，就把责任都推到我身上。"

果然，沈母一脸严肃开门见山地问，"你到底是怎么想的？今天跟我说实话。咱有病就去看病，现在医疗条件那么好，也不怕治不好。国内不行就去国外，你们又不是没这个经济能力……"

"妈，你们怎么没人怀疑骆晋呢？万一是他的问题呢？"沈初晴哭笑不得，不明白她们为什么都认准是她不会生。

沈母生气女儿不分好赖，自己这么操心还不是为她好，没好气地戳了她的脑袋，"胡说什么呢？你要是没病自然是最好了，你今年都26了，老大不小了，还想拖到什么时候？非要等到有一天别的女人怀着孩子，说这是骆晋的。血浓于水，那是亲骨肉，骆晋能不要吗？你还拿什么跟别人争？到时候你哭都没地方哭！"

"妈，你《甄嬛传》看多了吧？"沈母来来回回就是那么些话。

"少给我贫，你到底有没有把我的话听进去？"

沈初晴用力点点头，她知道自己说一句，沈母就会有一百句来反驳她。她当然也知道沈母是为自己着想。

她不是不会生，她怀孕过但是流产了。她当时不知道，还跟着骆晋去欧洲旅行，结果在骑马的时候颠到了，孩子没有保住。再后来，一直就没有消息了。她自己本身是医生，除了例假不准时以外也没觉得身体哪里异常。再说要孩子也是顺其自然的事，不是说有就有的。所以，她也一直没太在意。

难道，真的是那次意外后，伤了身体？

……

想到这里，沈初晴心里忽然"咯噔"一下。那次意外流产，骆晋既伤心又自责，她知道他是喜欢孩子的，不然他也不会那么难过。

沈母的话在沈初晴耳边不断回旋，就像埋在她心底的一枚定时炸弹，让她开始不安。想了想，沈初晴拨通了景颜的电话。

"帮我安排妇科的何主任……"

二．离人怎留

　　景颜到住院部是跟同事道别的，路过医生的办公室时无意中听到一个熟悉的声音。从没关好的门缝瞥了一眼，起初景颜以为自己眼花了，仔细一看果真是骆晋，而且怀里还搂着一个女人。沈初晴是她最要好的姐妹，这跟看见自己老公出轨没什么区别。景颜的火腾然而起，就要冲进去臭骂这对狗男女。

　　突然，从身后冒出一个人捂住了她的嘴，半拉半抱地强制把她带走了。

　　"你要干什么，成铭赫！给我放手！放手！"景颜发现是成铭赫，更是气不打一处来。她死命挣脱他的束缚，无奈他力气太大。又碍及这是她工作的地方，更不能大喊大叫的引人注目。成铭赫不由分说地将她拉到医院略微偏僻的地方，才放开手。景颜扭头就跑，成铭赫早有预料，又先一步抓住了她。

　　"成铭赫，你又来干什么？我说过不想看见你，你听不懂吗？"景颜怒极了，对他又打又踢。

　　"可我想见你！我离不开你，景颜。"成铭赫一动不动地任她发泄。"没有你，我会疯的。"他的话诚挚而急切。

　　这样的话若放在以前，景颜必定满心欢喜。但此时听来，却是无比的讽刺。

　　景颜奋力地甩开成铭赫的手，挥手一记耳光甩在了他的脸上。然后把他戴戒指的左手拉到他的眼前。

　　"成铭赫！你看清楚，这是什么？"景颜指着那枚戒指，语气痛彻心扉，"你的婚戒！你要结婚了，成铭赫！现在跑过来跟我说这些，你不觉得很可笑吗？你把我当什么，小三还是地下情人？"

"不，不是的。我爱的是你。"成铭赫急切地打断她的话。

"闭嘴！"景颜又急又气，"你们男人是不是都喜欢这样，家里养着一个，家外再抱一个。你跟骆晋都是浑蛋，你是不是觉得我们女人都是傻子，都很好骗啊！我告诉你，我不是，沈初晴也不是！我们宁愿什么都不要，也不会为这样的爱情委曲求全。我现在就要告诉初晴，骆晋在抱别的女人。"景颜越说越来气，拿出手机就要给沈初晴打电话。

"景颜，你冷静一点。"成铭赫立刻夺过了她的手机，"不是你看到的那样。"

"那你告诉我是哪样？都抱在一起了是哪样？"景颜一想到沈初晴像傻子一样被骆晋蒙在鼓里，气愤的情绪快要失控了。

成铭赫一时语怔，不知道该怎么解释。但他们兄弟多年，他相信骆晋不是那样的人。

"说不出来了？"景颜盯着他，"你没办法替你兄弟掩饰了吧！成铭赫！事实就是事实，你永远都掩盖不了。"

后面那句话是说给他听的，也是说给自己的。他已经和于悦订婚了，她不想再继续和他这样纠缠，总感觉自己像是小偷，在偷走别人的幸福。

"你走吧。你和于悦结婚是改变不了的事实，我们不能再这样纠缠下去，对你对我对于悦都不好。看得出来于悦很喜欢你，所以我现在要做的就是，和你断绝一切联系。别再找我了，成铭赫，别让我看不起你！"景颜不敢去看他哀伤的眼神，她怕自己会心软离不开他，最后毁了三个人。

成铭赫沉默了，千言万语都堵在喉头，舌头僵硬，再也没有一句是能挽留她的理由。他的父亲还在医院，他的家他的公司，他不能就这样不管不顾，一走了之。

责任！

成铭赫恨死了这该死的责任！

景颜直到进了自己的办公室，关上门的那一刻，内心所有的坚强都瞬间崩塌。泪水倾泻而下，心里的不舍、委屈、难过一并随着泪水落下。

把一个自己深爱的人彻底割舍，需要多大的勇气？景颜捂着嘴，努力不让哭泣的声音溢出，背靠着门滑坐在地板上。

手机从口袋里滑落，闪烁的屏幕上显示着——沈初晴。

景颜极力让自己止住哭泣，站起身，稳了稳情绪，努力让自己的声调听起来不哽咽才敢接电话。

"你刚才给我打电话怎么不说话就挂了？"

"哦！刚才来了个急诊，没来得及跟你说话。"

初晴听着景颜的声音嗡嗡的，"你怎么了？哭了？"

"哪有？感冒了，鼻塞。"

"是吗？"初晴不太相信。

"当然。你盼我点好行不行？"景颜拿出以前的口吻凶她。

"行，行！一会儿我就到医院了。"

"你来医院干吗？"景颜心惊，骆晋还在这儿。万一，初晴看见骆晋和别的女人在一起，后果不堪设想。

"你什么记性，我们中午不是约好一起吃饭吗？"

"你不要来了，我中午没时间，有台急诊手术。"景颜还没想好怎么跟她说，但万一事情不是自己想象的那样呢？所以她还是先弄清楚再做打算。

沈初晴性格倔强，她把骆晋放在了心底最柔软的地方，一旦被伤，对她的打击不堪设想。

"我都快到了。我去办公室等你吧。"沈初晴的车在十字路口等绿灯，过了这个路口就该到了。"哎！你不是都要去进修吗？怎么还上手术？"

"你别来了，手术可能要很久。不说了，明天吧！我要上手术了。"景颜直接挂了她电话。

这个景颜！

沈初晴又给骆晋拨了通电话，结果骆晋说他约了罗总。无奈，沈初晴只好调转车头决定去"Ravenne"看看。

"Ravenne"是沈初晴自己经营的一家服装店，里面的服装全部都是由她设计的，为客户量身打造，绝对的独一无二。当初她从医院辞职学习做服装设计，心里还挺没底儿。好在有景颜和骆晋全力支持。因为她的服装独特而新颖，所以，生意还不错。

如果不是那辆迈巴赫太惹眼，沈初晴也不会一眼就认出来。骆晋的那辆玄黑色迈巴赫就从她前方的十字路口转弯飞驰而过。

就那么两秒的时间，沈初晴还是看到他车内坐着一个女人。她的长发被风吹起，她正对骆晋说着什么，骆晋伸手摸了摸她的头似是在安慰她。

再想仔细看清楚，可绿灯亮了，迈巴赫已经没入了车流中。

好像被一根线扯着，沈初晴下意识地就跟了上去。下班的时间路上车很多，迈巴赫在沈初晴的视线里时隐时现。沈初晴耳膜嘣嘣跳，心里像是有只鼓槌在乱敲。女人的多疑使她的脑海不自觉地启动了各种猜想。

跟到一个学校附近，正值学生放学，涌动的学生人流将他们的车分割两端，待学生散去，迈巴赫已经不见了踪影。环顾四周，沈初晴发现这个地段是城北，前方就是鼎峰开发的一个龙源湖小区，距离他们公司很近。沈初晴待在原处，脑袋里一片空白，不知道该怎么办。直到一个交警走过来敲了敲她的车窗。

"小姐，请你马上离开，这里不允许停车。"

沈初晴这才醒过神儿，意识到自己车挡了道，后面已经有好几辆车在按喇叭。道了歉，沈初晴将车停在就近的一家冷饮店前，进了店里坐在临窗的位置上。

近六月的天，店里的客人多了起来，大多是附近的中学生和年轻的情侣。店里还供应新鲜烘烤的蛋糕和甜品，整个店里弥漫着浓郁的香甜味道。

沈初晴随便点了一份，全然没有吃的心思，有一勺没一勺地搅动着。

平静了一下，沈初晴忽然自嘲地笑了，自己在胡思乱想什么？仅仅因为看到他车里坐着一个女人就怀疑猜测，一路跟踪而来，自己怎么变得这么神经质。说是自我安慰也好，自我劝解也罢，沈初晴还是抑制不住心里的不安。就如同一件事你只揭开了一角，真相就在眼前，而你有太多不确定和忐忑一样。

忽然，邻桌上一个年轻男孩指着窗外嚷嚷。

"快看，那车就是迈巴赫，全球只限十辆啊！太炫了！"

"哎呀！我爸什么时候能买得起啊！"

……

沈初晴顺着男孩手指的方向看去，那辆迈巴赫已然从小区驶出，车尾的车牌号是她再熟悉不过的"1019"。

车牌是骆晋亲自选的，1019是她的生日。突然，沈初晴想起了那晚的短信。她拿起手机拨过去。"你还在公司吗？"

"嗯。在和罗总谈事。"那端很快接了起来。

沈初晴的心一沉，一怒之下险些让她摔了电话，"那你晚上回来吃饭吗？"

"不用等我了，我可能会很晚。"

他的声音依旧如初的温柔动听，听不出任何异样。

但，他在说谎，在骗她。她最爱的那个人，一直最相信的那个人，现在在骗她。她从没想过骆晋会说谎，而且说得坦然自若。

忽然，沈初晴觉得店里蛋糕的气味太过香甜，胃里一阵翻涌，慌忙跑到洗手间吐了出来。桌子上那杯色彩缤纷的冰激凌已经融化，奶油沿着杯壁流下，使杯子变得面目全非。

骆晋说会很晚，果然是很晚。

时针过了午夜1点钟，沈初晴还坐在书房，房间没有开灯电脑屏幕散发着微弱的光。她也不知道自己在想什么，或许什么也没想。电脑桌面是拍摄《暮光之城》的福克斯小镇，他们相拥站在爱德华居住的屋子前，背后就是浓郁的树林。

桌面是骆晋特意设置的，他说绿色的壁纸不伤眼睛。

《暮光》1~4部是沈初晴硬拉着骆晋陪着她看的。她最喜欢窝在他的怀里，再不然就枕着他的腿。经常是她看着看着睡着了，然后骆晋把抱她回房间。沈初晴一想到，有一天骆晋对自己的体贴温柔同样会对另一个女人，心里就像被一只小兽不断地啃咬，难受到不行。

他为什么要说谎？那个女人究竟是什么人？沈初晴拿出手机翻出通信录里王洋的名字，她在脑海里酝酿着措辞和语气，怎么说合适。

王洋是她大学的同学，现在是通信公司的经理，一定能帮她查到那个被她删除的号码，还有号码的主人。她拿着手机犹豫了很久，还是没有勇气按下拨通键。

她这么查老公的通信记录，王洋肯定会猜测到她的婚姻出了问题。不管她的婚姻是不是真的有问题，她也不愿弄得人尽皆知，被迫接受别人同情或者怜悯的目光，好像遭老公抛弃就变成了天底下最可怜的女人。

所以只能找陌生的人，就像电视里的私家侦探那样的人。沈初晴忽然想起，她记起来自己好像在一本杂志上看过一条这样的一张名片。

不过，她具体也记不清是哪本杂志了。只能一本一本地找，一页一页地翻。各种各样的杂志被沈初晴凌乱地丢在地上。最终，也不知道翻了多久，还是被她找到了。杂志夹着一张精致的名片——私家侦查社段西平。

拿着名片，沈初晴在想自己是不是疯了？就因为老公跟一个女人在一起，就去找私家侦探调查他。低头翻书久了，她只觉得头晕，就那么靠着书柜坐在地毯上，谁知竟睡着了。好在地板上铺着柔软的羊毛地毯，也不至于生病。

这一觉醒来，天已经亮了，都早上7点多，骆晋竟是彻夜未归。

洗漱下楼，不料骆晋提着一包东西刚好进门。烟灰色的西装，越发衬托出他的健硕和挺拔，唯一不协调的是他手中拎着食品袋。

沈初晴站在楼梯中间，觉得有点儿奇怪，这个时候他应该在公司才对。

"还傻站着干什么？快过来吃早餐。"骆晋把袋子拎到餐桌上一一摆开，全都是她爱吃的。

食品袋上印着"美味斋"的图样，这家店在城北，从他们住的地方往返需要两个小时。

桌子上的粥还冒着腾腾的热气，碗里的米晶莹剔透勾引着人的食欲，可沈初晴一点也不想吃，相反还有点儿恶心。

人一旦对别人有了疑心，他对你的好都会被当作别有用心或者是心虚的表现。

"怎么不吃？你的脸色怎么这么差，哪里不舒服？"骆晋抬手摸了摸沈初晴的额头关切地问道。

"没有。"沈初晴努力平复了情绪，让表情看起来不那么僵硬。她拿起了汤匙吃着粥，"昨天，跟罗总谈得怎么样了？"

"很顺利。"

沈初晴拿汤匙的手顿了一下，已经全然没有胃口。

"我 10 点的飞机，去意大利签份合约。大概两三天的时间。客户临时定下的时间，所以没能提前跟你说。"

"哦！"对于他的临时状况，沈初晴早已习以为常。"跟谁？"

男人出轨的前兆，就是无限的忙，各种的加班出差。下意识地，沈初晴追问，鉴于他昨天的谎言不得不对他这次出行产生怀疑。

是真的签约？还是以出差为目的和别的女人幽会？

"岳峰。"餐桌对面，骆晋用平板电脑处理着公司事宜。认真，自信永远是他的招牌。

"不高兴了？"没再听到沈初晴说话，骆晋以为她在为自己突然出差闹情绪。

公司现在正在发展期间，许多事情需要他亲力亲为，没少临时状况没少飞来飞去，有时候会出去很多天。根本没时间好好陪她。但沈初晴从来没有埋怨过，相反还很体贴理解。这让骆晋更加内疚了。骆晋一伸手将沈初晴拉过来坐在自己腿上，将她散在脸颊处的一缕长发撩在了耳后，"等我这次忙完这个大单，我就陪你去西藏。"骆晋黑色的瞳仁装着无限温柔，沈初晴头靠在他的颈窝，鼻子异常敏感的她闻到了消毒液的味道。

她立即坐直了身子正经看着他。"我想问一件事，你必须说实话！"

"问。"骆晋早就看出她有心事。

"如果，我真的不能生孩子，你有什么打算？"

骆晋抬手捏住了她的下颌笑道，"傻妞，你胡思乱想什么？"一定是沈母最近总在催他们生孩子的事，所以弄得她有压力，太紧张了。

沈初晴拂开骆晋的手，捧着他脸让看着自己。"我是认真的，你也要认真回答我。"

"现在医学这么发达，有什么是不可以的。就算真的不行，那我们就去领养一个。"骆晋不觉得这算是问题。

"我必须跟妈好好谈谈，不能让她们给你制造压力了。"他捧住了沈初晴的后脑封住她喋喋不休的嘴。

骆晋的话并没有给沈初晴多少安慰。

等待体检结果的前天晚上，沈初晴心中忐忑不安根本无法入睡。她必须想好怎么面对最坏的结果。辗转反侧的沈初晴搅得景颜，也是一夜无眠。

"如果，真……你真要和骆晋离婚吗？也许，骆晋他真的不在乎呢？"沈初晴眨了眨干涩的眼睛，侧过头看着景颜，"我没有权利剥夺他做父亲的权利。我也不想内疚一辈子。"

阳光透过窗帘的缝隙射进房间，黑夜再给你安全感也有天亮的时候，就像该面对的你总是无法逃避。

取结果的时候，沈初晴没有让任何人陪。当她看到 HCG 显示阳性的时候，整个人呆掉了。化验室的王艳笑道，"恭喜，恭喜，沈医生要做妈妈了。一会儿去做个 B 超吧！"沈初晴简直不敢相，B 超显示她怀孕 7 周了，也就是一个月多。怪不得，她总是觉得头晕，没力气还恶心。本以为是血压低了，没想到居然是怀孕了。

太意外了！老天太厚爱她了，在她绝望的时候给了她这么大一份惊喜！

一瞬间，原来所有的沮丧不快全部烟消云散了。心里被浓浓的幸福充斥着，沈初晴快乐得不行。第一时间就想要告诉骆晋，她甚至可以想象到骆晋欣喜若狂的样子。

手机拨过去，那端无人接听。许是在忙，沈初晴情绪已经渐渐冷静下来，还是决定等他回来后给他一个大大的惊喜吧。

不过，她现在太开心了，一定要找人分享一下。这个人，当然是非景颜莫属了。

"哎！初晴，慢点，慢点走。别跑啊！小心宝宝！"看见她竟然一路跑走了，B超室的同事赶紧提醒。

沈初晴这才想起来自己有宝宝了，不能再这么冒冒失失了，就立刻放慢了脚步向住院部走去。巧的是，沈初晴进电梯的时候，岳峰走出了电梯。岳峰看见沈初晴想躲已然来不及，他脸色一紧。

"岳峰，你怎么在这儿？是不舒服？还是？"岳峰是骆晋的特助，跟沈初晴也很熟。

"没有，不是……是我。"

沈初晴好奇地看着岳峰，他神情怪怪的好像很紧张。突然想起来，骆晋不是说岳峰陪他去意大利签合约了吗？

"什么病？我认识这里的医生，要不要找专家给你看看。"

"不用了！晴姐，一点小病。就不麻烦你了。"

"那好。"沈初晴还以为他有什么难言之隐，也不便多说。

"我走了，晴姐。"岳峰走得急匆匆的，不料手中的检查单掉落。

岳峰慌忙弯腰去捡但还是慢了一步，沈初晴看见检查单上写着王素娥。

"你家里的人在这里住院吗？"沈初晴将单子递还给他。

"是我老家的一个亲戚，她有点儿不舒服。没什么大碍。"岳峰眼神闪闪烁烁，一直不敢正视她。

他忘了沈初晴在这个医院工作过几年，跟这里的医生再熟悉不过。

她想找一个病人再简单不过了。

不费周折，沈初晴在泌尿科 ICU 重症监护室见到王素娥。她患的是尿毒症，而且情况很不佳已经多次下过病危通知了，就在昨天刚刚换过肾目前还没脱离危险期。起初，沈初晴以为岳峰有了什么难事想暗地里帮他一把。所以她以亲属的名义从一个实习医生口中探知，原来事情并不是自己想象的那样。

岳峰跟这个王素娥没有半点关系。不过，王素娥有个女儿，叫顾小蔓。

"这次算她命好，要不是你亲戚的女儿男朋友有钱啊！不知道用了什么办法，出车祸那家人终于肯捐出儿子的肾。要不然以病人的状况恐怕早就撑不到现在了。"一个小护士对沈初晴简直是知无不言。

她可能是刚来的，没见过沈初晴。

"那她男朋友是不是姓骆，叫骆晋？"沈初晴貌似无意地接了一句。

"是啊，是啊！他叫骆晋，好像很有钱的样子，开着一辆迈巴赫呢？"

"人又高又帅，跟电影明星似的！"

"还特别有气质，说话声音也好听……"

"动完手术，昨晚陪了一夜呢？"

两个年轻小护士听到有人提及骆晋，顿时七嘴八舌地把自己知道的讲得绘声绘色，却不知道眼前站着的就是正牌的骆太太。

隔着玻璃窗沈初晴望着躺在 ICU 里的王素娥，骆晋昨天的彻夜未归原来是陪在顾小蔓的身边。他身上的消毒水味是最好的解释。

"什么跟什么？看那个骆晋的年龄肯定结婚了，顾小蔓才多大？他们相差那么多，她不是小三就是小四。现在这年头有钱人不养小三多没面儿……"又一个小护士加入了讨论。

寒意一点一点地笼罩住她的身体，沈初晴不自觉地握紧的拳头，直到关节都开始泛白，指甲没入了掌心，也唯有这丝痛楚才能让她保持清醒不至于失态。

谁都没留意沈初晴已默然走开。

背后议论还在继续，那些声音就像顽强的病毒钻进她的耳朵里。

沈初晴仰起头深深地吸了一口气，逼退了眼眶里的泪意，将手中的B超单撕了个粉碎，扔进了垃圾箱里。失魂落魄从医院走出来，心里乱糟糟的，脑袋也是乱的。看着天，看着路上流动的人群，根本不知道自己该去哪里。

她想知道骆晋为什么要跟她撒谎？骆晋，你终于也要重复每个男人都不可避免的错误吗？

人们不都说是"七年之痒"吗？他们结婚才不过两年，他就另觅新欢了？以后要怎么办？还会有以后吗？到底该怎么办……

沈初晴嘲讽的勾起了唇角，抬手拭掉眼角的泪珠，一遍一遍对自己说，冷静，冷静……她的自尊绝不容许自己像那些丈夫有外遇的女人一样，不管不顾地撒泼胡闹闹得人尽皆知，更不要哭哭啼啼地向家人哭诉求助。

这件事她要自己解决，不要看到旁人同情或者怜悯的目光。

三．你曾许我有情人终成眷属

沈初晴依着名片上的地址找到了那家私家事务所。

沈初晴始终觉得调查自己丈夫的隐私，是件很不光彩的事，但迫于无奈她只能这么做。去事务所的时候她特意戴了一副墨镜，打扮一番，尽量不让熟人认出来。不过，她没想到来私家事务所的人还真不少。她等了半个小时，从办公室里走出来一个哭哭啼啼的女人。

"段律师，你一定要帮帮我，查到他财产转移到哪里去了！我绝不能就这么便宜他和那个狐狸精！"女人说这些的时候，恨得咬牙切齿。显然她被伤得不轻。

沈初晴不禁心下黯然，又一段失败的婚姻。

她见到段西平的时候，有点儿惊讶。他很年轻，看起来很健康阳光。在她的潜意识里，私家侦探一直是柯南剧里那样，穿着风衣叼着烟斗，高深莫测的中年男人。

"你在想，我怎么不是老头？"段西平很厉害，一下就猜出她在想什么。

"你的确很年轻。"年轻的沈初晴不确定，自己能不能把这么隐私的事情交给他查。

段西平笑笑，"女士，不用怀疑我的专业，我会用事实证明。而且我们绝对保证保护客户隐私。你要查什么？"

"查一个人。"

"名字。"

"顾小蔓。"

"能把你所知道关于她的都告诉我吗？"段西平已经大概猜出来，沈初晴的身份。大概也是老公出轨，正室PK小三的故事。这种事情段西平处理得多了。

"她是鼎峰的员工，我想知道关于她的一切。还有……"沈初晴顿了一下，"她和鼎峰总裁骆晋的关系。"

"鼎峰总裁，骆晋？"听到骆晋的名字，段西平暗自诧异，怎么又是查他的？前几天，也是一个姓沈的女人刚来找过他。巧的是，她们查的是同一件事。更巧的是她们都是姓沈。很显然，前一位沈小姐很年轻不会是骆太太。眼前的这位才应该是正室。

"你认识？"沈初晴看他的表情显然是知道骆晋。

"当然，鼎峰总裁谁不认识。"段西平反应也很快，为客户保密是做这行的基本原则，他自然不会告诉沈初晴，有人也在查她的老公。要是他们相互认识而且弄不好是朋友，那就不好了。

"定金3万。三天后给你资料。"

沈初晴从包里取了一张信用卡推向他，"里面有 4 万。"然后写了一串号码，"这个是我的联系方式。"

这件案子对于段西平来说，是稳赚不赔。

同一份资料，他卖了两次。

沈卫婷拿到资料做的第一件事，就是给沈初晴发彩信。

收到彩信的时候，沈初晴刚从"Ravenne"出来开车回家。

彩信是几张照片，里面的主角是骆晋和顾小蔓。有他们在多地方的照片，医院，公寓，车上……有骆晋抱她的，有为她擦泪的……

彩信末尾还有一条文字信息：小三是鼎峰员工，顾小蔓。

看到最后，沈初晴的脸色已经惨白，身上血液似乎被抽干了，通身彻骨的冰凉，心口像被一只无形的手攥住，快要窒息了。

原本她内心还存着一个幻想，寄以希望这都是误会一场。但是现在，这条彩信把她仅存的唯一希望，彻底粉碎。

"晴姐，小心。"店员姗姗看到沈初晴下台阶一脚踩空还茫然无知，手忙脚快地扶了一把。"你怎么了？"姗姗看到她的脸色很差担心地问。

沈初晴此时大脑里乱得很，猜测和事实的冲击力不同，一旦猜测变为事实，她还是接受不了。

"晴姐，晴姐？你怎么了，发生什么事了？"姗姗发现她的脸色极差，问也不回答，从来没见过她这个样子。

沈初晴摆摆手，木然地往前走，此时此刻她什么也听不到，眼前不断地浮现出他们两人在一起亲密的情景。

坐在车上，沈初晴发觉自己握着方向盘的手都在抖，控制不住地发抖。那是从未有过的愤怒和失望。一旁的副驾驶座上，她的手机嗡嗡地振动个不停，宽大的屏幕上显示"老公"，骆晋那张颠倒众生的脸在她的婆婆的泪眼里已经模糊不清。沈初晴只觉得眼眶涩痛不已，一颗心火烧火燎地痛。原来，那个温柔以待她的人，也会把他的温柔给别人。那端不厌其烦地打过来，直到手机从座位上掉了下来。

也不知道怎么把车开到家的，沈初晴坐在车里也不知道多久，直到有人敲她的车窗。

"小晴，你怎么坐在车里不进家啊？先生打来好多电话找不到你，急坏了。你赶快给先生回一个吧？"是家里的阿姨。

"嗯。"

"你是不是哪里不舒服，脸色那么差……"许阿姨追着脸色苍白的沈初晴问，只见她摆了摆手也没答话，似乎很累的样子，许阿姨自顾自地念叨，"算了，我还是给先生打电话吧！"

回到卧室，沈初晴的身体就像是泄了气的气球，一下瘫倒在床上。隔着房门只听见许阿姨在跟骆晋打电话。

"太太，脸色很差，饭也没吃，不知道是不是病了……哦，好，好的。知道了。"然后，许阿姨敲了敲房门，"太太，先生请你接电话。"

沈初晴只觉得头疼欲裂，此时此刻，她不想听到他的任何声音，拉起被子蒙住的头。

"太太，可能睡着了……嗯嗯，我知道了。"

睡，沈初晴肯定是睡不着。脑袋里有个声音像上了发条不停地在问，他们是从什么时候开始的，他从什么时候开始变的心……回想和他在一起的点点滴滴，却找不到任何出轨的蛛丝马迹。是她这个做妻子的太过粗心大意了，还是他伪装得太好？

离婚！

这两个字从她脑袋里蹦出来的时候，连她自己都吓一跳。

"你怎么了？骆晋快把我电话快打爆了。"景颜连门都没敲，直接推门进入。

"没事。"沈初晴头埋在枕头里，脸上的泪水被枕头吸走了。

"是不是检查结果出来了？"景颜担心检查有问题沈初晴受不了，"结果呢给我看看？"

"还没出来。"

"还没出来，你电话不接闹哪样？"景颜一把掀开她的被子，把她翻过来摸了摸她的额头，忽然想起来医院的一幕，试探性地问，"你跟骆晋闹别扭了？"

"没有。"沈初晴坐起身拨了一下被泪水打湿的头发去了卫生间，那件事她不想让任何人知道。"手机不知道落在哪儿而已。"

"你真行！你老公一定要我来看看你。"景颜正说着手机又响了，"你家骆先生的电话，你自己跟他说吧。我去给你拿点吃的。"她按下接听键直接把手机放在沈初晴耳边，然后转身下楼。

沈初晴握着手机喉头哽咽。

"骆太太，是不是不舒服？"那端传来骆晋温柔的声音。

沈初晴沉默。

"家里常用的药，在床柜的第二个抽屉里。你胃不好，不要空腹吃药，一定要吃饭。还有，不要贪凉，空调的温度不能低于 26 摄氏度。你生病我不在你身边，你要照顾好自己。乖，听话。"骆晋一连串的叮嘱，他可能都忘了她才是医生。

原来他真的以为她生病了闹小情绪而已。

"骆晋。"

"嗯。"听得她开口说话，他好像很开心。短短的一个'嗯'字，竟包含了无限的耐心和柔情。让她想起以前她生病最讨厌吃药，都是骆晋耐心哄着宠着。然后，她开始跟他讲条件，享受他的各种福利……

不争气的，眼眶又湿润了。

她很想问问他，是不是也是这样对顾小蔓的。

"初晴，我马上要开会了，晚些我再给你打过来。"

沈初晴径自挂断了电话，小腹隐隐的坠痛才让她猛然清醒过来。她还怀着孩子不能把自己沉浸在悲伤里，更加不能激动，前三个月敏感期很容易流产。

她不能再失去这个孩子。

给沈初晴发过彩信后，沈卫婷兴奋地等着她发作，想象着沈初晴看到照片后的反应，然后跟骆晋各种闹，最后就等着被骆晋抛弃吧！她这个姐姐，她太了解了，就算她不吵不闹，她要强的性格也绝不会委曲求全。最终他们只有离婚这条路可走。可是，一天过去了。沈卫婷没等到任何消息。她打电话到沈家，旁敲侧击地问沈母，沈初晴有没有回去过？沈卫婷猜想她一定会回去找沈母诉苦的。

沈卫婷坐不住了，难道信息发错了？她拿起手机查看发送记录，号码没错啊！任何女人知道自己老公出轨，都不会无动于衷的。

难道……

她受不了刺激，自杀了！

想到这里沈卫婷打了个冷战，虽然她希望他们离婚，但毕竟沈初晴是她堂姐，她还不至于想她死啊！

沈卫婷一边打车一边打沈初晴的手机，连打了几遍，那端都无人接听。这下，沈卫婷更慌了。万一堂姐死了，她一定脱不了干系的，警方通过那些彩信一定会找到她的。

完了！完了！

沈卫婷越想越害怕！她还没等的士停稳就跳下了车，一路小跑了过去不停地按着门铃。

阿姨打开门，沈卫婷立刻挤了进去。"姐，我姐呢……"

结果看到沈初晴好端端地坐在餐桌前吃着晚餐。沈卫婷悬着的一颗心"咕咚"掉回了肚子里。

"怎么了？"沈初晴皱皱眉，她这个妹妹总是这么冒冒失失的。

"没事，没事。"沈卫婷坐到她对面，看着沈初晴再看看餐桌上丰富的饭菜，纳闷她还有心情吃得下饭。

"没吃的话，就一起吃点吧。"

"好。"沈卫婷端起阿姨盛的饭，漫不经心地扒拉着饭。她悄悄地打量着沈初晴，她看起来神情如常，她还真没发现她哪里不对头。

过了一会儿，沈卫婷实在憋不住了，"那个，姐。我有件事想跟你说。"

"又没钱了？要多少？"沈初晴看见她欲言又止的样子，早猜着她有事。她每次这样不是没钱了就是又惹祸了。

"不是。是一件关于姐夫的事。我也不知道是不是真的。"沈卫婷边说边观察着沈初晴的表情。

果然,沈初晴夹菜的手僵了一下。她知道这样的事,总是瞒不住的。

"那就不用说了。"

"可是,如果是姐夫出轨,你也不在乎吗?"沈卫婷看到沈初晴居然一副淡然的神情,不相信她真能沉得住气。

沈初晴看着她没有说话。不在乎?她能不在乎吗?

"有人看到,姐夫和一个女人很亲密,而且姐夫还送了她一套公寓。"

沈卫婷的话每一个字都像一把锐利的刀,一把一把狠狠地戳在了她的心窝。

从别人的口中得知老公出轨,是一个女人最大的悲哀。

"说完了吗?"沈初晴觉得每呼吸一下心口都被牵扯的痛,她必须极力忍住,才能不失控,不掉泪。

"姐!"沈卫婷惊异她的平静,惊叫道,"你打算就这么忍了?换作是我,我一定找出那个不知羞耻的贱货,先暴打一顿,然后让她跪在我面前磕头认错。我非把她搞得身败名裂不可……"

沈初晴机械地嚼着饭菜,沈卫婷说的那些她不是没想过。但那样做,除了一时的痛快,她还能换来什么?老公出轨,究竟是谁的错?

顾小蔓有错,但骆晋就没错吗?他如心若磐石,哪里还有她?可见,他的心已不如初。

沈卫婷叽叽喳喳说了半天,沈初晴也没半点反应。

"姐,你怎么不说话?这种事,有一就有二,决不能姑息。要我说,不能饶了他们。就算离婚也不怕,谁离了谁不能活啊!到时候我们分一大笔财产。以前我还觉得姐夫挺好的,现在看来男人都一个德行,都靠不住!"沈卫婷表现得异常激动,"姐,你想离就离,谁怕谁啊!"

沈初晴扫了她一眼,她的反应显然比自己这个当事人还激动。沈卫婷表现得有点儿过了。沈初晴不傻,她不是不知道沈卫婷喜欢骆晋。她不点破,只是觉得没必要。现在她是真心帮自己也好,还是落井下石也罢。她没力气去追究了。

"姐，你倒是说话啊！要不我去找姐夫谈。或者你不想出面，我去帮你摆平那个不知羞耻的女人。第一件事就是划花她的脸，自以为有点儿姿色就去勾引别人老公。先把脸给她毁了，再弄残她的一条胳膊或者腿，看姐夫还会不会喜欢她！"沈卫婷一个劲儿地煽风点火，无非是想让沈初晴闹得天下大乱出尽洋相。

"够了，卫婷，你是流氓还是黑社会？"沈初晴虽然愤怒但还没到失去理智的地步，犯法的事她不会去做。

"姐！对这种贱人就不能客气你知道吗？必须让她付出代价。"

啪！

沈初晴手中的筷子摔在桌面上。她好不容易才让自己的心情平复下来，假装什么都不知道，沈卫婷偏偏又来揭开她的伤口。

"你姐夫是什么样的人我很清楚。他在商场上逢场作戏的应酬是难免的，这种捕风捉影的事不要乱说。我累了，要去休息。"沈初晴起身回房，留下一脸惊愕的沈卫婷。

再见段西平是在一间小咖啡店。

沈初晴翻着段西平查到的资料，里面有顾小蔓身世背景以及她所有信息，还有她和骆晋最初怎样相识什么时候相识，都做过什么，全部调查得一清二楚。

骆晋花钱给她母亲治病，包括送她一套公寓……

如果不是骆晋喜欢她，他怎么会为她做这一切？沈初晴嘴角溢出一丝苦笑，侧过头看向着窗外，黯然无语。

"沈小姐，你还好吗？有什么能帮你的吗？"沈初晴的沉默让段西平反而忧心。

他见过很多老公出轨的女人，无一不是抓狂，哭闹。

"如果，你打算离婚，我可以帮你争取到最大的利益。按法律上来讲，婚姻的过错方在财产分割上，只能得到共有财产的 30% 或者净身出户。"按常理，段西平不认为沈初晴会傻到去离婚，放弃这么好条件的老公。

"我不需要那些。"房子财产没有了，她自己可以挣。爱情没了，她不会再卑微到拿走跟他有任何牵扯的东西。除了一样，"我想知道，如果有孩子的话，孩子的抚养权怎么判？"

"一般法律上，不会将孩子的抚养权判给过错方。但还是要考虑双方的经济条件，还是以能给孩子提供有益条件的一方为主。但是，若女方在怀孕期间，男方是不能够提出离婚的。所以，你暂时不必担心。"段西平以为她在担心骆晋会逼她离婚。

她怎么能不担心？

绝不能让他知道这个孩子的存在。不然，离婚后骆晋绝不可能放弃孩子的抚养权。若是自己的孩子都不能在身边长大，只有一星期一次的探视权，那会比杀了她还要痛苦。

除非，骆晋自愿放弃。

可是，怎么可能？沈初晴烦乱极了，她必须要骆晋发现之前解决问题。

她把那叠资料放在书桌的抽屉里，这个书房是她的私人空间，骆晋还有阿姨，他们从来不会乱动她的东西。

四. 是谁说的久伴不离

怀孕的人果然是犯困，沈初晴懒懒地躺在沙发上。

不知道过了多久，似乎听到了一阵欢乐的笑声，是一男一女。男的声音很熟，是骆晋。她睁开眼发现自己躺在一片薰衣草的花海中。而骆晋和顾小蔓两人在花海中追逐嬉闹，他们笑得是那么开心、那么幸福，从她的身边奔跑过去，完全无视她的存在。

沈初晴大声喊骆晋，声嘶力竭地叫他的名字。可是骆晋都不肯回头看她一眼，然后从远处跑来一个小女孩。骆晋蹲在地上向小女孩张开怀抱，笑着叫着，"糖糖，过来……"

小女孩从她身边奔跑而过，扑进骆晋的怀中。然后，骆晋和顾小蔓一人牵起糖糖的一只手，三个人，幸福的一家三口。

然后，他们手牵着手越走越远……

沈初晴曾对骆晋说过，如果他们有一个女儿的话，就叫她糖糖。

沈初晴眼睁睁地看着他们从视线消失，可她怎么也动不了，那种真实的痛感，排山倒海地侵袭而来，她再也抵制不了，哭出声来。不再假装无所谓，不再强装坚强。连同这几天的委屈，失望，伤心……在梦里一并随着泪水倾泻而出。

"初晴，初晴……"

沈初晴一下惊醒过来，骆晋脸映入了眼帘。

原来，是做了一个梦。

但脸上湿冷一片，她是真的哭了，还哭得那么伤心。

为什么，一个梦境竟然给她那样真实的感觉，沈初晴心有余悸，怔怔地看着骆晋。

她不敢想象，梦境若是真的，梦里骆晋的绝情，她看着自己的孩子叫别人妈妈，那比杀了她还让人痛苦。

"做噩梦了？"骆晋温柔地擦去了她的泪水，满眼的怜惜。

他出差回来了。

还是那个人，还是那样的温柔。只是他的心不在了，所以一切都不同了。沈初晴摇摇头，克制住内心想要靠在他怀里的冲动。因为，他的温柔已经不再是她一个人的专属。而她沈初晴，从不要不属于自己的东西。

"前两天遇见了一个大学同学，她离婚了。很老套的原因，老公有外遇了。他们结婚很多年了，还有一个漂亮的女儿。"

骆晋坐到沙发上环抱着她，继续听着。

夹杂着自己的感情因素，沈初晴讲得很伤感。

"一切都毫无预兆，她的老公一如既往对她好，她没有发现任何蛛丝马迹。后来小三怀孕了找上门。老公逼着我的同学离婚，还争到了孩子的抚养权。最后，我的同学只得到一月一次的探视权。为什么曾经那么相爱的人，说散就散了？"沈初晴看着骆晋，这句话真的好想问问他。

那是前阵子偶然遇见的大学同学，上学的时候多骄傲的一个人，可是因为离婚争女儿的抚养权。整个人都憔悴了很多，仿佛老了十岁。她在想，会不会那就是自己最终的结局。

"傻瓜，那你在想什么？"骆晋捏了捏她的脸蛋将她搂进怀里。

"不要胡思乱想。我们跟他们不一样。我们还有一辈子。"

沈初晴靠在他的肩头，心里酸涩不已。不一样吗？

"一辈子那么长，我们预料不到会发生什么？"

骆晋握起了她的手，十指相扣，吻了一下她葱白的手指，笑道，"骆太太，你是对骆先生不放心吗？不然，我给你发个誓？"骆晋顺势将沈初晴压倒，他的眼睛里有了不纯的笑意，"再不然的话，我就用实际行动来证明一下，骆先生有多爱骆太太……"他对着她的耳朵吹气，声音低沉而暧昧。

沈初晴不争气的又脸红了。

"发誓就不必了，口说无凭。保证书这个可以有。"沈初晴双手抵着他的胸，阻止他再一步亲近。

骆晋失笑，只觉得沈初晴今天有点儿多愁善感，以往她根本不会做这么傻气的事情。

很快，沈初晴打印好了两份协议书，内容很简单：夫妻双方若有一方在婚姻期间有出轨，或者做出伤害夫妻感情破坏家庭和谐的行为，则过错方无条件答应对方提出的离婚，并自愿放弃其子女监护权，抚养权以及探视权。此协议即签字起生效，并具有法律效率，双方永不得反悔。右下端沈初晴已经签好了字，而且还摁下了手印。

骆晋接过沈初晴递过来的笔，她的神情是认真的，这样正规的形式，那一刻骆晋觉得她有点儿陌生，一种异常的感觉从心底掠过。

合约一人一份。沈初晴将自己那份合约攥在手中，几日悬着的心这才稍稍宽慰了一点。毕竟，在争取孩子抚养权上，她占据了最大的优势。没想到，自己有一天可以这么有心计，而且还是对付自己所爱的人。而骆晋只当作她是因为同学的事而一时引起的感触。哪里想得到，此时的沈初晴已经开始在为离开他做打算。

"这是什么？"沈初晴注意到了桌子精美的礼物盒。骆晋每次出去总会给她带礼物回来，天南地北的从珠宝首饰到街头的小玩意儿，各式各样。

"打开看看。"

沈初晴打开层层包装，里面竟然是一份意大利冰激凌。难得的是，冰激凌经过这么久的长途颠簸还完整如初，甚至还冒着丝丝的冷气。可见，骆晋为此费了不少功夫。

"是你喜欢的蓝莓口味。"

"谢谢。"难为骆晋千里迢迢不怕麻烦为她带回来一份冰激凌，他从来都知道她是一个吃货。

"只有谢谢怎么够？"骆晋把脸凑过去索吻。

"别闹。许阿姨在呢。"沈初晴伸手将他的脸推开。

骆晋霸道地揽住沈初晴的肩头，往自己怀里一带，"我亲自己老婆，怕什么？"

沈初晴趁机挖了一大勺冰激凌塞进他的嘴巴，看着骆晋被冰得龇牙咧嘴，她趁机逃开。

"骆太太，你会后悔的！"骆晋故作凶恶地扑过去。

他长腿一迈抓沈初晴个满怀，一个热吻随之覆盖上她的唇，唇舌交缠，旖旎漫长。另一只手已经钻入她的衣内。

偏偏，手机不合时宜地响了。

骆晋意犹未尽地停止了动作，在她脸上印下一吻接起了电话。

沈初晴在一旁看骆晋给父母带的礼物。父亲喜欢书法，沈母喜欢玉。

骆晋总是会投其所好讨他们欢心。

只是礼物中多了几盒药，上面标示全部是英文。

Azathioprine，沈初晴是学医的，怎么会不认识？中文译作硫唑嘌呤，是应用最广的抑制器官移植排异反应的药物。

这种药，国内没有而且价格昂贵。一瓶都要七八千。

显然，这是他带给她母亲的。

是为了她。

沈初晴的心像是突然被人抛了出去，然后狠狠摔在了地上，碎得七零八落。就在刚才，她还在为他给自己买一份冰激凌而感动，为骗他签下协议而内疚。沈初晴打心底骂自己没出息！她握着那瓶药，想要摔到骆晋的脸上。就在她马上要付诸行动的前一秒，骆晋从她手中拿走了那瓶药。"Sorry，老婆，我有点儿事需要马上处理。"

"这药怎么回事？"

"一个朋友的母亲病了，托我带的药。"说着，骆晋已经穿好了外套，在她脸上落下一吻就匆匆离去。

几分钟后，她接到了一个电话。

"骆先生去见了顾小姐。"

挂了电话，沈初晴如木偶般站在落地窗前，望着车消失的方向，心渐渐发冷。

顾小蔓音信全无已经好一阵子了，邵力凯第一时间就回家质问邵母，果然他猜着了，他妈妈去找过顾小蔓，是她逼迫顾小蔓跟他断了联系。

他找遍了所有能想到的地方，找了她的朋友、同学，而她，像是消失了一般。

没办法，他就每天来顾小蔓打工的夜总会等，期待她能够突然出现。他面前的桌脚边已经丢了十几个空酒瓶。

"你是邵力凯？"沈卫婷走过去伸出手，径自夺去了邵力凯手中的酒瓶，用画着浓妆的电眼打量着他。

"哥对你这种不感兴趣，识相的趁早走开。"邵力凯对顾小蔓以外的女人，没好感。

沈卫婷对他的话也不以为然，雪白的长腿跨过矮桌，一屁股坐到他旁边。

"那你对顾小蔓感兴趣吗？"

邵力凯听到"顾小蔓"三个字立刻精神起来，抓住沈卫婷的胳膊，"你认识小蔓？她现在在哪儿？为什么不跟我联系？她是不是出什么事了？"

一连串问题劈头盖脸地丢出来。

"她暂时没事。"

"什么叫暂时没事？你给我说清楚。"邵力凯一把扯住沈卫婷胳膊。好不容易有她消息，他怎么能不激动？

"你还爱她吗？"

"当然爱。"邵力凯回答得毫不犹豫。

"无论她做过什么？"沈卫婷轻晃杯中的酒。

"你什么意思？"邵力凯隐隐感觉不对。

沈卫婷豪迈地将杯中的酒一饮而尽，"我是想问你，如果她出卖了自己身体，给别人生了孩子。你还会爱她吗？还想要找她吗？"

"你胡说八道什么？"邵力凯不允许别人诋毁自己所爱的人，加重了抓着沈卫婷胳膊的力道，"你再乱说话，我可不管你是不是女人！"

随后，邵力凯撒开手，一脚踢开脚边的酒瓶，甩身走人。

"我知道她在哪儿。"

邵力凯顿时停住了脚步。

沈卫婷从包里拿出一张照片，递给邵力凯。

照片上是一个面容精致的女人，并不是顾小蔓。邵力凯看了一眼不耐烦地扔回沈初婷身上，"你到底想干什么？"

"这个女人，叫沈初晴。是某集团总裁的太太。"

"你告诉我这些干什么。"

沈卫婷挑挑眉头，笑了笑从包里掏出盒烟点上，继续说，"她不能生孩子。"

邵力凯拧起了眉头，"那又怎样？"

"所以，这个女人为了保住她总裁太太的地位，找了代理孕母。她找了很多高学历又漂亮的女大学生，结果挑中你女朋友。"

邵力凯不能置信，"不可能？"

"为什么不可能？你女朋友漂亮，有学历，条件很合适。最重要的是她缺钱！为了给她母亲看病，她别无选择。"

一瞬间，邵力凯似乎全都明白了，为什么顾小蔓会突然消失了。

"你女朋友是不想拖累你！我曾见过她一面，她让我转告你对不起你，让你不要再找她了。"

"她现在在哪儿？"得知这样的消息，邵力凯感觉心被人豁了一个大口子，疼痛不已。

沈卫婷摇摇头，"我只知道这个女人开了一家品牌店，'Ravenne'。你在那儿可以找到她。其他的我帮不到你了。"

邵力凯死死地盯着沈初晴的照片，恨不得将她千刀万剐。当然他没看到沈卫婷嘴角那抹得意的笑容。

Ravenne 附近有一家法国餐厅，里面有个法国主厨，风趣又幽默。餐厅装潢也是极尽浪漫之风。

法国人似乎天生就懂得浪漫。

沈初晴喜欢这里的气氛，坐在靠近落地窗的位置喝杯茶，幽幽的茶香袅袅浮散。午后的阳光透过落地窗洒在身上，带着几分慵懒味道。看着窗外行色各异的路人，这样静静地发发呆也是一种享受。

沈初晴约了景颜吃饭，算是为了她践行。

"于悦约我们晚上一起吃饭，你去吗？"

沈初晴没有告诉景颜自己怀孕的事。少一个人知道，骆晋就少一分知道的危险。

"我可能不行，我有别的事。"每次见到于悦，景颜总有种犯罪感，觉得对不起她。所以能不见还是不见吧！

"出国进修的事，你不是办理妥当了吗？那你还在忙什么？怎么每次找你总推三阻四的？"

"你是沈初晴？"

突兀的男声，打断了她们的谈话。沈初晴转过脸看见，一个20岁左右的男孩，目光凶狠地盯着她。

"我是，请问你是？"

不料，沈初晴话音未落，邵力凯抄起桌上的热茶就泼向了她。

沈初晴毫无防备，本能抬手去挡，滚烫的茶水悉数泼在她身上。

"你干什么？"景颜首先反应过来，一把推开邵力凯，慌忙拿纸巾帮沈初晴擦拭，滚烫的茶水把她的手臂烫红了一大片。

"我干什么？该我问她干什么？"邵力凯指着沈初晴，"我女朋友在哪儿？"

"你有病吧！你女朋友是谁？谁知道你女朋友在哪儿？"景颜护着沈初晴，"老板，老板，叫保安。这里有个神经病，赶快把他弄走。"

"我没跟你说话，你闭嘴！"邵力凯粗鲁地一把将挡在沈初晴身前的景颜扯开。

景颜一个踉跄，腰部刚好撞到了身后的桌角上。

这时，老板闻声赶来了。

餐厅里所有人的目光都被吸引过来了，沈初晴就近的几张桌子上的客人，已经撤到了餐厅门口好奇地看着热闹。唯有不远处的陆旭，漫不经心地扫了一眼，当看到沈初晴的面容时，好看的剑眉微微蹙起，目光停留在她身上。

沈初晴想上前扶起景颜，却被邵力凯一把推倒在座位上。

"先生，你冷静一点，有话好好说……"老板已经让店员报警了，现在能做的就是安抚他的情绪等到警察赶来。

"都给我滚开！"邵力凯抓起餐盘在桌上一摔，精美的餐盘立即碎成两半，他挥舞着手中尖锐的瓷片阻挡着保安靠近。

老板怕激怒他，不敢轻举妄动。

"我女朋友在哪儿，说！"邵力凯将尖锐的一端指向沈初晴。

"你女朋友是谁？跟我又什么关系？"沈初晴尽可能地想离他远一点，可是身后是一堵墙壁，退无可退。

"你不认识？"邵力凯冷笑，立刻将手中的锐器送到沈初晴的脖颈上，"顾小蔓，你认识吗？你这种女人太恶心了？自己生不出孩子，竟然能忍受把别的女人送上自己老公的床。这就是你们有钱人的嘴脸。无耻！龌龊！活该你这辈子生不出孩子！就算生出来也是个残废！是个白痴！"

餐厅里的人听到这些，纷纷咋舌。

沈初晴无端被他泼茶水，被他这么诬陷，又被他这么恶毒地诅咒自己和腹中的孩子，顿时怒不可遏。

"你女朋友是顾小蔓？"

"对！"

"谁告诉你，我不能生育？谁告诉你，我把别的女人送到自己老公床上？我可以告你诽谤，你必须为今天的所说一切负责！"沈初晴字字落地有声，目光冷然让人不敢直视。

邵力凯似乎被她的气势镇住了。

"我……我有证据。"

沈初晴冷笑，抬手将他抵在自己眼前的半块锐利的瓷片推开些许距离，"那你可以将我告上法庭。还有，是你女朋友自己心甘情愿爬上别人的床，还是如你所说的，你最好弄弄清楚。别跟个傻子似的被人耍了还不知道。还有……"沈初晴环视一圈，拿着手机拍照的人纷纷放下了手机。"如果我在网上看到了今天发生的事，对不起，有一个算一个，我都会追究他的法律责任。"

在场的人，看着沈初晴双眸透着清冷的光，无形中散发出威严，让人不敢质疑她的话。于是不约而同悄悄地将视频删除了去。

"你们这对可真好笑。女朋友勾引别人老公破坏人家家庭，做小三。你做男朋友的还跑来骂人，要脸吗你？"

景颜骂完他抓起包包，快步跟上了已经走出餐厅的沈初晴。

望着消失的背影，陆旭收回目光，薄唇勾出淡淡的笑意。这个女人，有点儿意思！

慕洛川好奇地打探，"那女的？你认识？"

"她就是鼎峰总裁骆晋的太太，沈初晴。曾是 xx 医院脑外科医生。父亲上届的市长，母亲是著名的越剧名角。哥哥沈劲风 xx 科长。"

"你倒是了如指掌。"

陆旭笑道，"鼎峰是我们的主要竞争对手。对手的一切，我们当然要知己知彼。"

"骆晋在商界的有一定的手段，而且传言他们夫妻恩爱。现在看来，传言不可信啊！"慕落川嘲弄道。

"初晴，你等等我听我说……"沈初晴走得很快，景颜小跑才追上她。

沈初晴没理她，拿出车钥匙打开车门。景颜劈手夺过了钥匙坐进了驾驶座。一路上，沈初晴都没说话，景颜看着她难看的脸色，知道她在生气。生气她知道了骆晋和顾小蔓的事却隐瞒不说。

景颜把车开到了自己的公寓，沈初晴换上了她一套干净衣服坐在沙发上。精致的面容上掩饰不住的憔悴，握着水杯发呆，像座静止的雕像。

景颜再也忍不住了，开口打破了压抑的沉默，"初晴，对不起，我错了。"

沈初晴转过脸看向景颜，语气中透着失望，"你早就知道顾小蔓的事，你不告诉我？"

"你是什么时候发现的？"景颜有些内疚，虽然沈初晴没有出言责怪她，但作为闺密，她们毕竟要好了这么多年。

"这不重要了。"沈初晴摇摇头，杯子的水已经凉透，亦如她现在的心。

"我是在医院，无意间看到他们……我没告诉你，是……"

"是怕我伤心？怕我难过？"沈初晴接上她的话，"等闹得人尽皆知，我还被蒙在鼓里，像个傻瓜一样？我被当作笑话，成为别人茶余饭后的谈资，这样就不会伤心，不会难过了吗？"

景颜无言以辩。

"先吃点东西吧。你在餐厅没怎么吃。"景颜将煮好的面推到她面前。

"我不饿！"

"为难自己干什么？"景颜不由分说地把筷子塞到她手里。

喷香的牛肉，搭配翠绿的芫荽勾人食欲，沈初晴闻着却是一股酸意翻涌上来，她忙捂着嘴跑进了卫生间。

景颜惊叫，"沈初晴，你怀孕了是不是？"

"是。"

看沈初晴回答的那么不当回事。太不够意思了，这么大的事都不告诉她。还当不当她是姐妹了。景颜气恼不已，"沈初晴，你真行。真能憋得住啊你！"

"我说了，你能忍住不告诉骆晋吗？"

景颜再次惊到了，"骆晋他还不知道？你该不会想要一直瞒着他？然后跟他离婚，然后他永远不知道自己有个孩子，你跟他的孩子？"景颜太了解她了，这太像她能干的事。

沈初晴也不隐瞒，"除此之外，还有一个选择。我告诉他，然后我们为争孩子争得头破血流，耗费掉我所有的时间和精力，最后我看着他叫别人妈妈，我只能有每周一次的探视权。"

景颜也清楚，沈初晴是争不过骆晋的。

"非离婚不可吗？"景颜问，"我的意思是，如果你没这孩子我百分之百，是支持你立刻甩了那个浑蛋。但现在情况不同了，你怀孕了。孩子是他的。血缘关系是你永远都不能抹杀的。等以后孩子长大了，问你，妈妈，爸爸在哪儿？你怎么回答，你是说，他死了？还是说，他被爸爸抛弃了？"

沈初晴揉揉发疼的太阳穴，陷入了沉默。她还没能想到那么长远。

景颜是单亲家庭长大的孩子，太了解一个单身母亲带着孩子的艰辛。所以有些话她必须要跟她说清楚，景颜在她对面沙发上坐下，认真严肃。

"初晴，相信我。我现在不是替骆晋讲情。你也知道我是单亲家庭，我妈当初也是要强，什么都不要就带着我跟我爸离婚了。她独自带着我和我哥，她的辛苦，我最清楚，小时候我被人欺负。每逢开家长会，总会幻想，也许我睡一觉醒来，我爸就回来。可是，二十多年过去了，我也没见过他。甚至，连做梦都梦不到他什么样子。你体会不到那种感觉的。你看看我妈现在才40多岁，已经憔悴成什么样子了？所以，你要考虑清楚，离婚之后，你要面对的问题。决不能一时冲动，知道吗？"

她知道！当然知道！什么都知道。可是道理总是说给别人听的。等到事情落在自己身上的时候，就全然不同了。

"心都不在了，我留着他的人有什么用？把两人个都捆绑在苟延残喘的婚姻里，然后给孩子制造温馨家庭的假象吗？"沈初晴眼眶泛着泪光，声音轻幽，"谁能保证，以后不会再出现什么张小蔓，王小蔓呢？"

五. 记不起的温柔

Bvlgari 珠宝店 VIP 贵宾区。

所谓的贵宾区，自然是指有身份有地位的人才能进的地方，于悦就属于这种。店员给她推荐的婚礼首饰均出自顶级珠宝欧梵之手。他的设计独特且独一无二，每一个动辄都会上千万。于悦目光挑剔，不是嫌钻不够大，就是嫌不够独特。

"初晴，快帮我看看这条配我的礼服怎么样？"于悦时不时征询一下沈初晴的意见。

沈初晴显得有些心不在焉，耀眼的钻石光芒也没能吸引她的目光。看着满心欢喜的于悦，心情既复杂又惆怅，仿佛看见了当初待嫁的自己，心思早就飞回了几年前。

几年前，她还是一个实习医生。

一天晚上她值夜班，听到病房有争吵声赶过去，看到一个中年男人在和今天刚收的小病人的妈妈吵架。看样子，两人是夫妻。男人喝了酒，问老婆要钱。态度十分蛮横，嘴里还不干不净地骂骂咧咧。要钱未果，男人就动手抢孩子妈的包。孩子妈哭着说，这是给孩子看病的钱，不能给你拿去赌。

男人不管，对女人动起手来了，吓得孩子哭着喊："爸爸，不要打妈妈！"看样子，这样的事情经常上演。围观的人，看到男人流氓，又喝得醉醺醺的，谁也不敢上前劝阻。

"打老婆和孩子，你是个男人吗？"沈初晴也不知道自己当时哪里来的勇气，冲过去推开施暴的男人，扶起被他打得鼻青眼肿的女人。

"你他妈的，算老几？"流氓男人，还一副理直气壮的架势，粗鲁地将沈初晴一把推开了。"我打自己老婆，要你多管闲事！"

简直不可理喻。

沈初晴被他无赖行径气得脸都白了，"家暴是犯法的。我要去报警。"

"你去报警试试，去啊！"那个男人，大步走过去将沈初晴逼退到无路可退，背靠着墙，他嚣张地说，"公安局局长王一鸣是我舅。你告老子？你他妈算哪根葱？"说完，抢起胳膊挥下一巴掌。

沈初晴躲不过吓得闭上了眼。

不想，没等到巴掌打到脸上的痛。却听得，"哎哟"一声惨叫。

沈初晴睁开眼看到，刚刚还嚣张的男人此刻被人捏住了手腕，整条手臂被扭到他的后背，疼得他屈下了膝盖。

"跟这位医生，道歉！"骆晋就这样出现在沈初晴的面前。

"你他妈谁啊？"流氓男还想反抗，扭了几下，手也没能如愿抽出来。

"跟这位医生，道歉。还要我再重复吗？"骆晋加重了手上的力道。

流氓男疼得龇牙咧嘴直叫，"哎哟哟，我说，我说。那个，医生，对，对不起！"

骆晋看向沈初晴，似乎在询问她的意见。

"我没事了！"沈初晴赶紧摆摆手，她有点儿晃神，她从没见过有哪个男人能把那么古板的西装穿得如此好看。

骆晋这才收回手。

流氓男拾起地上的包，就要夺门而逃。

"把包留下。"那个女人大叫。

沈初晴眼疾手快抓住了包带。

"放手！"骆晋黑色的眸划过一丝狠戾，让人不寒而栗。

流氓男吓得撒手丢下包，落荒而逃。

往事历历在目。

骆晋就是以这样英雄的姿态出现在她的面前，惊艳了她的世界，在她心里烙下挥之不去的印记。

很俗套的故事开端，都说是"英雄救美"，她却觉得应该是"美人"救了她。

沈初晴手中项链上的红宝石倒映出她微微失神的容颜。

"哎！这个不错。"于悦看到她手中的项链，伸手要了去。

项链是由红宝石和钻石组合而成，钻石有复杂的图案而且造型相当独特。于悦一眼就爱上了，拿着在自己脖子上比试，兴奋地对沈初晴说，"我喜欢这个。"

"于小姐，好有眼光。这个是加勒德王国之心红宝石，540万元，是我们店镇店之宝。"店员介绍。

沈初晴看了一眼，确实很漂亮，刚自己根本没仔细看。

"价格不是问题，我就要这个。"于悦很是喜欢，甩给店员一张卡。

"好的。于小姐，请稍等。我帮您装起来。"店员欢喜地出去了。

五分钟后，经理领着店员一脸歉意地走过来。

"对不起，于小姐。这条项链有人订下来了。所以，很抱歉。于小姐，您可以再看看别的。"经理赔笑地解释。

于悦失望之极，摇着沈初晴的胳膊。"怎么办？我就喜欢那条。我就想戴着它，出席婚礼。到时候一定惊艳全场。"

"大小姐，别人已经订走了。除非，你能说服人家让给你。"

"对呀！我多出 100 万让他让给我。"于悦大小姐脾气又来了，立刻对经理说，"那个人是谁？告诉他只要他愿意转让，价钱上不是问题。"

沈初晴给她一个白眼，这个富家大小姐真是说风就是雨。"既然是能买那条项链的人，他怎么会在乎你区区的 100 万呢？"

经理有些为难，他们是不能随便泄露客人信息的。

"我只能告诉你，是一位骆先生送给太太结婚纪念日的礼物。其他，不方便透露了。"

姓骆？

有钱有地位能买得起这么贵重珠宝的，A 市除了骆晋，别无他人了。

于悦立马猜到了，悻悻地放下了项链只剩下羡慕嫉妒恨的份了。她凑到沈初晴耳边，"哎呀！某人真幸福啊！那我就不夺人所爱了。"

沈初晴心神一荡，忽然记起来，再过几天就是他们结婚两周年的纪念日。被顾小蔓这么一搅和，她竟什么都忘记了。

每年他的生日和他们的结婚纪念日，她早早就准备着，花尽心思想要给他一个惊喜。今年，她倒给忘记了。他还记得，他们的结婚纪念日？这代表什么？还在乎她，还是爱着她的？不，不。他不爱你了，他已经背叛你们的婚姻了。记得结婚纪念日根本说明不了什么的！沈初晴你清醒点！

脑海里有个声音在咆哮。

沈初晴叹息一声，将离婚协议书重新搁置到抽屉里。离婚的事，暂时放下。让他们好好过完最后一个结婚纪念日吧！算是好聚好散。

沈初晴从书房回到卧室，看着空荡荡的房间，没有他在，没有一点温度。她无法想象，把他从自己生命中割舍，她要怎么过？现在只是想想，就痛得不行。床头还挂着他们的结婚照，他拥着她，骆晋垂眸，她的脸微微上扬，两人四目相望，眼神中只有彼此。无数甜蜜的回忆潮水般涌上心头，想起曾经和他的亲密，他的好，他的温柔，沈初晴痛苦地闭上了眼睛，是的。她不能否认自己还爱着骆晋。两年，整整两年的时间，怎么能说忘就忘？

"初晴，发什么呆？"骆晋从浴室出来，看见沈初晴站在那里看着结婚照愣愣地出神。轻柔的灯光洒在她的身上，丝质的睡衣隐约透出她曼妙的身姿。身后是偌大的落地窗，月光清冷疏离的搅进房间，她就那么静立在那儿，带着莫名哀伤，仿佛随时都会飘然而去。

骆晋心口一悸，迈步向她走过去。

温柔醇厚的嗓音撞击到沈初晴的心里，不知道从什么时候开始，就连他的声音也让她这么迷恋。

沈初晴微微有些惊讶地看着他，他什么时候回来的？

骆晋将她有些冰凉的身体拥入怀中，吻了吻她眼睛，"怎么这么看着我？"

"想你！"沈初晴靠在他温暖强壮的胸膛，喃喃道。

是啊！她在想他，曾经的他。

骆晋笑了，耀眼的黑眸如钻石般闪烁着光彩，"我也在想你。"他修长的手捧起她的脸，深深地吻了下去。

他不知，她的想，和他的想，不同。

沈初晴侧头避过，骆晋的吻落在她耳边，他顺势含住了她的耳垂。吻轻轻柔柔又带着他专属的霸道落在她洁白的脖颈。

理智拼命地要沈初晴推开他，可他就是不可抗拒的一剂毒药，身体已经被他霸道地主控，身上的衣物也尽数被他褪去。

骆晋太了解她了，知道她的敏感源在哪儿。

对他，她总是无力抵抗。

待他滚烫的身体与她契合在一起，顾小蔓那张脸如潜伏的病毒一般骤然出现在眼前，沈初晴一惊，从温柔里惊醒过来，奋力推开骆晋候地坐起身。

突然，胃里一阵恶心感涌上来。

"怎么了？"骆晋被沈初晴突然的拒绝弄得不明所以。

沈初晴抓起睡衣快速穿好，撩好散乱的头发。想起他们也是这样亲密，她胃里恶心的感觉更甚了。

她有洁癖，精神洁癖。她无法与同一个女人，共享一个男人。即使，她再爱他。

骆晋再迟钝，也能感觉出她的疏离。

"初晴。"骆晋伸手一拉，沈初晴重新跌倒在床上，他随后欺身覆上双手撑在她身体两侧，凝着她。"告诉我，怎么了？不要说谎，我能看出来。"

他修长的手指轻抚过沈初晴的脸颊，半温柔半引诱地说。

他黑曜石般的黑眸深邃如无际的海，深不可测，让人看不透也望不穿。可是，越是这样越是会让人迷失。想来，她也无法抗拒这样的他吧！沈初晴的心默默想着。

"我有点儿不舒服。"

"我带你去看医生。"骆晋看沈初晴脸色确实不好，不疑有假。

"不用。每个月总有那么几天的。"

"好吧。今天放过你。下次你要加倍补偿。"骆晋自制地吻了吻她，迅速起身去了浴室，让冷水浇灭身体里沸腾的欲望。

听着浴室的水声，沈初晴心里一片荒凉，拉起一角薄被卷曲在床的一角，薄被遮不住她颤动的身体。

骆晋，为什么，你的心可以一分为二，可以爱了再爱？你以为我什么都不知道，你以为自己瞒得天衣无缝？骆晋，你不爱我了，为什么不能明明白白地告诉我？我一定不会赖着你，不会纠缠你。只需要你亲口对我一句，沈初晴，我们缘分尽了。我就会完完全全消失在你视线里，不留痕迹！

成铭赫酗酒到胃出血住院，景颜避而不见。

病房里，于悦抬手举着一汤匙鸡汤送到成铭赫的唇边，这个姿势已经保持了5分钟。成铭赫闭着眼看也不看，没有任何要妥协的意思。

"成铭赫，你就这么讨厌我？我都这样低声下气了，你还是连看一眼就不愿？"于悦挫败地将汤匙丢进碗中，因为用力过大，碗中的鸡汤溅出几滴落在她的手背上。

成铭赫依旧闭着眼，声音冷漠生硬，"我说过，我爱的人不是你，你又何必在我身上浪费感情？"

于悦一连隐忍几日，都没能换回他一个好脸色，心中的嫉恨就像脱缰的野马横冲直撞出来，"成铭赫，我也说过，我不在乎你爱谁，我只想和你结婚，跟你在一起。"

"于悦，你这样做有意义吗？"成铭赫无法忍受她扭曲的爱情观。"我不爱你，不爱你，你听不懂吗？你非要把一个心里爱着别的女人的人绑在你身边干什么？于悦，你漂亮有家世，爱你的一大把，比我好的比比皆是，你何苦在我这么一个人身上浪费时间。于悦，听我的话，放手吧！这样你我都不会痛苦了。"

看到成铭赫低声下气哀求自己放弃这段婚姻，于悦心中又痛又怒，泪水迸落，"晚了，成铭赫。从我见到你的第一眼起，我就喜欢上你了，十年了。我已经陷得太深了，无法自拔了。"

于悦固执不肯回头，不相信自己执着十年的痴情，打动不了他。就算他现在不爱自己，也没关系，只要能和他结婚，婚后日日相见朝夕相处，他真的会对自己视而不见，自己一番真情怎么会换回不了他一丁点的喜欢？

"于悦，不要逼我伤害你！我不会跟你结婚的。"成铭赫显得无力至极。

于悦深吸一口气，从包里拿出一本杂志摔到成铭赫面前，"成铭赫，我怀孕了。"

成铭赫扫过杂志封面上最最醒目的标题，于氏企业千金疑似有孕奉子成婚，成家双喜临门。成铭赫显然震惊不已，一脸的不可置信，"不可能。我跟你那晚……"

于悦立刻打断了他的话，"对就是那晚，我们一夜都在一起，我怀孕有什么奇怪？"

"于悦！"

相对成铭赫的暴怒，于悦显得很淡定，"那晚我们睡在一起是事实，这你不得不承认。"

景颜好巧不巧地听到了这些，心里没由来的一阵慌乱，第一个反应竟是逃，不想一下转身撞到了人，手中的饭盒也掉落在地上。

饭盒里的汤汤水水洒了一地，有一些也洒到她的脚面。但此刻，她什么也感觉不到了，心里只回荡着一句话，于悦怀孕了，是成铭赫的。于悦一下拉开了门，叫住了她，"景颜，你来了。"随即看到打翻在地的饭盒，"怎么那么不小心？"当成铭赫看到门外的景颜，脸色瞬间变了。她什么时候来的？是不是听到了他们的谈话？

景颜看着满是惊恐之色的成铭赫，更加刺痛了她，更加确定自己没有听错。她极力稳了稳纷乱的心绪，勉强让给自己表情看起来正常，"不好意思，于悦。我不小心给打翻了。那个，我再去做一份。"如果不是于悦让她过来送鸡汤，她也不会听到这些。

成铭赫看着景颜匆匆而去的背影，张了张口不知道该怎么解释。他还能怎么解释？成铭赫忽地站起身，几步走过去一把抓住了于悦的手腕，盯着她的眼睛快喷出火来。

"你疯了吗？胡说八道什么，你怎么怀得孕？我们那晚什么事都没发生，孩子哪里来的？"整个病房都飘荡着成铭赫的怒吼声，他额头上的青筋都爆出来了，显然是真的怒了。手上的劲道快要把于悦的手腕捏碎了。看着他这个样子，于悦心里还是害怕的，可是他看她的眼神里真真得恨意彻底刺痛了她。于悦仰起脸直视他的目光。

"没错，孩子的消息是我故意放出来的。我跟你之间什么都没有，但外界的人都相信了。如果你悔婚，你觉得舆论会怎么评价你？你觉得我爸还会为你们的项目投资吗？"

"于悦你就是一个疯子！"成铭赫满腔的愤怒随着扬起的拳头向于悦挥了过去。

于悦本能地把头避开。

拳头擦过她的耳际，落在她身后的墙壁上，白色的墙壁上留下了几滴鲜红。

"成铭赫，心很疼吧？我告诉你，我这里的疼一点也不比你的少。"于悦指着自己的胸口，"我们有婚约的，凭什么你告诉我你爱上了别人就要把我甩了。你下不了决心跟她断，我帮你。"

"什么狗屁婚约？那是我爸妈和你爸妈的一厢情愿。我什么都没有答应，我跟你什么都没有！"成铭赫咆哮着。

"哼！"于悦冷笑，"你现在能这么大力气跟我说话，想必病是好了。那就早点出院为婚礼做准备吧。"

说完，于悦摔门而去，门被她带着的怒气摔出巨大的声响。

成铭赫挫败的一脚踹翻了桌柜，心电监护仪摔落在地上线头脱落显示屏骤然漆黑一片。他拼命打景颜的手机，始终无法接通。

第二天一早，他收到一条短信：于悦是个好女孩。祝你们幸福。

成铭赫疯了似的去机场大喊景颜的名字的时候，载着景颜的飞机早已起飞。

沈初晴送别景颜路过商店，停了停，还是走了进去，众多物品中她看中了一款袖口。

"老板，我要这个。"同一款袖口，两只不同的手同时去取。连说话也是同声。但，那人慢了一拍，袖口先一步被沈初晴拿了手中。

沈初晴转过脸看向说话的人，是个女人，小巧的瓜子脸，眼睛又大又水灵，也正看向她，对她微微一笑。

"真巧，我们都看上了这款袖口。"

待沈初晴看清她的面容，段西平给她的照片上那人的容颜与眼前此人一般无异，说话之人，正是顾小蔓。

沈初晴脸色都变了，没想到这里竟然能遇到顾小蔓。

"不好意思二位，这款袖口是限量版，只有一款，您看……"老板走过来了。

顾小蔓用娇怯怯地带着乞求的眼光看向沈初晴，"不好意思。我想送给我男朋友一份礼物，这对我很重要，姐姐，你能不能让给我？拜托了！"

真是可笑！她和她不仅仅看中同一款袖口，而且看中了同一个男人。

沈初晴真想狠狠甩给她一记耳光，当目光落在她脖颈上时，心口一窒，"你的项链真漂亮！"

顾小蔓一想起骆晋，脸上带着甜蜜的笑意，"我男朋友送的生日礼物。"

"你真幸福。"

"当然，他对我很好。"顾小蔓的声音里也透着恋爱中小女人的娇羞。

顾小蔓脖子上赫然戴着那条红宝石项链，无比的耀眼，耀眼到深深地刺痛了她的眼睛。

显然，这样昂贵的项链她是买不起的。唯一的可能，就是别人送的。

而这个人，自是骆晋无疑。

沈初晴看着洋溢着一脸幸福的顾小蔓心里一片荒芜，她的确漂亮又温柔可人。难怪，骆晋会喜欢她。什么骆先生送给太太的礼物？原来一切都是自己在自作多情！

沈初晴听到自己心底某处寄存的那个所谓叫期望的东西，坍塌的声音。沈初晴，你还拿什么自欺欺人？

"对不起小姐，不是什么东西都能让的。"沈初晴拿着袖口递给老板，声音清冷，"给我包起来。"

顾小蔓面色讪讪看着沈初晴渐远的背影，隐约觉得她有些面熟，在脑海搜索许久猛然惊醒，她在骆晋办公桌上看见过他们夫妻的合影。虽然没有看仔细，但还是有印象的。

她本人比照片上漂亮，很有气质，根本不输于自己。

顾小蔓悄悄地跟在她身后，远远地看见沈初晴将那副包装好的袖口丢进了垃圾箱。不是什么东西都能让的。这话是什么意思？难道，她知道自己是谁了？可如果她认出自己，为什么没有一点反应？顾小蔓想不明白。

看着沈初晴走远，顾小蔓走过去将她丢在垃圾箱上的礼盒捡了出来，看着包装精美的礼盒，突然间想起来好像听岳峰说今天是他们的结婚纪念日。顾小蔓不禁摸了摸颈上的那条项链，转念间想到了一个主意。

六. 难道这就是你给我的爱情

不想回家也无处可去，沈初晴坐在露天广场的餐椅上，点了杯果汁看着人来人往，心里不知是痛还是悲。下午的天气有些灰蒙蒙的，大有风雨欲来的架势。她不敢把自己放在空荡荡的家里，害怕痛苦会把自己一点一点侵蚀，害怕控制不住的胡思乱想会把自己逼疯。

"在哪儿，我来接你。"骆晋打电话来。

沈初晴报了地址，骆晋很快就到了。

她看见他下了车，捧着一大束玫瑰穿过人群走过来。一身休闲西装衬得他高大挺拔，还有那张棱角分明的脸，立刻引来路人的侧目。印象中，这好像是他第一次送自己花。想想，好像骆晋就从来都不是一个浪漫的人，不会把我爱你挂在嘴边，更不会甜言蜜语地哄她开心。

"我没有准备礼物给你。"

"傻妞。"骆晋环住了她的腰际，"走，带你去一个地方。"

骆晋所说的地方，是中原福塔——A市最高的建筑，388米的高度能将整个城市一览无余。乘着电梯缓缓升至塔顶，这样的高度俯瞰整座城市，有心跳加速的感觉。塔顶是一家餐厅，而餐厅完全是用玻璃打造的，仰望天空仿佛伸手可及。可惜，天不作美，零星地下起了小雨。

A城的夜，灯红酒绿，斑离繁华。沈初晴站在玻璃窗前俯视着穿梭在喧哗的城市夜里的车流如水，闪闪灭灭的光仿佛变成了繁星。突然就想起了那句诗，蓦然回首，那人却在灯火阑珊处。

"在想什么？"

"我在想，从这里掉下去，恐怕尸骨无存了。"

骆晋从身后环住她轻笑，"骆太太，你还真会煞风景。"

沈初晴想说，一会儿我跟你谈离婚，那才是真的煞风景。

结婚纪念日上谈离婚，这算不算有始有终？

只是骆晋没有给她开口的机会，他的手机响了。

"喂。"骆晋看了一眼手机，立刻接起来电话。

沈初晴觉得自己的听力太好，听见手机那头嘤嘤的哭声。

"怎么回事？"骆晋起身走开到一旁，似乎是怕她听到。

整层餐厅只有他们，低沉柔缓的音乐也没能挡住他们说话的声音。

"骆大哥，我……我害怕……"

是顾小蔓。

其他的，她不想再听下去了。

不要，不要去，她心里在默念，骆晋，不要丢下我。

然后，骆晋就说了一句："我马上来。"

沈初晴的心瞬间就空了，犹如，被人抛入了深不见底的深渊。

"老婆，有急事需要我去处理一下，很快回来。"骆晋拥住她在唇上一吻。

"老公。"沈初晴一把抱住了他，她心中还寄着一丝期望，"不去，行不行？"

骆晋更用力地回拥了她一下，"乖，等我回来，很快。"

顾小蔓在他的心中，已然多过于她。沈初晴看着他，匆匆地离开。心中冰凉一片，此时此刻，除了绝望，再没有其他的感受，连气愤都没有了……

许是，骆晋开车开得太急，没有注意到后面一直尾随他的出租车。沈初晴亲眼看着他的车驶进了小区。

总要亲眼看到，才会死心的吧！

"这位太太，要在这里等吗？"司机问，声音里带了同情。就连陌生人也看出了端倪，他们的结婚纪念日，他丢下她会新欢。沈初晴吸了一口气，连肺都抽痛着。

"算了。谢谢。"

她付了钱，下车，脚步沉重的迈不开，也不知道该何去何从。

漫无目的地走在街上，也不知道走到哪里，走了多久。雨开始越下越大了，雨点噼里啪啦打落在身上。路上，飞驰而过的车辆，路边情侣挤在一把伞下，男的用伞护住女友，自己却在淋雨……

沈初晴痛极了反笑，笑自己就是个傻瓜，人家早就将你抛诸脑后了，而你却还在为和他分手而痛苦万分。不是傻是什么？笑着，笑着，眼帘上挂着晶莹的泪珠顺着脸颊流下来，沈初晴不自觉得浑身颤抖，她颤抖着用手抹去，一遍一遍，可是怎么擦也擦不完，泪水像决堤一般肆意地涌出来。

隐忍许久的心酸和委屈一刹那迸发出来，沈初晴再也没有支持身体的力量，蹲下了身子失声痛哭。

雨越下越大。

这一幕，被路过的陆旭尽收眼底。

他从没看过一个人哭得这么伤心。看着她从强忍着悲伤再到忍不住失控痛哭，看着她瘦弱肩头止不住地颤抖，整个人陷在巨大的痛楚中，让人忍不住想去将她拥入怀中。

但他的理智，制止住他想要下车的冲动。

陆旭没有走，坐在车里远远地看见沈初晴擦干眼泪重新打了辆车，他下意识跟了上去。就她现在这种极度不稳定的情绪，想要去自杀也不无可能。陆旭紧紧地盯着沈初晴的车，不让它离开自己的视线。如果，她想不开，他绝对能够第一时间救下她。

事实上，是他小看了她。

她去了美味斋，点了份餐，尽管没吃多少。然后去了房屋中介，租了一套两室一厅的房子。离婚这事首先在沈家就过不了。之后，她去了段西平的事务所。如果骆晋不同意离婚，她就走法律程序。沈初晴做这些的时候根本不知道，有个人就这么跟了她一整天，直到她第二天平安回到家。

沈初晴的手刚按到指纹锁，门就开了。

骆晋已经在家，"初晴，你去哪里了？我找了你一整天。"

沈初晴隔过他走了进去，声音因为哭过有些喑哑，"骆晋，我有事跟你说。"

"对不起，老婆。"骆晋伸手抓住她的手臂。

沈初晴脚步顿住了，转过脸看向他，"对不起什么？"她想听听他还有什么好说的？骆晋脸上写满了歉意，"老婆，是我不好，丢下你一个人。昨晚确实有事，等我回餐厅你已经不在了，打你电话关机。"看着他坦然自若地撒谎，沈初晴轻笑一声，深吸一口气忍住心中的酸涩，抽回自己的手，"没关系！骆晋。"

以前，沈初晴真的生气的时候，就会连名带姓叫他。他们也有过争执，有过冷战。每每都是，骆晋来哄她结尾。沈初晴愤怒到极点的时候，就是喜欢平静不说话。骆晋知道这次，她是真生气了。他强行将沈初晴抱在怀里，"对不起，老婆。不要生气好不好？你怎么罚我都行。我保证，以后一定不会再犯这样的错误了。"

没有以后了！

沈初晴的鼻子异常灵敏，清晰地闻到骆晋身上染着别的女人的味道。这让她感到无比恶心。她挣脱骆晋的怀抱，表情冷漠而疏离。

"确实没有以后了。骆晋，我有话要跟你说。"沈初晴从包里拿出那份昨晚拟好的离婚协议书。这些天，她想的最多得就是怎么跟骆晋摊牌。她不想做无谓的争执和吵闹，想着就好合好散了吧！毕竟已是两年的夫妻，她做不出咄咄逼人，更不想恶语相向。也预想过无数次摊牌的画面，就像现在这样，她拿出那些"证据"平静地对他说，骆晋，我们离婚吧！然后，潇洒的离去，给他一个决然而去的背影。

"骆晋，我们……"

离婚两个字还没说出口，沈初晴的手机突然响起来。

是沈母来电。

沈初晴摁了拒接，然后将手机关机。现在谁也不能阻止她要离婚这件事。

"骆晋，我们离婚吧。"

她的话音落地，骆晋的手机又不适时地响起，还是沈母。骆晋接起来。

"骆晋，你和初晴快来医院吧！你外婆她……"骆晋闻言，脸色都变了。抓起外套对沈初晴说，"快，妈让我们去医院。"

"妈怎么了？"沈初晴听不太清楚，但看骆晋神色紧张，一定是出什么事了。心骤然被提起来了，离婚的事也顾不得说，跟他上了车。

"不是妈。是外婆突发脑梗，现在抢救。"骆晋以最快的速度赶往医院。

沈初晴是外婆带大的，跟外婆的感情自然深厚。听到这个消息，眼泪唰地掉下来。骆晋怕她担心不敢把医生下病危的通知告诉她，他伸出手握住沈初晴的手安慰，"乖！别哭，待会儿妈看到更难受了。外婆她会没事的。"沈初晴立即抽出自己的手，别过头看向窗外。他们赶到时，沈家大大小小都在抢救室外焦急地等待。

沈母看见沈初晴，泣不成声，"下午还是好好的，突然就……"

沈母一哭，沈初晴眼泪也止不住，以往她都是在手术室里，第一次在手术室外等待，此刻才明白门外病人家属焦急不安的心情。

骆晋打了几通电话走了过来，对沈初晴他们说，"别担心，最好脑外科的医生马上就过来了。外婆会没事的。"

手术进行了 5 个小时，万幸的是抢救及时，病人已无大碍，只是药力还没过，还处在昏睡期，从手术室转至 ICU 重症监护室。得到转危为安的消息，沈家上下松了一口气。

"妈，你和爸先回去吧！外婆一时半会儿也不会醒，你们先回去好好休息一下，外婆这边一醒我马上通知你们。"骆晋体贴地对父亲沈母说道。

沈初晴走过去，看着满是疲惫的父母心中一阵心疼，毕竟他们年纪大了，别把他们累垮了。"爸妈，你们回去吧！放心吧，有我在。"送走了父母，剩下不相干的人也撤了，舅舅他们一家去巴厘岛度假了，坐最快的班机也要明天中午才能到。

沈初晴坐在 ICU 监护室旁，一层玻璃窗相隔的房间等外婆转醒。医生说，今晚是最关键的时候，24 小时内不能醒过来的话，恐怕会成植物人。这些，她不敢对沈母说。

"初晴，别哭了！"把父亲沈母安全送回家，骆晋又匆匆赶回来了。看见，沈初晴在暗自落泪，上前揽住了她的肩拉向怀中。沈初晴挣开了，抹掉脸上的泪珠，转身坐在就近的沙发上。

"初晴！别生我的气好吗？"骆晋跟过去，握着她的手。

沈初晴看看他，神情疏离，"我没有！"

"你的手怎么这么冰！"骆晋脱下外套披在沈初晴身上，"累的话，你睡一会儿。这里有我。"

"谢谢！不用！"沈初晴将外套拿开。

骆晋将外套重新披在她身上，按住她还想拿开的手，"初晴，你能不能不要这么倔强，偶尔软弱一下。"听到骆晋的话，沈初晴的手僵了一下，想到曾看到过一句话，"当一个男人不再爱一个女人，她哭闹是错，静默也是错，活着呼吸是错，死了都是错。"

现在这样的状况谈离婚，不合时宜。沈初晴动了动唇，原本想要摊牌的话卡在了喉头。最终，她决定缓一缓，等外婆的病情稳定再说。如果说外婆突然病倒是枚炸弹，那她要离婚无疑是另一枚重磅炸弹。沈母指定接受不了的。

庆幸的是，外婆醒过来转到了普通病房。不过医院病床十分紧张，是三人一间的病房，白天不断有其他病人家属来探望，有些乱哄哄的。骆晋也不知用了什么办法，将外婆安置到了高干病房，而且安排了一个专业的护理人员照顾外婆。初晴很多时间都待在医院里，骆晋一抽空也往医院里跑。病人初期只能吃流食，所以沈初晴回家给外婆煮营养粥，米在沸水中翻腾，氤氲的热气模糊了视线，她拿着勺子缓缓地搅动。

这个营养粥做法还是骆晋教会她的，没认识骆晋的时候，她在医院上班三餐没规律，落了个胃病。自从和他结婚后，他逼着她早上起床吃早餐，每天按时吃饭，胃好像也没有再痛过。然后，她从 90 斤涨到了现在 106 斤。为此，她还对他发脾气。骆晋还说，肉多了手感好。

她还骂他流氓。

陷入往日的美好回忆，沈初晴的唇角不自觉地上扬，也没发现粥快要溢锅了。等到惊觉，沈初晴慌忙去端开锅，却忘记锅柄已经滚烫。

"小心！"骆晋一回来就看见这一幕。

"啊！"沈初晴没拿稳粥洒了一地。

骆晋还是晚了一步，沈初晴的手指还是被烫到了。骆晋立刻拉着她的手在水龙头下冲洗。沈初晴的两只手通红。

"还好，没有起疱。"骆晋又去拿来一管牙膏小心翼翼涂在手指上，又责备又心疼的口气说道，"笨蛋，下次记得先关火。知道吗？那么烫的粥，万一洒在你身上怎么办……"

他着急关切神色那么真实。沈初晴的心里有种酸酸的滋味，生怕自己好不容易下定的决心再有动摇。沈初晴抽回自己的手，"谢谢！我没事！"

"沈初晴！"沈初晴刚转身要走，猛然又被骆晋一把扯回。

骆晋抓着她的手腕，"冷战一个星期了，还不能结束吗？初晴，你到底想怎么样？"

沈初晴看着他，没有说话。骆晋深邃的黑眸，似乎变成了巨大的漩涡吸纳了她所有的意识，带着无法抗拒的能力。

"我说了你能答应吗？"

"不能！"似乎有不好的预料，骆晋想也不想地回答。

早知道，他不会轻易答应。沈初晴拨开了他的手。

骆晋的手纹丝不动，沈初晴根本无法挣脱。

"骆晋！你……"沈初晴怒了。

然，下一秒，骆晋用吻堵住了她的唇。这个吻带着惩罚性，没有了往日的温柔。沈初晴想挣开，可环在她腰上的手狠狠收拢，后脑勺也被紧紧扣住，没有一丝退却的余地。感觉她没有那么抵抗。吻，从开始的霸道辗转变成了温柔。

他的吻带着魔力，一点一点点燃沈初晴体内的热情。

"不闹了，好不好！"骆晋吻离后，抵着她的额头低声道。沈初晴想要反驳，又被骆晋一个吻堵住了嘴。又是一个辗转缠绵的吻。

"老婆，丢下你一个人是我的错，让我来弥补好吗？总不能就这样判我死刑吧！"骆晋从外衣口袋里掏出一个精美礼盒，"我特意为你挑选的。"

那日，顾小蔓误以为那条红宝石项链是送给她的，擅自拿走了。骆晋知道后，没有要回。刚巧，他后来参加了一个慈善拍卖会，其中有一条据说是摩哥王妃戴过的项链，它是由珍贵而又稀有的玫瑰金打造而成，闪烁着耀眼的光彩很是精致漂亮。而且它还有个美丽的名字——永恒。骆晋不惜花了大价钱拍了下来。

"骆太太，你就恕我无罪吧！"骆晋温柔低沉嗓音仿佛羽毛般在沈初晴的心尖划过。

沈初晴的心一悸。差一点，她就沦陷了！她拨弄了一下项链，淡淡地说道，"我更喜欢红宝石项链！"骆晋的手顿住了，正要为她戴上项链的手臂僵在了半空。

"怎么了？"沈初晴若无其事继续说，"前几天，我陪于悦挑选首饰的时候，看见一条红宝石项链，很漂亮。很可惜，店主说有人买走了。说是一位先生送给太太的礼物。好像也是姓骆，我还在想，会不会是你这个骆先生？"

骆晋的眼神变得更加深邃，看着沈初晴，可从她脸上看不出任何喜怒。

"那位骆太太，真幸福！我都羡慕她了！"沈初晴眼光盈盈地望着骆晋。

骆晋眼底闪过一丝惊讶，虽然只是一瞬间，但沈初晴还是捕捉到了，继而又恢复了他往日深邃。

"我觉得这条项链比较适合你。"

"可惜，它断了！"沈初晴捏着断口处，递骆晋眼前。

果然，项链断成了两截。

沈初晴拉过骆晋的手，将项链放在他的掌心转身离开。项链是她故意弄断的。她不接受这样的弥补。

七．你要我怎么相信你爱我

两个人的关系就这样不冷不热的淡着，似乎变成了最熟悉的陌生人。沈母忙着照顾沈初晴的外婆，倒也没看出他们有什么异常。可天天见他们的外婆看出了端倪。两个人虽然说话，但很疏离客气。外婆瞅了一个机会单独留下了沈初晴。

"今天，骆晋加班吗？"

"不清楚，他公司事挺多的。外婆，你有事跟我说也一样。"沈初晴将削好的苹果切成块装在的盘子里，递给了外婆一块。

外婆轻推到了一旁，示意她坐到自己身边。"每次问你，你都说不知道不清楚。怎么不电话问问？"

"我不想打扰他工作。"

外婆拍了拍她的手背，"是不想打扰他工作？还是根本不想跟他说话？你们两个是又闹别扭了吧！"沈初晴知道瞒不过外婆。

"你呀！从小脾气就拗，什么事都喜欢放在心里。个性强，一生气就不爱搭理人。每次都得别人先给你低头认错，不然啊！你能一辈子不说话。那次我让你改志愿，你一生气一年不跟我说话。傻丫头，不哭不闹，自己生闷气。多累啊！跟外婆说说，阿晋怎么惹你了？"在外婆温柔的劝慰下，沈初晴的心里酸酸的。可是，她最不愿把伤口揭开给别人看。

"阿晋是不是做错了什么？不然，你不会这么生气。别人不知道，我还能不了解你。你表面上越是装作若无其事，其实心里就越在乎。对不对！是不是，阿晋做了什么对不起你的事？告诉外婆，如果你已有了决定，外婆决不干涉。但有些事，外婆作为过来人总是能给你们小辈点意见。你们还太年轻了！"

沈初晴眼泪掉了下来，心里的委屈涨得不行。她向外婆说了实情。

其实，她早猜到了。外婆叹了一口气儿，"你准备怎么办？"

"离婚。"

"瞒着你妈？"外婆看看她，"也是，你妈肯定不会同意的。骆晋他什么意思？"

"我还没跟他摊牌。如果他不同意，我起诉离婚。"

外婆怜爱地摸了摸她的头，"我不想干涉你。但，你听听外婆讲一个故事，再做决定也不迟。"

沈初晴点点头。

外婆笑笑，开始回忆往事，"我们那一代啊！都是父母包办的婚姻。可是，我跟你外公是自由恋爱。那时候，你外公家里条件不好，我父母呢坚决不同意我们在一起。后来，我还是义无反顾地嫁给了你外公。知道为什么吗？"

"因为外公很爱你？"

外婆摇摇头，"因为你外公正直，当然，你外公年轻的时候长得用你们现在年轻人的话，就是帅！不比你家骆晋差！"外婆想起往事笑容格外灿烂，像个小女孩一样。沈初晴也被她逗笑了。

"外婆也很漂亮啊！"

"那当然，不然你妈怎么能把你生得这么漂亮？这都有外婆的基因。"

"对。没错。"这么些天，沈初晴终于笑出了声。

"我和你外公结婚快 50 年了。一路走过来磕磕绊绊，也有过走不下去的时候。夫妻！夫妻！牵手容易相守难！一辈子那么长，哪会那么顺风顺水的。尤其，是作为一个女人。要想守住自己的家自己的男人，就更不容易了。男人嘛！总会有心猿意马的时候。为了赌这口气，就放弃自己的家，把自己爱的男人拱手让给另一个女人。太不值得！"

沈初晴很惊讶，外公平时对外婆千依百顺，好的让她都羡慕。实在想象不出他也会做出这样的事。"外公年轻的时候也伤过你的心吗？"外婆点点头。

"那你是怎么知道的？"

"这世上哪有不透风的墙？她是你外公一个单位的，你外公那时候长得俊，为人也好，很得人缘。她刚毕业的年轻小姑娘一下就迷上你外公了。有事没事，找你外公问这问那。你外公也很照顾她。"

"那后来呢？外公动心了？"沈初晴真的好奇，外婆是怎么面对这样的事。

外婆反问她，"你说呢？男人心有时候你管还管不住，更别说这主动投怀送抱的。哪个男人能抵挡得了这样的诱惑？"

是啊！

沈初晴默然。

"有人旁敲侧击地告诉我，我不信。后来，一天下大雨，我给你外公送伞。看见你外公打伞送她回家。两人有说有笑很亲密。我跟了他们一路，我当时特别生气，想冲过去骂他们。"

"你没有。"沈初晴看着外婆，很笃定地说。

外婆笑笑，"是啊！我没有。我丢不起那脸，更重要的是，我还爱你外公，如果我当时抓着他们大吵大闹。我的气是出了。但你外公的脸面也丢了，而且还会受处分丢了工作。那个女的怎么样，我不在乎。可我不能不在乎你外公，我不想也不愿让他恨我。"沈初晴安静地听着。

外婆继续娓娓道来，"后来，我就站在她家门口，等你外公出来。"

"外公肯定吓了一跳。"沈初晴都能想象出外公当时的惊讶表情。

"他当时脸色都变了。我直接走了进去。我开门见山对那女的说，你们的事我都知道了。我不管你是不是真喜欢他，也不管你们是不是什么真爱。但他已经有老婆孩子了。他可以不要我，但不能不要这个家。以后请你自重，不然就要为自己的行为付出代价。然后，我问你外公，我现在给你一个机会。如果你为了她想跟我离婚，只要你现在亲口对我说，我二话不说，咱们立马办手续去。如果，你还想要这个家，就必须跟这个女的断清关系。我当什么事都没发生过。但，事只有一，没有二。如果让我发现你们还不清不楚的，对不起，我也不给你们留什么脸面。"

沈初晴惊讶外婆的勇敢，好佩服外婆的手段。"就这么简单，外公就这样被你收服了？一辈子对你千依百顺。"

"男人都要面子。我不吵不闹不翻旧账，给足了你外公面子。他除了心怀感激之外，更清楚自己爱谁？"外婆看了看她，语重心长地说道，"男人有时候，会犯迷糊。我不是说，任何人的背叛都是可以原谅的。阿晋的本质不坏，也许他只是一时糊涂呢？你是他老婆，你该让他看清楚，他自己爱谁？离婚并不是唯一的解决办法。婚姻一辈子那么长，你太过计较，跟谁都不会过得长久。懂吗？"

外婆的一席话，戳到了沈初晴内心深处。她静默不语。

"还记得，当初你结婚前对我说的话吗？你是怎么跟我说的？才过两年的时间，你们就都变了吗？"

沈初晴心里一片凌乱，出了病房不知不觉中走到了新生儿监护室。隔着偌大的玻璃窗户，刚刚出生的小婴儿，小小的手，小小的脚，柔软的小身体，他们用响亮的哭声展示着自己的生命力。有的吃饱了安静地睡着……这些小天使正是爱情的延续。沈初晴不觉间覆上自己的腹部，也许外婆说得对，面对婚姻出现的问题是应该想办法解决，而不该是一味地躲避。

那晚之后顾小蔓从行政文秘调到了分公司。她没有再见到过骆晋，打电话他也不接。

他不见她，她就在公司楼下等。

一连几天。磅礴的雨势没有要停止的迹象，顾小蔓已经在雨里站了四个小时。岳峰在雨里为她撑着伞，他自己身上都湿透了。

"告诉他，他不来见我，我死也不会走的。"顾小蔓在风雨里摇摇欲坠，一脸的决绝。

没办法，岳峰只好给骆晋打电话。

岳峰只说了句，"骆总"，顾小蔓扑过去就夺他的手机，哭道，"今天我一定要见到你。我知道你是喜欢我的。"

当顾小蔓看见骆晋的车驶来，眼里迸出喜悦的光，推开岳峰就冲了过去。只是，在雨里站得太久，腿都僵了，一个趔趄就摔倒在地昏了过去。

"送去医院。"

从车上下来的不是骆晋，而是沈初晴。岳峰一脸的惊愕。

"发什么愣？上车，送她去医院。"沈初晴上前给他们撑着伞。岳峰这才回过神，连忙抱起顾小蔓上了车。

"晴姐，你……"

沈初晴开着车，没有回头，"是我接了你晋哥的电话。"

顾小蔓被送到了急诊室，她受了风寒发了高烧。尽管烧得迷迷糊糊，顾小蔓口里喊的还是骆晋的名字。

"晴姐，其实晋哥……"岳峰想解释两句，却又不知道该如何开口。

"我都知道了，你可以在外面等我一下吗？先别告诉骆晋。"

顾小蔓从昏迷中醒过来，看到是一个陌生的女人。

"你醒了？"

"怎么是你？"顾小蔓一脸惊愕一下坐起身，立即四下环顾。

"不用看了，他不在。"沈初晴当然知道她在找什么。

"是你送我来的医院？"顾小蔓只看到骆晋的车，却没想到车上的人并不是骆晋。

沈初晴点点头，在她对面落座。

"我们不但喜欢上同一款袖口，而且还喜欢上同一个男人。"

顾小蔓想起来她果真是那天和自己看上同一款袖口的女人。这么说她早知道自己了？

她警惕地看着沈初晴，她穿着一套米色套装，将她肌肤显衬得很白，更将她优雅的气质衬托出来。而且五官很精致。自己除了比她年轻几岁，根本找不出来任何能把她比下去的优势。这让顾小蔓的心更慌了，连带着手微微地发抖。

"顾小姐，不用紧张。我不是来找你报复的。"

"那你想干什么？"沈初晴举止优雅说话温和，也没有咄咄逼人的架势。顾小蔓忐忑的心渐渐回归。

"我们开门见山，顾小姐你有没有想好以后怎么样？是逼宫让骆晋跟我提出离婚，你们有情人终成眷属，还是甘心做着见不得光遭人唾弃的情妇？"

"我不是情妇！"顾小蔓声音高了起来，她的内心极度排斥这个字眼儿。

她的敏感让沈初晴觉得好笑，"也是，现在都叫作小三。"尽管，沈初晴心里拼命让自己冷静，不那么刻薄，可是所有的愤怒在心中翻江倒海一触即发。

"沈小姐，每个人都有追求爱情的权利。你只不过早我一步遇见骆晋而已。而且，我相信他是喜欢我的。"

"对！你说得没错。每个人都有追求爱情的权利。但你插足别人的家庭，叫作无德！纠缠有夫之妇妄想登堂入室，叫作无耻！"

沈初晴毫不客气的一针见血，顾小蔓闻言脸色一阵红白。她发觉自己低估沈初晴了，她远远不像自己看着的那么娇弱。

"顾小姐，我就不废话了。我不管你爱谁，更不管你爱骆晋有多深。用你的话来说，那都是你的事。现在，你听清楚。你有两条路可选。第一条，我可以成全你。"

顾小蔓没想到沈初晴会这样说。

沈初晴看到露出惊喜表情的顾小蔓，淡然一笑。"我话还没说完。我是可以成全你们。但，你要为你的行为付出代价。"

顾小蔓吃了一惊。"你什么意思？"

"顾小蔓，相信我。我会让你后悔你的选择，我完全说得出做得到。"

顾小蔓从沈初晴清冷的眼睛里看得出，她绝不是随便说说而已。

"当然，你还可以选择第二条，退出。我可以继续给你和你母亲提供帮助，还可以资助你出国深造。比起，身败名裂，我认为第二个选择，比较明智。"

顾小蔓沉默不语，思考着沈初晴的话。

"不过，天下没有免费的午餐。顾小姐，我的帮助也不是免费的，我提供的资金是借，不是赠予。是要通过你自己的努力归还的。我只是帮助，而不是用钱打发你。我相信，没有什么比放弃自尊更可悲的事情了。对吗？"

顾小蔓看着她，她太聪明了，看似给了自己选择，其实自己根本毫无选择的余地。

"守着一段无爱的婚姻，你会幸福吗？"

沈初晴知道她心不甘，"要不要试一试？"

"试什么？"

"你不是说，骆晋爱你吗？那就让他在你我之中做个选择？你我总有一个会失望！"

沈初晴出了病房让岳峰通知了骆晋。骆晋我给你机会，让你自己选择。希望你不要让我失望。

岳峰听从沈初晴的意思送顾小蔓回公寓，骆晋赶来的时候，岳峰还在小区外等。

"晋哥，我能跟你说一句话吗？"虽然，老板的私事自己不该多问。但他不懂，老板从来没有和别的女人惹出过什么绯闻。唯独对顾小蔓不同。

"说。"

"晴姐，是个好女人！"岳峰委婉地表达了自己的意思。

骆晋怎么会不明白他的意思，"我知道！"岳峰还想说什么，但最终还是咽了回去。沈初晴嘱咐过他，不要将她见过顾小蔓的事告诉骆晋。推开房门，骆晋看见顾小蔓站在窗前。看见他来凄然一笑，"你来了，如果，你不是听岳峰说我要自杀了，是不是还不会来见我？"

骆晋想说话，又被她打断。

"骆晋，你什么不要说，先听我说完好吗？这些话一直埋藏在我心里，今天我一定要说出来，这也是最后一次。从第一次遇见你，我就喜欢上你了。也许，你不信。可能，你也和他们一样认为我喜欢的是你的钱，我也不想解释。"说着说着，顾小蔓哽咽起来，"我现在只想告诉你，我爱你，我愿意为你做任何事，愿意等你，多久都可以！我不需要你承诺未来，我现在想知道，你爱我吗？哪怕只有一点点！"

等骆晋回应的短短几秒，顾小蔓思绪万千。只要他对自己说爱，哪怕是喜欢也好。她愿意承担一切后果，只为换来他的爱。

"小蔓，我不知道我对你的照顾让你有这么大的误会。是我的失误，但我想那晚我已经对你说得很清楚了。"

顾小蔓难以置信地摇头，扑过去抱住了他，"不，我不信。"

骆晋想拉开她，顾小蔓却紧抱着不肯撒手，"小蔓，如果我对你有感情，那也是兄妹之间的亲情。我有太太，她很好，我很爱她。"

"可是，我们不是兄妹。如果你不喜欢我为什么要对我好？为什么要给我希望？你给了我希望，又打碎，你知道不知道这样真的很残忍……"

她不懂，真的不懂。

骆晋感觉到胸口一些凉意，原来是顾小蔓的眼泪打湿了他的衣服。

"不要再拒绝我好吗？让我做你的女人，哪怕只有一晚。我会听你的话，我不再见你。"顾小蔓试探着解开骆晋的衣扣，带着诀别的意味。

那天她的生日，她主动表白，他拒绝了。

骆晋迅速按住她的手，"我说过，我什么都给不了你。"

"我什么都不要，只想做次你的女人，你连这样都不愿意吗？"顾小蔓水汪汪的眼睛带着乞求望着骆晋。

"别让我看轻你。"骆晋推开了她。

顾小蔓猛地从身后抱住骆晋，"我知道你还是有一点喜欢我的对不对？我保证不跟她争，我不要什么名分。"她将仅剩的自尊都丢掉了，只想做一次他的女人，只当给她留下一点回忆而已，她真的奢求得不多。

"我对你好，是有原因的。你想知道为什么？好，我告诉你！"骆晋掰开了她的手，心在纠结，埋在心底秘密终究是被挖出来了。

骆晋走到窗前，点燃了一支烟。犹豫了片刻终于下定了决心。看着骆晋，顾小蔓忽然有种不好的预感。

"还记得，几年前你父亲出的那场车祸吗？他撞上了一辆保时捷，因为伤重救治无效死亡。但他是酒驾，所以你父亲被判负全责！"

顾小蔓有些心慌，心里似乎早已猜到了什么，但又不愿确定。"你什么意思？"

骆晋拧灭的烟蒂，看着她，"那天开保时捷的人，是我！"

顾小蔓不敢置信地连连退后了几步，撞到了身后的桌子，"怎么可能？不可能！"

骆晋走上前，扶住她的肩头让他正视自己，"这是事实！"

顾小蔓捂住耳朵，哭喊，"我不听，我不听。为什么是你？怎么会是你？"

是他撞死了她父亲？！

她怎么能爱上间接害得她家庭破裂的人？她怎么愿意接受，原来他对自己好，只是同情可怜她而已。

"所以，你现在应该明白，我对你的照顾也只是在弥补过错而已。"

顾小蔓颓然瘫在地上，捂住耳朵。"不，你骗我，你骗我，我不要听……"

骆晋拉下她的双手，让她直视自己，"你父亲因我而死，是千真万确的事实。"

顾小蔓知道，就此之后，她和骆晋之间已经隔着千山万水。

她给沈初晴发了一条短信。

"你赢了！骆太太！"起初，称她沈小姐，是认为终有一天自己可以成为骆太太。

顾小蔓所有的期望所化为泪水，大滴大滴砸在手中那张沈初晴留给她的支票上面。

然后把辞职报告连同公寓的钥匙，还有她所用他的每一分钱写了一张借据，一同放在了骆晋的办公桌上。

之后她搬了家，给母亲换了一家疗养院，顾母换肾之后恢复还算不错，只要坚持用药安全度过这一年的排异期就算完全康复了。她换了一家公司，虽然只是一名小小的前台。

唯一留下的是那款红宝石项链。

其实，她早知道那不是送给她的，她故意用生日礼物当借口拿走了，幻想着有一天戴着它成为骆太太。

骆晋，这就是宿命吗，命中注定，你的未来从来没有我。自此以后，你我该永不相见了吧。

八. 被偏爱的都有恃无恐

顾母发现顾小蔓总是心不在焉心事重重的样子，常常对着手机发呆，只要听到门外有动静就立刻跑去开门。分明是在等人。顾母问她，顾小蔓却只是摇头，越发的沉默寡言。

然，骆晋她没有等到，却等来了沈卫婷。

"你怎么住在这么个破地方？"沈卫婷在老式的家属院里找到了顾小蔓，这里租住的大多是外地来打工的人，又杂又乱。

顾小蔓正在洗菜，甩了甩手上的水珠，警惕地看着一脸轻蔑的沈卫婷，"你找我？"

沈卫婷皱皱眉头，"废话，要不然我才不会来这种破地方。真搞不懂，你不是傍上我姐夫了吗？不也没几个月吗？这么快我姐夫就腻了，怎么也没给你点分手费什么吗？"

沈卫婷的声音不算大，但院子里晒太阳的几个妇女还是听见了，她们看着顾小蔓表情变得很异样。

顾小蔓环顾了四周，已经有人竖起耳朵了，生怕沈卫婷再说出什么出格的话来，"你胡说八道什么？"

沈卫婷冷笑，附在她耳边阴阳怪气地笑道，"怎么？当了婊子还想立贞节牌坊啊！"

顾小蔓闻言脸色更差了。

沈卫婷笑地更开心了，"你想得美！"

"你想干什么？"

"不干什么。"

顾小蔓看着一脸得意的沈卫婷，她分明就是来找茬的。"请你走吧！我很忙。"顾小蔓收拾起菜篮转身回屋子。

沈卫婷伸手抓住了顾小蔓的手腕，"你走什么？害怕了？"

顾小蔓看见已经有人在对她指指点点。"你到底想干什么？"顾小蔓恼怒地挣开了她的手。

"没做亏心事，你怕什么呀？现在要脸了？你勾引别人老公的时候，怎么没见你要脸呢？"沈卫婷说话毫不客气。

"你……"顾小蔓脑袋轰的一声炸开，脸都白了抓着菜篮的手在发颤却无力反驳，"你到底想怎么样？"

沈卫婷一伸手，"这么跟你说吧！我姐呢不屑跟你这种人有任何交集，所以我代表我姐来跟你算账。把不该属于你的东西还了吧。"

沈卫婷的话，无疑像记响亮的巴掌扇到了顾小蔓脸上，她盯着沈卫婷僵在原地，她没想到沈初晴这么阴险当面一套背后一套。

"沈初晴想要什么，让她亲自过来拿！"说完，转身回屋，"嘭"的一声将身后沈卫婷结结实实吃了个闭门羹。

"喂！你……"沈卫婷气得在门外叫嚷。"顾小蔓，顾小蔓，你躲也没用。我告诉你，我姐夫根本就不喜欢你。你还想让我姐夫离婚，死了那条心吧！我姐也不是好惹的，我告诉你，她根本没拿你当回事，不然你死都不知道怎么死的……"

沈卫婷嚷嚷得热闹，周围的邻居们都围着沈卫婷问东问西，个个义愤填膺的为当事人沈初晴打抱不平。

"看着挺文静的，没想到竟然这么下作不知廉耻啊！"

"我早看出她不是什么好东西。"

"就是，你看那眼睛，就透着股狐媚劲儿。"

……

流言就像病毒瞬间蔓延开了。现在所有人看顾小蔓都是那种轻蔑的眼神，仿佛她额头上俨然贴着荡妇小三的标签。

顾小蔓努力装作无所谓的样子，努力对那些冷嘲热讽装作听不见。

"真不知廉耻，跟个没事人一样，我要是她早栽进河里了。"

"谁家生这样的闺女，谁倒霉！"

"那没准是上梁不正下梁歪呢？"

……

那些话如一根根利刃，扎进了她的心上。顾小蔓忍着泪水，挺直了脊背从议论的人群中走过。沈初晴，你够狠！

表面上对我仁至义尽，背地里让你妹妹来给我捅刀子！

以为在公司能清静一会儿，没想到她在电梯里遇到了同事方毅。

电梯里只有他们两个人，方毅色眯眯的目光总是在她的胸口打转。顾小蔓转了转身，尽可能地躲开他的视线。

"今晚有时间吗？"方毅向她这边靠了靠。

"对不起，我今晚有事。"顾小蔓尽可能的离他远一点，无奈电梯的空间就那么点，她差不多都贴着墙了。

"那明天呢？"他挤她躲，顾小蔓被方毅挤进了角落。

"对不起我没时间，请你让开！"顾小蔓怒了。

方毅似笑非笑地继续贴近，"装什么纯呀？听说鼎峰总裁都被你搞定了，床上功夫一定很好吧！"

"滚开！"顾小蔓狠狠地打掉方毅的毛手毛脚。"再敢靠近，我马上就报警！"

方毅一脸浪笑，"你说一晚多少钱？我照付。"他一边说一边挨近。

顾小蔓彻底被他激怒了，一脚踢了过去。

"啊……"电梯内传出一阵惨叫。

电梯门刚打开一条缝，顾小蔓慌不择路地冲了出去，留下电梯内捂着裆部惨叫的方毅。

"臭婊子！一个婊子还他妈装什么装？……"身后是方毅的叫嚣。

莫名被人调戏，被人侮辱，顾小蔓哭着跑进了洗手间。

她的事被人描绘成了各种版本，在公司迅速流传开来，她俨然成为全公司的焦点。

她不知廉耻地勾引了鼎峰总裁，最后被人玩腻了，甩了！这就是小三的下场……顾小蔓，最失败的小三，被人津津乐道。

冷嘲热讽听多，顾小蔓麻木了，她需要这份工作，没有一走了之的资本。

可是，老总将她叫进了办公室，言下之意是劝她自动离职，算是给她留点面子。

顾小蔓在同事讥笑中失魂落魄地离开了公司，感觉自己被全世界都抛弃了。她唯一清楚的是，这一切都是沈初晴在报复自己，现在她已经逼的自己走投无路。

顾小蔓更没想到的是，此时，沈卫婷去了疗养院找到了顾母。

当得知顾小蔓被解雇的消息，沈卫婷满意地对方毅说，"办得不错，钱我已经打到你卡上了。"

沈卫婷暗自为自己天衣无缝的计划得意，流言是她让人散布的，方毅也是安排的。

顾小蔓，好戏还在后头呢！

顾母不在病房，护士推着她在花园晒太阳。沈卫婷找了过去，她已经想好了怎么演戏。

"顾阿姨。"

顾母看了看沈卫婷，"你是？"

沈卫婷话还没说，泪先掉了出来，"我是沈初晴，我实在是没办法了，才来找你的。"

"我不认识你呀？"顾母一脸的诧异。

沈卫婷做出一副伤心无助的模样，"阿姨，这件事只有你能帮我了，我真的不想离婚，我很爱我的老公。"

顾母听得莫名其妙，"你离不离婚，我也管不着呀！"

"可顾小蔓你能管得着吧！我求求你，让她离开我老公吧！我已经给了她一笔钱，足够给你看病了。只要她肯离开我老公，你们开什么条件我都答应。真的。"沈卫婷不愧是演员，将一个就要被老公抛弃的女人演得入木三分。

顾母终于听懂了一点，原来她看病的钱是这么来的，一直引以为豪的女儿竟然做了破坏别人家庭的第三者，这让思想保守的她怎么能接受！

一下，血压上去了，顾母晕了过去。

医院赶忙给顾小蔓打去电话，主治医师电话里说，顾母拒绝治疗，移植的肾脏开始有了排异反应，情况不太乐观。

顾小蔓万分火急赶到了疗养院，"一直都好好的，怎么会突然起了排异反应。"

"这个，我们也说不清楚。病人下午还好好的，不过，下午有一个人来看过病人之后就突然发病了！"

"是谁？"没有人知道她们在这里的，顾小蔓奇怪会是谁来看她母亲。

医生想了想，"她说她叫沈初晴，是你的朋友。"

顾小蔓的头皮一下炸开，气得全身发抖。又是沈初晴！她居然跑来找母亲说三道四，她这是要把她逼向死路！

顾小蔓鼓了好大的勇气才敢进病房见顾母，沈初晴把她唯一的颜面，撕得粉碎。她无颜面对。

"我们出院回家吧！把钱还给人家！"顾母泪眼婆娑她拒绝再继续治疗，坚持要出院。看着羞愧的顾小蔓不忍埋怨。原本想骂的话又咽回了肚子里。她也知道，如果不是为了给自己看病，女儿也不至于这样。是她拖累了女儿。

顾小蔓"扑通"一下跪下，"妈，我长这么大，一直听你的话。现在你听我一次行吗？事情不是沈初晴所说的那样，钱是他借给我的，我以后做牛做马会还给他的。真的，你相信我一次。我们好不容易换好肾，不能现在放弃治疗。你忍心丢下我一个人吗？"

顾母也是泣不成声，"我更不能用卖女儿的钱，去留自己的命。你爸知道，也不同意的。"

"妈！我没有。真的没有！你不信你可以当面问他。他是鼎峰的总裁，他只是资助我这样的贫困生而已。"顾小蔓不敢告诉，顾父是间接死于骆晋的手，不然顾母更加不会同意用他的钱治疗的。

顾母不说话一直在掉泪。从小到大，女儿一直都是最优秀的，漂亮，懂事，学习好，她一直是自己的骄傲。如果不是那场意外，如果不是为了给自己看病，她就可以出国留学，还可以有美好的未来。所以，自己不能这么自私再拖累女儿了。

顾小蔓一路飞奔向鼎峰的时候，她不知道母亲写好了遗书拔下了氧气管。她一只脚刚踏进鼎峰公司，手机突然响了。

似乎，母女冥冥之中有种感应。

顾小蔓有了不安的预感，盯着手机不敢接通，似乎知道那端会有不好的消息传来。

最终她颤抖着接通了电话。

"顾小姐，请赶快到医院，你母亲去世了。"

如果说这些天经历的是一场噩梦，那么，母亲去世的噩耗就是压倒她的最后一根稻草。

顾小蔓崩溃了。

顾小蔓疯一般的去找"罪魁祸首"。

毫不知情的沈初晴正在店里跟顾客商讨礼服修改。

"沈初晴，你个杀人犯，凶手……我要杀了你！"失去理智的顾小蔓手中持刀冲进了去，吓得店员也不敢上前阻拦，几个客人吓得落荒而逃。

沈初晴一回头就看见，顾小蔓挥刀向自己刺过来，顿时大惊失色，"顾小蔓，你干什么？"尖刀距离自己只有几厘米，沈初晴情急之下，攥住了顾小蔓拿刀的手与她对持。

"沈初晴，你去死吧！你逼得我妈自杀了，我要杀了你！"

"你在胡说什么？"失去理智的顾小蔓，有着一股狠劲。刀尖眼看就要刺中自己，沈初晴使出全身的力气与她抗衡。

看见她否认，顾小蔓更加愤怒了，"沈初晴，你这个两面三刀的东西！我不会再上你的当了！我今天就是死也要杀了你！"

沈初晴已经坚持不住了，还以为自己死定了！

"住手！放下刀！"警察及时赶了过来，动作利落地将她放翻倒地。

沈初晴全身气力顿时一松，姗姗赶忙扶住了她，"晴姐，你没事吧！哎呀！你的手流血了！"

沈初晴这时才感觉到疼，原来右手心被水果刀划破几厘米的口子，还在不断流着血。

顾小蔓双手被铐住强制带上警车，嘴里依旧不断对沈初晴的咒骂。店里店外围观了一群人，议论纷纷指指点点。

沈初晴也被请去了警局去做笔录。在顾小蔓情绪稳定下来，在沈初晴的要求下，再次见到了她。

面对顾小蔓所有的指控，沈初晴一头雾水莫名其妙，顾小蔓蛮横无理，言辞咄咄的态度有些惹怒了她。

沈初晴厉声说道："顾小蔓，我说了我没做。也没去见过你的母亲。你相信也好，不信也罢！我没必要再解释。"

"沈女士，这是控告顾小蔓故意伤人的文件，你签署一下我们马上可以立案！"一位警察将文件放在沈初晴面前，然后递上笔。

沈初晴看着面前的那支笔，然后看着顾小蔓。

顾小蔓冷笑，"沈初晴，终于达到你的目的了，你说到做到把我逼上绝路了。你真够毒的，骆晋怎么会爱上你这样的女人！"

"顾小蔓，不管我们之间有什么样的误会，你伤害我是事实！我说过，每一个人必须为自己的行为付出代价。"沈初晴接过笔，签下自己的名字起身离开。

"沈初晴，我恨你。"顾小蔓声嘶力竭地大喊，但被警察又摁了下去。

就在沈初晴转过身时。

"等一下！"骆晋十万火急地冲了进来。他越过沈初晴抓起桌上的文件。"不能签。"

他关心的不是自己好不好！

这一瞬间，沈初晴的心，像是被人擂了一拳，继续向门外走去。

陡然一下，骆晋抓住了她的手腕，"初晴，把这个收回去！"

沈初晴不可置信地看着骆晋，不敢相信他居然明摆着向着顾小蔓说话，一点也不顾及她的感受。"如果我说不呢？"

骆晋抓着她的手，加重了力道语气严厉，"给我一个面子。"

"请问骆先生，谁又给我面子？"沈初晴受伤的手被骆晋抓得发疼，伤口又开始渗出血，可是心痛已经远远大于身体上的痛。

沈初晴挺起脊梁走出警局，被蜂拥尾堵的记者媒体团团围住。

"骆太太，顾小蔓跟骆先生真的是传闻中的情妇吗？"

"骆太太，你会跟骆先生离婚吗？"

"骆太太，顾小蔓说你害死了她的母亲，你对此有何解释？"

……

记者媒体尖锐犀利的问题劈头盖脸地砸在沈初晴身上，闪光灯对着她一通乱拍。沈初晴只觉得眼前白光一片，她无力支撑下去。幸好，岳峰及时赶来。

再见到骆晋已是两天后，沈初晴收拾随身物品正要离开。骆晋安排好了顾小蔓母亲的身后事，满脸的疲惫。

"初晴，我们能好好谈谈吗？"

"离婚协议书，我放在你书桌上了。我已经签过字了，你签过字之后直接找我的律师就好了。"沈初晴说完，避过他向门外走去。

"你觉得这样就能解决问题了吗？沈初晴！"

沈初晴脚步僵住了，他从没有这样严厉地叫过她的名字。以前，他们相爱的时候，他总是亲热的唤她骆太太。

"你早知道顾小蔓的存在，你去找过她，给过她钱？是不是？"

"是！"沈初晴大声回应骆晋的质问。"从你第一次开始说谎，我就已经知道了。"

骆晋看着她，走近一步，似要看穿她心底真实的想法，"好，我承认我对你撒了谎。但你用钱打发了她，为什么出尔反尔又去找她的母亲？你就这样报复她？"

沈初晴从骆晋的眼中看到了一个自私狠毒女人的影子，忽然觉得所有的解释都苍白无力，"你说呢？骆晋！"

"我从不知道你有这样的心机？沈初晴，你知不知道，就因为你对顾母说了不该说的话，她内疚的自杀了！你间接害死了她。那是一条人命，你怎么能够这么狠心！"骆晋的语气显得痛心疾首，不可置信自己所爱的人竟然如此。

这个世界上所有的人可以怀疑她，质疑她，冤枉她，不相信她，唯有一个人不可以，那就是口口声声说爱你的人！他们两年的夫妻，两年的感情，他不相信她，现在为了别的女人在指责她。她还能说什么呢？沈初晴深吸一口气，尽管心痛得不行还是忍着泛滥的泪水，"那你就赶快签了离婚协议，尽快摆脱我这个恶毒的女人吧！"

"我不会离婚的。"骆晋回绝。

沈初晴被激怒了，"够了！骆晋，你觉得我们的婚姻还能继续吗？你已经另有所爱，你要置我于何地？还是你希望我能够像那些富家太太一样，睁一只眼闭一只眼容忍丈夫在外拈花惹草。我告诉你，我是个人，有血有肉，有感情会痛，我做不到与别人分享自己的丈夫。与其这样，我宁愿不要。"

"我跟顾小蔓不是你想象的那样。"

骆晋的否认，让沈初晴更加愤怒，"骆晋，那你告诉我，那条红宝石项链送给哪个骆太太的？我们两周年的结婚纪念日你丢下我，又在哪里？"

骆晋语结。

"你能不能听我解释？"

沈初晴强撑着眼睛的酸涩，平静道："骆晋，没有谁是离不开谁的。从今以后，就由她来陪着你吧。"

骆晋的心口一颤，像是被点穴所有的话卡在喉头，眼睁睁看着沈初晴的车渐行渐远……

九. 把真心藏好是因为只想给你

沈初晴搬到了租住的公寓，顾小蔓突然一闹彻底搅乱生活，即便她想睁一眼闭一只眼也是不行了。他们的事已经闹得沸沸扬扬，沈家不可能不知道。她手机上有沈家的几十通未接来电，有父母，有哥嫂的，朋友的……

沈初晴没有接，她知道他们有一堆劝自己不要离婚的大道理。她只想尽快跟骆晋办好离婚手续，到时候即使他们再阻拦，也是无济于事了。

在房间关了几天，一个人的时候总是胡思乱想，她把音乐开到最大，让震耳的音乐压制自己心中的悲伤。当再次听到《A thousand years》

这首歌的时候，这个触点击中了她记忆的闸门，所有好的，不好的记忆，霎时涌现在脑海中，回放。

回忆总是那么美好。

怎么又想起他了？

沈初晴立即关掉了音乐，不让自己再沉浸在回忆里，走上了街头。

路过一家育婴店，莫名的被吸引，沈初晴走了进去。看着可爱的婴儿用品，小小的衣服，鞋子……然后想象着自己孩子穿着这些可爱模样，沈初晴的心瞬间柔软起来。

沈初晴拿着一套漂亮的公主裙发了呆。

曾经，她问骆晋喜欢男孩还是女孩。

骆晋说，想要一个女孩。

沈初晴问为什么？他无比得意地说，这样世界上就有两个女人爱他。

她以前想得最多的就是，孩子会像谁？现在想得最多的是，孩子长大了会不会怪她和爸爸分开。

"请问，您需要些什么？"店员打断了她的思绪。最后，在店员的推荐下她买了些孕妇需要的维生素和钙回了家。沈初晴刚走到楼梯转弯处，突然被人一把拉入怀中，沈初晴吓得险些失声尖叫，但鼻端闻到熟悉的味道立刻知道是谁。

"去哪儿了，我在这儿等你好久了。"骆晋的声音低沉。

沈初晴挣扎想要脱开他的怀抱，"跟你有关系吗？骆先生。"她一点也不奇怪骆晋怎么查到她的住址。他一向神通广大，找她根本不算个事。

一句骆先生，生硬地划清了他们之间的关系。

"沈初晴，你一定要这么伤人吗？"骆晋逼着她看着自己。

沈初晴冷笑，"比起你我还差得远。"

"不要跟我逞口舌之快。我来不是跟你吵架的。"骆晋凝视着她。

"也对。除了离婚，我们之间没什么好说的了。"沈初晴冷凝着他，"请问骆先生，您签好字了吗？"

骆晋深邃的眼眸紧了紧，最终叹息一声，"初晴。我知道我骗你是我不对。顾小蔓她只是我朋友的女儿。"

看着他眼中的哀伤，沈初晴有一瞬间的心软，她不敢再看他，"骆晋，你的话究竟哪句是真的，那句是假的？我不想猜了，我累了。你走吧！"

听到这样的话，骆晋猛然将她拥入怀中，眼眸渐渐暗淡，"你真的舍得离开我？"

贴着他温暖的怀抱，闻着他身上熟悉的味道，沈初晴一度恍惚，以后这一切都不再属于自己了，她就没出息地想掉泪，哽咽道，"骆晋，我的心很小，小得容不下一粒沙子。容不得我的婚姻被一骗再骗。我希望我爱的人，从始至终只爱我一个人，永远不会对我满嘴谎言。"

"我爱你。我从始至终只爱你。"骆晋急欲表白。

沈初晴泪眼婆娑地望着他，"骆晋，你说实话，对顾小蔓，你敢说你真的没有一点点心动吗？"

"以后你会明白的。"骆晋丢出这句话，松开她不知道从哪里拿出了一把钥匙打开门进了房间。既然她不肯回去，那么他就在这里陪她。

他走过时带过的风，带起了沈初晴耳边的发丝，留下她进也不是走也不是。沈初晴知道，她想要离婚还遥遥无期。他们陷入了冷战。沈初晴对骆晋视而不见，可骆晋也不管她理不理自己，一如既往地照顾她。即便沈初晴不领情，对他冷脸，他也不计较。这样弄得，有时候沈初晴都觉得自己是不是过分了？以前，他们闹别扭，骆晋一这样，她就缴械投降了。

在骆晋温柔攻势下，沈初晴每天告诫自己，不能再心软。今天父亲六十大寿，要不是骆晋提醒她险些都忘记了。"礼物我都准备好了。爸六十大寿，哥他们请了亲朋好友，要好好庆祝一下。"沈初晴靠在沙发上背对着他看电视，"别叫得那么亲，那是我爸，跟你没关系。"

"怎么没关系，我是他女婿。"骆晋坐到她身后。

沈初晴向外挪了挪，"很快就不是了。"

"现在还没离。爸妈也不会同意我们离婚的。"

沈初晴"啪"的合上书，愠怒，"骆晋，别拿我爸妈压我。我不是小孩子也不是木偶，有人身自由，我想要离婚谁说也没用，他们也拦不住。"她就是讨厌他这样说。她不要自己的婚姻被一堆别的理由束缚。"好了，老婆，是我不对。"骆晋好脾气捏捏她的脸，好像对待一个任性的孩子一样。

父亲的六十大寿，她这个女儿不出面实在说不过去。可是，要她穿着骆晋为她准备的礼服，和他一同出席。沈初晴实在觉得别扭，都要离婚了，他们有必要这么亲密吗？换好礼服，沈初晴看着镜子中的自己，还在为这个问题纠结。

"初晴，你好了吗？我们要迟到了。"骆晋催促道。沈初晴深呼一口气，走了出来。水蓝色的礼服将她衬得肌肤如雪，长发慵懒地盘起，更添了一抹韵味。只是，好像少了些什么？

骆晋看着她光滑的脖颈，想到，还差一条相配的首饰。

沈初晴看见骆晋从口袋中拿出一个精美的礼盒，向她走过来。今天的他穿着正装，一身 TRUSSARDI 的西服，显得他身材更加挺拔，无形中散发着贵族的气质。骆晋走到她面前亲手打开手中的盒子，是那条玫瑰金项链——永恒。骆晋已经将它修复得完好如初。

"我替你戴上它。"

流光溢彩的光芒，闪得沈初晴有些恍惚。

"我不要。"她还是不能当作什么事都没发生，转身就走。

骆晋早一步伸手抓住她的手腕，语气不容置疑，"那条红宝石，是顾小蔓误以为给她，自己拿走的。"说完不容沈初晴再说什么，径自抚开她脖颈间的一缕发丝，为她戴上了项链。

沈初晴在项链的衬托下，越发耀眼迷人。骆晋温柔俯视她，然后轻轻在她唇上印下一吻，"只有你能配得上它。我对你的感情从始至终都没有变。相信我。"骆晋的温柔就像一记猛烈的毒药。沈初晴脑子乱了，心也乱了。她不知道自己还能抵抗多久？

父亲的大寿，骆晋操办得很体面。

沈初晴下了车，骆晋走到她身旁，将自己的胳膊递给他。沈初晴装作视而不见，骆晋拉过她的手挽在自己的手臂上，沈初晴想抽回。骆晋面对记者展现最得体的微笑，"你再动，我会抱着你进去。"沈初晴狠狠瞪了他一眼，没敢抽回自己的手，她知道他从来都是说得出做得到。

席间，骆晋完美展现了自己的魅力，对沈初晴也是呵护备至。在众人眼中他们依旧是恩爱的夫妻。宴席中场，骆晋突然走上了台。骆晋抬手示意嘉宾安静下来，所有人看着他。沈初晴隔着人群看了一眼，然后正要走出去。忽然，听到骆晋说了一句，"今天，我必须向大家澄清一件事。关于我太太，沈初晴的。前些天，众多媒体对我太太报道了一些负面新闻，今天借此机会，我必须向大家说一下。我这一生只爱一个人，那就是我的太太——沈初晴。"

沈初晴的脚步被钉住了，有些被吓到了。两人隔着人群四目相望。骆晋深情地凝视她，继续说道，"那些报道给我太太造成了困扰，也伤害了我们之间的感情。在此我要说，希望媒体停止炒作。我不希望我们的生活再被打扰。不然，我一定追究他的责任。"骆晋扫视一圈，缓缓说道，"不惜一切代价。"

前些天的新闻就被他这样轻描淡写地翻过了。记者们相不相信，沈初晴不想知道。但沈母显然是不相信，找机会把她拉到休息室盘问。"这到底是怎么回事？"沈母这些天找不到她人，都快急死了。"那个顾小蔓跟骆晋到底有没有关系？你跟骆晋现在什么情况？"

"我们没事。"

沈母还是有点儿狐疑，不放心。"你看，我说什么来着。让你赶紧生个孩子。你和骆晋什么都好，就差一个孩子。你骆太太的地位就稳如泰山，哪个女人也动摇不了。"沈初晴不敢说，他们正在冷战，要离婚。不然，沈母能使出三十六计来阻止她离婚。

"是真没事？还是你背地有什么打算？"沈母对自己的女儿还是有所了解的。以她的个性决不能容忍这样的事。"小晴，一个男人难免会犯错。即便，顾小蔓那事是真的又怎么样？骆晋今天当着这么多人的面维护你，那他说明他还是在乎你的。你爸也和他谈过了，只要你不再闹，他保证以后不会再发生这样的事。骆晋还是不错的，别计较太多。"

沈初晴翻翻白眼，什么叫我不闹？沈母说的好像是自己在小题大做不可理喻一样！到底我是不是你亲闺女？沈母没理她的白眼，继续道："我警告你，你要敢瞒着我闹离婚，我就没你这个女儿。"早知道他们是这样的态度。

沈初晴蔫蔫地回了句，"我知道。"

不想跟那些人虚伪客套，沈初晴去休息间躲清净。骆晋，我该不该再相信你？她的心有些动摇了。

"还是骆总裁厉害，自己偷吃了不说，还在记者面前演这样一出好戏。面子里子都给了太太。不但消除了自己的负面新闻，还落得个好名声。"

"我也真佩服骆太太，够能忍的啊！"

"他们豪门圈，哪个不是表面一套背地里一套。在众人面前演的夫妻恩爱，一回家就各玩各的。我看骆太太也不是省油的灯，说不定也养了个小白脸情夫呢？"

几个女人一边说一边笑，推门而入。

当看见落地窗边赫然站着当事人时，脸色顿时僵住了。

沈初晴看着她们，微微一笑。"聊得挺开心的吗！"

"骆太太，好巧。你怎么在这里？"

"不在这里，怎么能听到你们说得这么精彩。"沈初晴的脸上看不出喜怒，只是眼睛里的清冷让她们反而害怕。

"对不起，骆太太，我们喝醉了乱说的。对不起……"几个女人清楚沈初晴是她们得罪不起的。

沈初晴看着她们落荒而逃。

离婚，变成了沈初晴一个人唱着的独角戏。骆晋始终一副处变不惊的态度对待她，就像她是偶尔任性的孩子，等她耍完脾气，一切还会重归原点。这让沈初晴气闷，讨厌骆晋笃定的姿态。仿若自己就是他手中牵线的风筝，骆晋由着她闹腾，因为他知道她逃脱不了自己的掌控。

宴会结束，骆晋送沈家二老回家，沈初晴跟着也下车。

"你跟着我们干什么？回你自己家去。"沈母训道。

"老婆，你也累一天，早点回去休息。"骆晋下车揽住了她的腰。

沈初晴分明看见他隐忍的笑意，狠狠地瞪了他一眼。

骆晋车驶的方向不是她的公寓，而是他们的家。

"停车，我要回家！"

骆晋却像没听见一样，反而提了速。

沈初晴火了，声音高了，"骆晋，听见没有，我要回家。"

"这不是回家吗？"

"那是你的家，不是我的。"沈初晴一听更来气，她的手放在车门上。

"你的就是我的，我的不就是你的吗？"骆晋笑得暧昧。

沈初晴只觉得快被骆晋气吐血了。

一进家门，余气未消的沈初晴气哼哼的一脚一个甩掉了脚上的高跟鞋，直接往书房去。跟在她身后的骆晋猛地一把扯回他的怀里，直接压在书房门上，唇便落了下来，双手不安分地游移。

"骆晋，不要……"

"别忘了，你还是骆太太。"他含着她的耳垂，在她耳边低语，炽烈的吻从下巴、耳垂、颈项一直延伸到纤细的锁骨……他喝了酒，嘴里带着微醺的酒气，那是陈年拉菲的味道，那醇厚的酒香似乎让她也有些醉了。她还想反抗，可是他的吻仿佛带着魔力，一点点蔓延，一寸寸点燃她体内的热情和欲望。原本要推开他的手，渐渐无力。感觉到她不再抵抗，骆晋拦腰将她抱起，压倒在书房的沙发上。

"骆晋，停下……"猛然间，沈初晴想起来，自己有孕，前三个月是不能……可骆晋哪里会轻易放过她，一只手捉住了她反抗的手，另外一只熟练而粗暴地扯开她的礼服……沈初晴急了口不择言，"骆晋，去找你的顾小蔓，不要用碰过她的手来恶心我。"或许这句话刺激到他了。骆晋的动作停住了，微微的喘息，未褪情欲的眼眸凝视着她。

沈初晴心中一阵慌乱，嫌恶地推开压在身上的骆晋，迅速起身却不想碰掉了桌子上的一本书。一个淡黄色的资料袋"啪"地掉落在骆晋的脚下。

一张照片探出了半截头。

骆晋目光落在照片上，狭长的眼睛眯了起来。沈初晴看见照片，心咯噔一下，慌忙去捡。然而，骆晋比她快了一步。骆晋打开资料袋，里面全都是他和顾小蔓的照片。有他抱顾小蔓的，有他们并肩一起的，有他们一起出入公寓的……从照片上看，一定是有人躲在暗处偷拍的。骆晋还看了几叠资料，里面是全部都是记录他和顾小蔓的信息。他们几点几分见的面，果真是有图有真相。

"这是什么？"骆晋举着资料袋，眸光染上了一层阴霾，语调没有一丝温度。

沈初晴像被人抽走了力气，"你都看见了，还我问做什么？"

骆晋有种说不出的心痛，他最爱的那个人居然调查他，"沈初晴，你找人调查我？"

"对！我是找人调查过你。因为我不想像个傻瓜一样，被你一次次地欺骗。"

骆晋眸光深不见底，将一叠资料扔回桌上，带起的风将桌上一张协议书震落。

"夫妻双方若有一方在婚姻期间有出轨，或者做出伤害夫妻感情破坏家庭和谐的行为。则过错方无条件答应对方提出的离婚，并自愿放弃其子女监护权，抚养权以及探视权。此协议即签字起生效，并具有法律效率，双方永不得反悔。"而且，他已经签过了字。

骆晋一步一步向沈初晴走过去，眸光冷到极致，周身散发着森冷的寒意。沈初晴被他逼得连连后退。"从一开始你就想离开我？是不是。"

他生气的不是她不信任自己，背地里去调查他，而是她从一开始就识破了自己的谎言，然后处心积虑得想要离开他。沈初晴从未见过他这样愤怒，以往的骆晋即使恼怒也不会轻易显露。沈初晴知道这次他是真的生气了，心中一颤说不上话来。

"说话！"骆晋抓住她的胳膊，迫使她正视自己的眼睛。"沈初晴！"

沈初晴在他巨大压力下还是说了出来，"是。从你骗我那刻开始，我就想离开你。从你在我们结婚纪念日丢下我却和顾小蔓在一起那天开始，我就下决心离开你。"

"好，很好！沈初晴。"骆晋的双眸像要喷出火来，沈初晴彻底把他激怒了。"你想离开我，想跟我离婚？"骆晋一只手捏住沈初晴的下颏，不自觉的手上加大了力气。一字一句吐出，"沈初晴，你做梦！你这辈子是我骆晋的女人，一辈子都是。永远别想从我身边逃离。"

一想到，沈初晴竟然一早就下决心离开自己，骆晋就怒不可解。

沈初晴的下颏被骆晋捏得生疼，眼泪在眼眶里打转，却倔强地不肯落下。

两人四目相持。

骆晋狠狠吻住了她的唇，没有了往日的温柔，带着惩罚的意味。

沈初晴想挣扎，却不敌他的力气。

她越是挣扎越是激起骆晋占有的欲望。

身上的衣服被骆晋粗鲁地扯掉，骆晋拦腰将她抱起扔到了床上，疼痛从背部四溅开来。沈初晴丰盈的身体毫无保留呈现在骆晋面前，沈初晴看到他眼睛升腾的欲望，从来都舍不得勉强她。当他知道沈初晴是真想离开自己时，心里竟有莫名的害怕。

"放开我，骆晋。"骆晋用吻堵住了她的嘴，强行分开了沈初晴的腿，蓄势待发。

现在的骆晋像一只受伤的兽，只想把沈初晴融入自己的身体，似乎这样才能感受到她的存在。

"骆晋，不要让我恨你。"沈初晴哽咽着哭出声。

骆晋口中尝到了湿咸的味道，猛然一惊，停了下来。身下的沈初晴已经不再徒劳挣扎，只是一双哀怨的眼睛，看得他心痛不已。最终，还是不愿她受一点伤害，骆晋翻身而下，抓起薄被盖在沈初晴身上，自己利落地穿好了衣物。走到酒柜给自己倒了满满一杯酒，一饮而尽。

一杯接着一杯，很快一瓶就见底了。

沈初晴从他身后走过向门外走去，看着他落寞的背影，不知为何心中突然有些难过。骆晋还是敏锐地听到她离开的脚步声。

"等一下！"

沈初晴的脚步没有停顿。

"你不是想知道我和顾小蔓的关系吗？"骆晋站起身。

这句话，成功地定住了沈初晴的脚步。

骆晋一步一步走到她面前，"那我就告诉你。几年前，我出了一场车祸，我超速驾驶撞上了一辆出租车。我没事，而那个出租车司机伤势过重去世了。因为他喝了点酒，所以判他全责。所以，我欠顾家的。"

骆晋最终还是说出了那个埋藏心中的秘密。他不想，沈初晴再误会他，他真的害怕真的会因此失去她。骆晋颓然地点燃了一支烟，看沈初晴的眼神说不出的复杂，"我选择隐瞒，是因为我想在你心中可以是完美的。初晴，每一个人的心中都有一个只属于自己的秘密，是不能被触及的。我一直以为你会懂我，信任我。可是，你没有！我把真心藏好，是因为只想给你。你呢？"

说完这句话，骆晋拧灭烟蒂走了。

"啪！"

清脆的关门，拉回了沈初晴的神智。她从没想过，事情居然是这样。怎么会是这样？一切都是一场误会？知道真相，为什么她的心依旧沉重。骆晋说话时看她的眼神，比任何时候都让她心痛。

听到汽车引擎的发动声，沈初晴慌忙追出去，可是，骆晋的迈巴赫已经驶出。她想跟他说声对不起，想告诉他，她爱他。还有，她怀孕了。可是一切都扼在喉咙里，化成滚烫的眼泪夺眶而出。

骆晋没有停顿。对不起，初晴。我还是骗了你，是为你好。他现在无法面对沈初晴。他开着车一路疾驰，最终在一家夜总会停下。

十. 日思夜想终究是伤

　　陆蘅经过贵宾房时，服务员刚好端着酒进去，他无意间瞥见了骆晋。陆蘅脚步一顿，招了招手，身后的韩涛附耳上前，"替我送瓶酒给骆总，然后给顾小蔓打电话。"陆蘅拍了拍韩涛肩膀。韩涛随即领会。

　　顾小蔓慌慌张张地赶到到夜总会，果真就看见喝得醉醺醺的骆晋。

　　"骆晋，你怎么在这里？"顾小蔓把东倒西歪躺在沙发上的骆晋扶好，"你给我滚开。"顾小蔓厉声呵斥为骆晋拿酒的服务员。"你凶什么？他是你老公吗？"这个穿着暴露的服务员，早就从骆晋名贵的衣服看出他非富即贵。正在驶出浑身解数勾引骆晋，不识相的顾小蔓就冒出来了。"拿开你的脏手，马上给我滚！"顾小蔓毫不客气把她从骆晋身上扯开，狠狠道，"马上给我滚。他是我的男人。"

　　"神经病！"服务员灿灿地扭着屁股走了。

　　顾小蔓使出吃奶的劲，将重得像座大山一样的骆晋塞进出租车内。丝毫不知道，暗处有几台相机一路尾随他们。

　　顾小蔓费了好一番力气将他扶回五楼，自己的住处，好不容易半拖半拉搬上自己的床。累得鼻尖都是细细的汗珠，她先倒了点温水，拿了条干净的毛巾为骆晋擦拭。她没想到，自己还能这么近的距离靠近他。静静地看着熟睡中的骆晋，现在的他没有了清醒时的冷俊。顾小蔓忍不住抚摸着他棱角分明的脸庞，浓墨的剑眉，高挺的鼻梁，削薄轻抿的唇……每一处，都让她念念不忘。

　　猛然，顾小蔓被骆晋一把抓住了手腕，睡梦中呓语，"对不起……对不起……"

顾小蔓心神微荡，把脸贴过去向听得清楚一些。

"初晴，不离婚好不好。"虽然声音很低，但顾小蔓还是听得无比清晰。她刚盛满幻想的心，破碎了一地。顾小蔓恨恨地抽回自己的手，怨怒地盯着骆晋。

沈初晴，又是沈初晴！她到底哪里比我好，你对她这么痴心不已？她那么阴险，毁了我的生活，逼死了我母亲。你竟然还爱着那个恶毒的女人？

机会我给你了，能不能把握就在你自己了。想起给她打电话那人的话。机会就只有这一次，她必须好好利用。

沈初晴你等着，你给我的痛苦，我现在就要变本加厉地还给你。

而此时的沈初晴一遍一遍地打着骆晋的电话，一直是无人接听的状态。这让她很担忧，她开着车出去到骆晋可能去的地方寻找。电话终于被接通了。只是里面却传出了一个女人的声音，沈初晴立刻听出是顾小蔓，她拿着手机的手僵住了。

"骆太太，怎么找不到老公了？你看，我也真不懂事，下次，骆晋再过来，我让他提前跟你打声招呼。不然，我们在一起缠绵，你像个傻子一样满世界找他岂不是很可怜？"顾小蔓的话极尽刻薄。沈初晴没有被顾小蔓的挑衅失去理智，她不相信骆晋会去找她，稳了稳心绪，冷声道，"顾小蔓，收起你那套小心思。骆晋根本不会喜欢你，他已经把真相告诉我了，你就不要利用他的内疚做白日梦了。"

顾小蔓一愣，没想到骆晋居然会把事情都告诉她，但她很快反应过来了。讥笑一声，"沈初晴，那套说辞不过是编出来骗你的，哪个男人出来偷吃，不是编个千百个谎。你是不是太天真了？"

"我相信他。"沈初晴沉声道。

"好，你等着。"顾小蔓没想到沈初晴这么难缠。

手机突然被顾小蔓挂断了，沈初晴拿着手机指节都开始泛白。

"叮……"

沈初晴的短信突然跳了出来，是条彩信，顾小蔓和一个男人交缠的合影。那个男人的脸，她再熟悉不过。顿时，沈初晴像是被人抽干了所有血液，觉得眼前一片天昏地暗。

发完照片后顾小蔓迅速删除了他手机里的通话信息和图片。看着昏睡着的骆晋，她的嘴角勾起一抹不易察觉的冷笑。

沈初晴，即使我不能让骆晋不爱你，但我也要折磨你。顾小蔓温柔地抚摸骆晋的脸，然后，吻上了他的唇。骆晋本能的回应，大手一带让顾小蔓更加紧密地贴上自己。

"晋。我爱你，你听见了吗？……"顾小蔓在骆晋耳边柔声引诱。朦胧中，骆晋似乎看到了沈初晴温柔的脸。此时的她，柔情似水。她从来没有过这样的表情。

骆晋体内的欲望一下被点燃了，翻身将"沈初晴"压到了身下，急不可待地撕掉她身上碍事的衣物。怀中的人热烈地吻着他，身体紧紧地贴向他。昏昏醉醉的骆晋疯狂地吻着她，热烈地回应着。

骆晋身下的顾小蔓风情万种，她不在乎现在他爱不爱她，她要的只是想成为他的女人。

"我爱你，骆晋。"顾小蔓更加热烈地唤道。

纵然药物让他昏沉，但也能感受到身下的人有不同往日的热情火辣。骆晋慢慢不由自主得分开。迷蒙的双眸看到被自己压在身下的竟是顾小蔓，猛地推开了她起身冲进了浴室，让冰冷的水浇灭体内的沸腾的燥热。

沈初晴站在顾小蔓家门外，手脚不受控制得发抖。她不敢动，不敢进去，害怕看到不愿看到的一切。颤抖着，犹豫地抬起手，她如此的期望这一切都是一场误会。

门铃，在沈初晴心惊胆战中响了起来。

门被人从里打开了。

沈初晴推开顾小蔓闯了进去，卧房地板上散落着骆晋的衣物，还有那凌乱的床单……

砰！

当下半身只裹着浴巾的骆晋从浴室走出来，他的头发还在滴着水珠……

时间仿佛静止了。

沈初晴看着眼前的两人，她的心如同被人生生撕扯开来，痛得不能呼吸。

啪！

突然，沈初晴挥手狠狠甩了顾小蔓一个耳光。"顾小蔓，你不会有好下场的！"

顾小蔓猝不及防，被她打了个趔趄。看到沈初晴冰冷绝望的目光，她心中不寒而栗。

沈初晴反手又甩了骆晋一个耳光，用尽了全身力气，那一巴掌带着她所有的愤怒和绝望。"骆晋，这是你欠我的。从今以后，你说的每一字我都不会再相信！"

骆晋生生受了这一巴掌，没有动。看着沈初晴眼中的哀痛，他想说些什么，但这一刻他似乎已经无从辩解。

这一刻，曾经的山盟海誓显得那么苍白无力。

骆晋眼睁睁地看着沈初晴愤然离去，等反应过来追了出去，却看到她的车绝尘而去。沈初晴怎么知道他在这里，又怎么会突然出现，那么巧刚好撞见？这一切，唯一的解释就是，顾小蔓在搞鬼！

沈初晴开着车一路狂奔，泪水汹涌而出，模糊了视线。她的心好疼，失望，愤怒，绝望……像把尖锐的刀，一点一点刺进心里，哀莫大于心死，这一刻，才是真正体会。

车驶到了海边，开上了栈桥，沈初晴的车速丝毫没有减速的迹象。桥的尽头，就是漫无边际的大海。她还为以前误会他满心内疚，像个疯子一样寻他到半夜，他却和别的女人在缠绵。也许，死了，心就不会那么难受了吧？沈初晴闭上眼握紧方向盘踩下油门，车像离弦的箭一样带着主人的决心冲出去。

"吱……"

重重的刹车声，在夜空里显得尤为刺耳。

过了好久，沈初晴才敢缓缓睁开眼，海浪拍打着岩石的声音，一下一下。她哆哆嗦嗦打开了车门，下车的腿还在发软，背贴着车一下瘫软在地上。她被自己疯狂的举动吓坏了！她的爱情没了，心也死了。可是，她不能死，她还有孩子，她必须要好好地活着。

沈初晴对骆晋提起了离婚诉讼。可是过了好几天都没有收到他的回应。打他电话，骆晋只说了一句，离婚的事免谈！便挂了她的电话。骆晋你逃避是解决不了问题的，她这次是死了心要离婚的。

沈初晴回到他们的家，偌大的家空荡荡的，整洁的卧室表示他几日根本没有回过家。沈初晴又转去他们公司。前台告诉她，骆晋这几日都在办公室，没有出门，连饭都没下来吃过。

"骆太太，骆总他这几日不知怎么了，脾气很暴躁，见谁骂谁，没被骂得更惨，直接被开了。"沈初晴点点头，"好了，我知道了。"然后乘着他的专属电梯去了总裁办公室。沈初晴没有敲门直接推开门走了进去，看见站在落地窗前背对着她的骆晋。

"谁让你进来的？给我滚出去！"骆晋的声音夹杂着骇人的阴霾。沈初晴转过头看见了他办公桌上那份离婚协议书，她走过去拿在手里。"没听到我的话吗？给我滚出去？"随着暴戾的声音，骆晋猛地一转身，看见了沈初晴。沈初晴拿着协议书走向他，递到他眼前，"签了吧！""你来找我，就是为了这个！"骆晋原本欣喜的黑眸，瞬间化为冷厉的寒气，伸手打掉了沈初晴手里的离婚协议，"不可能，沈初晴我永远不会答应离婚。"

沈初晴看着他，眸光透着疏离的光，似乎看着一个漠不关己的人，淡淡说道，"骆晋，何必呢？何必要把彼此折磨得两败俱伤才肯放手？"

时间仿佛静止了。

骆晋不知道如何解释？他还能解释清楚吗？他喝醉了，被人设计，然后跟顾小蔓上床了！这一切，初晴都是不能容忍的。沈初晴捡回协议书，重新递给他，郑重地说，"骆晋，趁着我们之间还有点儿情分在，我们好合好散！"她说得那么轻松，那么淡然。

骆晋的心一缩一缩地疼。

忽然，沈初晴只觉得一股大力将她拉向了他，他抱住她，排山倒海般地吻了起来，唇齿交缠，不同于往日的缠绵，却令人不可抗拒。他紧紧地搂着，似乎要将她视为生命中唯一救赎。"初晴，对不起。我真的不是故意的。我从来都不想伤害你。"低沉的声音散在沈初晴耳畔，带着一丝哀求。沈初晴的心尖锐地疼。

不想伤害也已经伤害了。

沈初晴头埋在他的颈窝，眼泪滚落，"那就离婚，放了我吧！"

"不可能！"骆晋松开她，抓住她的肩膀，他的脸色逐渐变得铁青，深邃的眸子里尽是狂乱，大力的险些捏断她的骨头。如果可以，他真的想把自己的心剖开给她看看。"就算你恨我也好。"随即，他意识到自己的手重了，立刻撒开手。"你走吧！"骆晋害怕面对她，害怕看到她脸上坚决的神情，害怕看到她眼中的疏离。

不爱一个人，不是恨，而是冷漠的无视。

起诉离婚，在骆晋这里根本没有用。沈初晴问了段西平，还能有什么办法？段西平说，分居两年以上，单方面起诉的话，就可以判定离婚。走出律师事务所，沈初晴接到了沈母的电话，说是腰扭伤了，让她搬回家照顾自己几天。

沈初晴奇怪沈母腰扭怎么偏偏这个时候扭伤，说，"不是有哥嫂在吗？""那两个没良心的，出去旅游了。把孩子手给她，就是带孩子时给扭伤的。你爸急得血压也高了。"沈初晴还是心疼沈母，答应回家。她走出店门，就看见在车旁等候的骆晋。沈初晴直接绕过他，去自己停车的地方。"初晴。妈让我来接你一起回去。"骆晋拉住了她。沈初晴用力甩了甩她握紧的手，没甩开，声音不大透着冷漠，"那是我妈，不劳骆先生费心了。不管你签不签字，在我心里你已经跟我没关系了。"

显然沈初晴毫不留情的话刺痛了他，"你一个人说了不算。在我们没有正式离婚之前，你永远都是我的老婆。"骆晋强制性地把她拉到自己的车上，并且摁下了车锁防止她跳下车，"骆晋，你就是个浑蛋。"沈初晴，恨得咬牙切齿。什么时候他变得这么无赖。骆晋算准她再怎么跟自己闹得不可开交，也不会当着沈家的面。他太了解她了。可是，这次她不会再藏着掖着，准备挑明了。沈家已经备好了饭菜，只等他们俩。饭桌上，相对骆晋亲昵熟络，默不作声的沈初晴倒像是个外人。他一声一声，爸妈，叫得很是亲热，又体贴又孝顺。

"初晴，妈做了你最爱吃的菜，多吃点。"看见沈初晴没怎么动筷子，骆晋体贴地将菜夹道她的碗里。他凭什么还能这么若无其事？沈初晴立刻将菜又夹了出去，拧眉道，"我自己有手。"她生冷的话，打破了餐桌上和谐的气氛。饭桌上的气氛有些冷凝。

"骆晋，初晴都是你惯坏的。"沈母转过头开始训斥女儿，"小俩口吵完就行了，一直闹下去就没意思了。我从一进门就看见骆晋一直对你百依百顺的。你发发脾气就行了。"沈初晴看着沈母，她训起她来底气十足，哪里还有她刚进门时半点疼痛的样子。"妈，你腰伤好了吗？"沈母脸上有谎言被识破的心虚，"只要不动就不会疼了？哎哟！又疼了，都是被你气的。"沈初晴心里明镜似的，什么腰扭伤了，什么血压高了？都是他们配合骆晋演的戏。

"骆晋，你可真行？你给我爸妈灌了什么迷魂汤了，他们怎么都偏袒着你？"沈初晴"啪"的将筷子放在桌上，"爸，妈，我吃饱了。你们就跟你们的好女婿慢慢吃吧。"说完，沈初晴起身就走。

"站住！"一直默不作声的父亲发怒了，"沈初晴，回来，给我坐下。"沈初晴脚步顿住了，也不走也不坐回去。"你看看你什么样子？从你一进门就横眉冷对的。身为一个男人，哪个没有过出门逢场作戏的。动不动就离婚，你多大了？你还当是过家家吗？""对不起爸妈，我们的事让你们操心了。这都怪我……"骆晋立即维护沈初晴。

父亲转而又训起了骆晋，"你别什么事都揽在自己身上，她是你老婆，该管的时候好好管。"沈母推了推老伴，"行了别说了"。又对孙子铭远说了几句。4岁的小铭远领会地跳下椅子，跑到沈初晴身边拉着她的手，扬起小脸说道，"姑姑，姑姑，我今天想跟你睡。你再给我讲阿里巴巴和四十大盗的故事好吗？奶奶讲得一点都不好。"然后，小铭远又跑去拉着骆晋的手，"姑父，你也陪我睡，行吗？我喜欢跟你玩游戏。"

沈初晴想拒绝，但没办法当着孩子的面跟骆晋争执，只好点头答应。然后，小铭远欢欢喜喜地一手牵着她一手牵着骆晋，上了楼。沈初晴放好水抱小铭远去洗澡，小铭远搂住骆晋的脖子，稚声稚气地说，"姑姑，我已经是个男子汉了，你是女的不能给我洗澡了。我让姑父帮我洗。"沈初晴觉得好笑，点了点他的鼻头，"你才多大，就男子汉了。男子汉都是流血不流泪的，你还哭鼻子？"小铭远被人揭短急得直跳，"我就是，我就是男子汉。我跟姑父一样都是男子汉。""好，好。你是，姑父给你洗澡。"骆晋抱起了他向浴室走。小铭远趴在骆晋宽阔的肩头，"姑姑，说好陪我睡的。你可不能偷偷走掉，谁说话不算数谁是小狗。"

沈初晴被铭远逗乐了，露出了久违的笑容，伸出手指保证，"好。说话不算数就变小狗。"小铭远这才放心跟着骆晋进了浴室。

沈初晴找出小铭远的几本童话书，坐在床上等他们。浴室里传出他们嬉闹的笑声。曾经，沈初晴无数次幻想过，如果她和骆晋有了孩子，他一定会像现在这样疼他，宠着他，陪他玩，给他洗澡……"姑姑，你想什么呢？"小铭远穿好了睡衣跑了出来。

沈初晴张开双手，一把抱住这个小胖墩，把他放到床上和他一起躺下。"没什么呀！姑姑给你讲一个故事，然后你乖乖睡觉。""好。"铭远点点头，然后冲着骆晋喊，"姑父，你也来呀。"沈初晴没有看他，骆晋走过去掀开被子，中间隔着孩子躺了下来。自从他们冷战开始，他们都不再同床。

看着给铭远讲故事的沈初晴，她脸上有着母性的光辉，骆晋在想，他们之间缺少的就是一个孩子。如果，他们有孩子，也许她就不会那么坚决地要离开他了吧……

故事没讲完，铭远就睡着了，刚才他和骆晋玩得太疯了。沈初晴小心翼翼把小铭远的头从臂弯中抽出来，想走。手只是一动，立刻被骆晋抓住了。"不要走，好吗？"骆晋的声音沉沉的，有点儿恳求还有些落寞。

沈初晴想抽回，但被他抓得更紧。"骆晋，你这样做没用的。"骆晋明白她指的是用父亲沈母来压她。"初晴，不管到任何时候，我都不会放开你的手。"沈初晴的心就那么突地软了一下，喉头发哽。

害怕吵醒铭远，她放弃了挣扎。骆晋将铭远的头挪到自己的臂弯，握着沈初晴的手没有丝毫放松。骆晋的手心很温暖，每次他这么触摸着她的时候，他的暖意总是撩拨着他的神经末梢，那是会让她迷恋的毒。她要想保住尊严，就必须远离他。

十一．已惘然

沈卫婷拿着化验单递给医生，然后听到了最不愿听到那句，你怀孕了。"怎么可能？我有在吃避孕药的。"沈卫婷一脸的不可置信。"避孕药也不是万无一失的。"医生面无表情，对这样的事司空见惯。

"我不能怀孕。我还年轻……我还没……"结婚，两个字沈卫婷及时咽了回去。"如果，我不想要，该怎么办？""一般有药流和人工流产，也有种无痛人流。""我就做无痛的，不怕贵。越快越好。"沈卫婷急忙说道。"你需要再做个检查，看看怀孕周数，到时候才能决定。"医生给她开了检查单。沈卫婷拿着那张薄如蝉翼的检查单，心情沉重的像压了座大山。

刚走出医生诊室，就听见楼下大厅有吵架的声音。她好奇地回头看了一眼。

吵架的是一男一女，女的是顾小蔓，男的是邵力凯。"你怀孕为什么不告诉我？"

"我跟你说了多少次，孩子不是你的，不是你的。你凭什么管我。"

顾小蔓努力想挣开他的手。"那你告诉我孩子是谁的？是不是那个姓骆的？"

围观的人越来越多，对他们指指点点议论纷纷，顾小蔓不想在大庭广众之下丢人现眼，甩开他想走。偏偏，邵力凯抓住她不放。"你不给我说清楚，你别想走。"沈卫婷迅速拿出手机躲在一旁，拍摄。

"是。没错，是骆晋的。你听清楚了吧。"

沈卫婷拿着手机的手一颤，她怀了姐夫的孩子？她录完，用在网站注册的账号，将这段视频放在了网上，然后就去堂姐家。沈初晴正在露台浇花，"好一阵子，没见你了。干什么去了。""姐，你别浇了，跟我来。"沈卫婷夺过花洒，将她拉到房间。"你来看看这个。"说着，她打开那个网站，点开视频。

画面很清晰，周围的声音虽然嘈杂，但字里行间还是能够听得清楚。

沈初晴心一缩，静静地看着屏幕。那天，她确实看见骆晋衣衫不整，如果他们真的发生了什么，那么孩子很有可能是骆晋的。她的头嗡嗡的，心乱如麻。

"姐，顾小蔓这个贱货怎么怀了姐夫的孩子？她……"

"别说了。"沈初晴厉声打断她的话，她的心够乱了，够痛了，不需要火上浇油。她呆坐了一上午，最终，决定亲口问问他，可到他公司楼下，却又不敢上去。她在害怕，害怕得到的答案是自己不愿意知道的。好半天，还是没有勇气进去。

天，又下起了雨。沈初晴拦不到出租就近走进了一家书店。书店里三三两两有着躲雨的人，雨越下越大短时间没有停止的迹象。"好巧，沈初晴。"沈初晴一进门却不想竟遇见自己最不想见的人。顾小蔓看起来，心情很好。笑容满面，换沈初晴眼里看来，分明是种炫耀。

"用阴魂不散形容你，我想更贴切一些吧！"

顾小蔓无所谓地笑笑，"随你，我倒觉得我们也可以叫作有缘分。"沈初晴冷哼一下，真不知道这么无耻的话她怎么能说得出口。"我有个好消息要告诉你，不过，对于你来说，应该算是个坏消息。"

沈初晴看着顾小蔓那张笑盈盈的脸，就像看一只挥散不去的苍蝇。顾小蔓一字一顿说，"沈初晴，你害怕了？我必须告诉你，我怀孕了。孩子是骆晋的。"她就想气气她，看看她抓狂的样子。

沈初晴手不由攥紧，她必须努力克制自己，才能压制住冲上去打她的冲动。"哦。我忘了。骆晋不让我告诉你，你们结婚两年，你都没折腾出动静。我们就那么一晚，就中了。骆晋说了，等孩子生下，光明正大地再进骆家，骆晋那么大的家业，怎么着也得有孩子继承不是吗？"

顾小蔓的每一个字都如落地的碎片，连同回声都是说不出的刺耳。

沈初晴只觉得喉咙里堵得慌，心底就好像扎了一根厉刺儿，疼得她想要喊出来。顾小蔓就是想看沈初晴生气，看她痛苦。可，沈初晴白皙的脸上没有半丝波澜，甚至嘴角还挂着浅浅的笑意

"是啊！顾小蔓，可你又能得到什么？只要有我在，你永远是个被人唾弃的小三。生下孩子又怎么样，生了又不能养。进了骆家门，只要我愿意，他得管我叫妈。我还可以将他送出国，你一辈子都见不了他一面。你觉得如何呢？"

说完，沈初晴觉得心里一阵刺痛，原来嘴上所说的跟心里想的永远是两回事。

她的心永远不会像嘴上说得那么潇洒！早已陷进了旋涡！"我当然信你做得出来。沈初晴你的狠，我早就领教过的。你别得意，等我生下孩子，我们一家三口其乐融融的时候，你就等着被骆晋抛弃吧。"

想刺激她！

她还不够格！

一抹嘲讽不屑的笑慢慢占据了沈初晴的唇边。"顾小蔓，听过一句话吗？人贱则无敌。你算合格了。你还真把自己当回事，只要我是骆太太的一天，就不可能换作别人。更不可能是你了。骆晋又不喜欢你，说你是小三就算是抬举你了，小三最起码能跟我争，而你呢？你有资格吗？你配吗？"

"啪！"

顾小蔓被沈初晴的话深深刺痛了，扬手甩了出去。沈初晴咬了一下唇，脸上火烧一样的疼。顾小蔓凭什么打她？凭什么在她家庭中横插枝节，凭什么总企图毁掉她的一切？只觉得一股火气从心口直烧到头顶，沈初晴毫不犹豫地挥手向顾小蔓的脸。顾小蔓还想讨回来，手腕扬在半空被沈初晴一把攥住。"顾小蔓，我看在你是孕妇的分儿上，那一巴掌我就不加利息了。你要是再不识相，我保证你会很难堪。"

沈初晴猛然松手，顾小蔓脸上又红又白，顺势倒在地上，捂住肚子显得很痛苦。"沈初晴，你还有没有人性，我好歹是个孕妇。你竟然推我，你想我孩子死是不是。你太狠了。"顾小蔓的哭诉引来书店人的围观，人们纷纷把矛头指向沈初晴，指责她的行为。

太不应该了。

怎么说人家也是孕妇。

……

沈初晴冷哼一声，"顾小蔓，别跟我玩无赖。这里有的是监控，要不要我去给你回放一遍。你最好小心点，这孩子可是你的筹码。别偷鸡不成反蚀把米，那就得不偿失了。你说是不是？"她沈初晴可不会任她拿捏。

顾小蔓收起了楚楚可怜的面孔，恨得咬牙切齿，"沈初晴，我诅咒你一辈子生不出孩子。就算生了也胎死腹中，是个畸形怪胎。"顾小蔓一句一句直戳她的心窝，她的孩子，她看得比自己的命还重要。决不允许，别人诅咒他。

沈初晴忍无可忍，"顾小蔓，你最好不要让我再看见你。不然你的孩子就胎死腹中。"

沈初晴不知道自己怎么回到家的，她不敢想自己对顾小蔓竟然也说了那么恶毒的话。她一定是疯了，被逼得快疯了。她拉开窗帘，窗外雾蒙蒙一片还下着细雨，她最喜欢光脚踩着地毯上站在落地窗前看雨，听着喜爱的音乐，心里有种格外的宁静。骆晋常常会从身后拥着她，他温暖的怀抱就是她整个世界。

虽然，发生了那么多事。可是，她还是情不自禁地想起他，她承认自己没出息。她心底比谁都清楚，骆晋是爱她的，他根本不会同意离婚。她早知道，所以她才那么肆无忌惮，她才敢那么决绝。一次一次，提出离婚。可是，现在，他跟别人有了孩子。她骗不了自己，当作什么事也没发生。她介意，真的介意！

"在想什么？"骆晋温柔的声音从头顶响起。这些日子，骆晋对她极尽极致的好，生怕自己触碰了什么。她是自私的，似乎她从来没有考虑过骆晋的感受。如果，她能心平气和跟他一起解决婚姻里的误会和问题，他们是不是不会走到这一步的。

"骆晋，我是不是太自私了？"骆晋吻了吻她的头顶，"是我不好。"沈初晴的酸涩一片，雷无声无息滚落，"骆晋，我问你一件事？你能不能如实回答我。""好。"骆晋回答得很干脆。"顾小蔓肚子里的孩子，是谁的？""这件事，我必须要跟你解释。我跟她根本什么也没有发生，她肚子里的孩子是她前男友的。""那你告诉我，你中午去见的谁？为什么要给她支票？"骆晋环抱她的手僵住了，太阳穴突突地跳。

骆晋想解释，却无从开口。"看来我猜对了。你也不确定孩子是不是你的是吗？"

沈初晴咬着唇，心里凄惶一片。"我们回不去了，骆晋。"沈初晴的这句话，就像一颗炸弹，嘭的一声，将骆晋这么久努力维持的幸福，炸得灰飞烟灭。骆晋抓着她胳膊，"初晴，要相信我。"

"我累了。"这些日子，哭过，吵过，闹过。她真的累了。沈初晴没有再提离婚的事，她知道只要骆晋不同意，这婚就离不了。

骆晋大多时间都陪着她，去公司的时候，就让许姨来照顾她，而且叮嘱阿姨无论她去哪里都要跟着，随时向他汇报。他真的希望，她可以打他，骂他，或者哭闹。这样他反而心里还踏实点。

像现在这样的平静，让他心惊。

更不愿听到顾小蔓怀孕的，还有一个人。沈卫婷。

不管顾小蔓怀的是不是骆晋的种，她都不可能让他有机会来到这个世上。只需要他不小心的夭折，然后将所有责任推在沈初晴身上。让骆晋也看看，他口中温柔善良的老婆，是如何心狠手辣地扼杀一个小生命的。

打定好主意，沈卫婷就去找沈初晴。

"许姨，我姐呢？"沈卫婷进了房环顾一圈没看到沈初晴的身影。许姨做了个嘘声状，"可能在卧室吧！太太最近心情不太好，你去陪陪她说说话吧。"沈卫婷点点头，轻手轻脚地推开了卧室的门，没看到她人。她的手机在桌子上响个不停，沈卫婷走过去，看到屏幕上显示，老公。好奇心的驱使下，她翻开了信息，然后看到了骆晋给沈初晴发的短信："老婆，原谅我。从我跟你在一起的那天起，我就没想和你分开。你想哭就哭，想闹就闹，想怎么样就怎么样。你可以惩罚我，不管用什么方式，只要别讨厌我，别不要我就行……"

骆晋字里行间对沈初晴的深情和不舍，让沈卫婷妒意大增。她将手机重新扔回桌子上。眼睛余光一撒，看到了桌子上的时装杂志里夹着一张单子。沈卫婷抽出拿在手上一看，瞬间有些吃惊。这是一张 b 超检查单，最后诊断写着，孕期 21 周，单胎活婴。再看姓名，赫然写着"沈初晴"三个字。她居然怀孕了。居然在这个时候怀孕了？可她从未听沈母提过，不然以沈母的性子这么个天大的喜事，她怎么闷着不说。

这么说，沈初晴没告诉他们。更没告诉骆晋。而且，根本没打算告诉他。一些念头在沈卫婷脑子里飞速旋转。骆晋如果知道沈初晴怀孕，他再不可能跟她离婚。如果，这个孩子出了意外……想到这里，沈卫婷也被自己的想法惊住了，这可是她的姐姐！她这么做是不是太狠了……

"卫婷，你来了。"沈卫婷犹豫的当间，沈初晴进来了。慌乱间，沈卫婷手中的检查单掉进了桌子下面。聊了些家常，沈卫婷还是将话题转到了顾小蔓身上。"姐，我见到顾小蔓了。她真的怀孕了。""我知道。"沈初晴的声音很淡，听不出任何情绪。她这个堂姐就是这样，永远这么冷静，永远不会把伤口露给别人看。

沈卫婷就不信她真的能沉得住气，"真是姐夫的吗？姐你准备怎么办？"

顾小蔓三个字已经像一把锋利的匕首，刺进了她的心口。稍微有些风吹草动都牵扯她的疼痛。"卫婷，这是我跟姐夫的事情。我们会自己会解决。"

沈初晴朝客厅喊了一句，"许姨，我想吃杧果，你去买些吧！哦，顺便给卫婷带些她爱吃的。""好。太太。"许姨欣喜地答应了，这几天沈初晴都没怎么好好吃东西，骆先生让她变着法儿地做些她爱吃的。都没怎么吃，现在难得有她想吃的。许姨挺高兴地解开围裙带上钱正要出去。

突然想起来，骆先生说，要寸步不离地跟着太太。"你去吧。许姨，有我在，我姐还能跑了不成。你快去快回吧。我真有点儿饿。"沈卫婷看出了她的犹豫。许姨临走又嘱咐沈卫婷，"二小姐，你等我回来，我买你最喜欢吃的。你陪太太一块吃饭。""好。"沈卫婷怎么听不明白许姨的言下之意。

沈卫婷猜骆晋是怕沈初晴离家出走玩消失。这下，沈卫婷大概心里有数了。沈初晴的个性是绝不可能容下这个孩子的存在。"姐，如果她那个孩子生下来，以后跟姐夫再也牵扯不清了。姐夫可以不在乎她，可是孩子呢？都说血浓于水呢，姐夫能不管他吗？到时候你怎么办？这些你想过没有。你不介意吗？"

介意。当然介意，怎么可能不介意？沈初晴险些喊出来。可是，她能怎么办，对骆晋说让她把孩子打掉，我们重新开始吗？这话她说不出口。事情到这一步了，她能怎么办？

"姐，你一定不能让这个孩子生下来。不然后患无穷。""好了，别说了。"沈初晴心烦意乱，不想再听下去。她不允许自己有可怕的念头浮上来。"好吧。姐，我去给你倒点水。"沈卫婷去厨房榨了杯沈初晴最喜欢的西柚汁，不是讨好她，是因为西柚能掩盖药物的味道。

沈卫婷环顾了一下四周，沈初晴在房间，许姨让沈初晴支出去买东西了。她迅速拿出两片标着米非司酮片字样的药片，加进了榨汁机里，看着它们被打成粉末然后融进了果汁里。

对不起了，姐！我不想害你，我只是不想你把孩子生下来！

沈卫婷心中有些不忍，但转瞬即逝。端着杯子递给了沈初晴，眼睁睁地看着她喝了下去。因为紧张，她不自觉地攥紧了手，口袋中小药盒什么时候掉了她也不知道。

那药是她今天从医院取的，原本是自己吃的。打胎的话是需要连服三天。两片药虽然弄不掉孩子，但至少会胎死腹中！

药一时半会儿还不会发作。

沈卫婷坐了一会儿就走了，但没走远。然后，她假冒快递员给沈初晴打电话，让她亲自去店里签收快递。果然，没过多久，她就看见沈初晴坐上一辆出租车走了。

她猜得没错。然后，沈卫婷从自己的包里拿出沈初晴的手机，她刚走的时候偷偷拿走了，拨打了一个号码。之后，又等到许妈买东西回来悄悄将手机放了回去。

一切天衣无缝！

会议室，在听各级主管汇报的骆晋，双腿优雅地交叠，目光落在大屏幕的报表上，右手放在椅子的扶手上轻轻敲打。

他有些心神不宁，总感觉有什么事要发生。

"嘟嘟……"

骆晋迅速拿起手机，看到许妈的号码，他的心立刻揪了起来。

果然，还是听到了最不想听的话，沈初晴不见了。

她竟真的走了！

骆晋脸色冷得像千年的寒冷，全身散发着冰冷的气息。会议室主管们看着 BOSS 的脸色，面面相觑，脊背瞬间发凉。他们从未见过 BOSS 这样过。忽的，骆晋站起身冲了出去。

火速赶回到公寓，果然，没有看到沈初晴的影子。她的东西还在，衣服，日常用品，手机……她什么都没带走。

什么都不要了，也不要他了。

像是一盆冷水泼下，把骆晋浇了个透心凉。

她的离开是他意料之中的，偏偏又是他不能接受的。一定是有原因的，不然她是不会突然离开的。骆晋颓然坐在床上，眼角余光正好扫到了桌子下面。他看到了掉落的那张单子，走过去捡了起来。

等看到上面的内容，更为震惊。一张 B 超检查单，显示孕期 21 周，也就是三个月了。患者，沈初晴。她怀孕了。骆晋先是惊喜随之又被愤怒而替代。她怀孕了却没有告诉他，三个月，她瞒着他整整三个月。现在还带着他的孩子离开他。如果不是他刚巧发现，是不是一辈子被她这么隐瞒下去。

骆晋想到这里，心惊不已，手中的检查单不由得攥成了一团，用尽全力一拳砸在墙壁上。现在唯一要做的就是，要找到沈初晴。

十二．说不尽的心酸

骆晋拨通了岳峰的电话。"马上让人去火车站，机场，客车站，给我守着。看见她人马上通知我，找不到人，你也不用再回来。"骆晋吼得很大声，吼完，余气未散地将手机狠狠摔在了地上。

可能手机的质量太好了，在那样的暴力下居然还是完好无损。骆晋捡起了手机，同时发现了手机旁边的白色的小药盒。

骆晋虽然不懂非司酮片药名是做什么的，可是他看到了里面的说明书。

单单让他看到，口服终止早期妊娠。这八个字就足以他心惊胆战。

她不但要离开自己，还要把孩子打掉。

骆晋的脸色铁青，只觉得五脏六腑都被掏空，痛不可抑。

当真是不爱他了吗？才能如此的绝情！

沈初晴，无论你躲到天涯海角，我也一定会把你找出来！

于此时的沈初晴的心，突然，心口莫名的慌乱，只是几秒钟。但给她一种不好的预感。她微微蹙眉，不由抚上了自己的胸口。

店员姗姗给沈初晴煮了一些粥，看着脸色因为发烧变得发红的沈初晴。不放心地说，"晴姐，你真的确定不去医院吗？"

"不用。我睡一下就好了。"沈初晴因为发烧，说话都显得无力。

"那好吧。我盛了碗粥等凉了些你记得喝点。等下再来看你！"

沈初晴点点头。姗姗这才走了。

可能是着了凉，沈初晴才发了烧。下床的时候有些头重脚轻，勉强走到餐桌前刚拿起汤匙想要喝些粥就听见，咚咚砸门声。

一声比一声急，一声比一声重，显示着门外人的心情和怒气。

"沈初晴，我知道你在，我必须要见你，马上。否则我就踹门了。"骆晋暴躁地砸着门。

沈初晴皱皱眉，震耳欲聋的砸门声如同一把锤子一下一下砸在她的太阳穴，一阵一阵的发疼。

得不到回应，骆晋一脚踹开了门。然后，他看见稳坐在餐桌前泰之若素喝着粥的沈初晴。

沈初晴眼皮都没有抬，"骆晋，你发什么神经？"

骆晋被沈初晴的漠视激怒了，"沈初晴，你告诉我这是什么？"骆晋将那张B超检查单摔到听到身上。

沈初晴捡起那张纸，眼角只是扫了一眼，心里咯噔一下，明白骆晋为何这样的震怒。她什么也没说。

"沈初晴，你告诉我。你想把我的孩子怎么样？"骆晋黑眸中寒光四射，一把拽住她的胳膊，力道大得快要把她的骨头都捏碎了。

"他怎么样，跟你没关系。"

骆晋抓住了她另一只胳膊，迫使她正视自己，声音冷得足以将人冻死。"你敢说跟我没关系？那是我骆晋的孩子。"他将那个药盒摔到她身上，"你告诉我，这药你是做什么的。沈初晴，你敢背着打掉孩子，我要你的命。"

骆晋真的害怕，害怕沈初晴真的狠心打掉他，打掉他们之间唯一的牵绊。

沈初晴心中一痛硬着头皮迎上他杀人的目光，他凭什么来要求她什么，他不是已经有孩子了吗？凭什么还来和她抢这个孩子。孩子是她的命，没了孩子，她活下去就再没意义。

"那你杀了我吧！孩子我已经打掉了。"

骆晋刹那，有种万念俱灰的感觉。他听见心底某处坍塌的声音，心口汩汩地流出血来，带走他所有的温暖。瞬间他的身体冰冷，像掉进了冰窖里。

"沈初晴。"沈初晴听到了骆晋愤怒嘶吼的声音，看到了他高扬的拳头，她闭上眼准备承受。可是，下一秒只听见一声闷响。骆晋的拳头已经落在了身旁的镜面上，镜片哗哗啦啦碎了一地，无数个碎片上倒映出骆晋痛苦的脸孔。他被划破的伤口一点一点往下滴着血，滴在了碎的镜片上，掩盖了镜面上她的面孔。

终究，还是不舍，不舍她受一点伤害。沈初晴看着骆晋难过的样子，她的心比谁都疼，一阵一阵的酸涩在心口翻涌堵在喉咙，她每条神经都痛到极致，动不了什么也说不出来。

她的每一个字都在慢慢地吞噬着他的血肉，直到他奄奄一息。

"你真狠。沈初晴。"骆晋的声音透着无限的伤痛。沈初晴别过脸，咬紧了下唇，不敢再看他的眼，眼泪滚滚而落。

她是铁了心要离开他了！

"为什么要打掉孩子，就算你不爱我了，可我是孩子的父亲。你凭什么在我还不知情的情况下，自私的处理掉他。在你心里我是什么？你究竟有没有爱过我？"骆晋觉得心跳似乎都快要静止。

"因为我不想再跟你有任何牵扯。"

怎么会到这一步！骆晋身子僵住了，就仿佛整个世界都要遗弃他的这种感觉令骆晋喘不上气来。原来亲口听到她说不爱，是这样的心痛。

痛彻心扉！

骆晋静静地看了她很久，终于开口了，嗓音低沉喑哑。"初晴，我不信，我只想告诉你，我爱你，从始至终没有变过。有很多事，是我们始料不及的。我从不想伤害你，你可以打我骂我，或者做任何事，能不能不要用离开惩罚我。我们重新开始，好不好……"

骆晋幽深的黑眸弥漫着自责和心痛。他嘶哑的声音，就像一条忧伤的河将她完全包裹。

沈初晴无声地流下了眼泪。

"初晴，记不记得，我们结婚的时候，你曾说过，等我们都老了就在海边找一处房子，你种花草，我遛鸟，然后看着儿孙绕膝。等我们头发白了牙齿都掉光了，还能相互搀扶着走到时光的尽头。"骆晋说得那么动容。她记得，她怎么会忘记？她也以为他们能相依相守过一辈子？可是，他们没有以后了。

"骆晋，都过去了，我们离婚吧！"沈初晴极力忍住心中的悲痛，说出了这句话。

"你下定决心要跟我离婚，一点点留恋都没有吗？"骆晋从内心深处升腾起一股巨大的挫败感与绝望。凝住她的眸子，深邃的眸子中尽是狂乱，有太多说不清、道不明的东西在胸腔里奔腾着，而他正在极力压抑着。

骆晋上前紧紧搂着她，沈初晴没有推开他，任由骆晋紧紧搂住她，保持着原姿势一动不动。他俯下头来轻吻她，从最初的开始一点点的触碰，而后慢慢地吻住她，得不到回应，骆晋似乎是急了，唇上加重了力道，就像要把她融进自己的身体。

沈初晴姿势没变，眼神没变，就连唇上的温度都没有变，始终是冰冰凉凉的，沈初晴不仅心在痛，就连腹部也感觉在隐隐的发痛。她不敢让自己的情绪太激动，极力控制住情绪。

"骆晋。我们走到了这一步，再继续勉强下去，你我都痛苦。在我们还没有彼此厌恶之前，放手吧。"她是真的不爱了吧，所以才放手那么潇洒，而他一个大男人还在恋恋不舍。是不是很讽刺！

"好。我们离婚。现在！马上！"骆晋低沉的嗓音里满是克制和隐忍，下意识地想挽留着！可是话到嘴边却变了。

此时此刻，顾小蔓丝毫不知道一场厄运就要降临在自己身上。她的公寓楼下，沈卫婷把顾小蔓的照片递给了一个染着五颜六色、打着无数耳钉、戴着鼻环的男人手里。"你看着办，事成之后我付你们另一半的钱。但，记住一条千万不能玩出人命。不然，你我都吃不了兜着走。"领头的男人看了看照片上姿色不错的顾小蔓，手指一弹照片轻浮一笑，"放心。这么漂亮的妹妹我怎么舍得呢？是吧？兄弟们！"

"是啊！"余下那几个地痞流氓的男人，齐声吆喝。

"要出了岔子连累我，我可不会放过你们。"沈卫婷手指在他们面前一一划过，然后从包里拿出一沓钱摔到他们身上，然后坐着车子扬长而去。顾小蔓下楼想打的，等车的当口，一辆面包车突然停在了她的身旁。车门迅速被拉开，顾小蔓一下被人捂住了嘴，来不及呼叫来不及挣扎，整个人就被车上的人一下拖进了车内，然后面包车迅速开走了。顾小蔓猛地一咬捂住自己嘴巴的人，只听那人惊呼一声，然后对她的后颈重重一下，顾小蔓瞬时昏了过去。

待她醒过来的时候，发现几个色眯眯的眼睛直盯着她，看得她心惊肉跳。而且她身上的外套不知什么时候被剥掉了。再环顾四周，这里大概是某处废弃的厂区。偌大的厂间还零碎摆放着破损的机器。

看着浪笑着靠近的混混，顾小蔓爬起身想逃。不想，那人比她快一步，一下用身体挡住了她的去路，然后将她慢慢逼退。顾小蔓再看身后，余下的几个男人放浪地笑着渐渐将她围住。

顾小蔓意识到危险，惊恐地问，"你们，你们想干什么？"她想喊，可是这样空旷的地方恐怕真是叫破了喉咙也没有人听见。顾小蔓更加绝望了。"小妹妹，陪哥哥玩玩吧。"为首的男人，满口酒气涎笑着摸上顾小蔓细致的脸蛋。"走开。"顾小蔓厌恶打掉他的手，他手中的啤酒瓶也应声落地摔了个粉碎。想跑，可环顾四周她已经无路可逃。"再过来，我就要喊人了。"

其中留一撮胡子的混混伸手一带，就将顾小蔓抱了个满怀，在她颈窝拱来拱去。"跑什么，哥哥又不会吃了你。""求求你们，放了我吧！"他身上酒味混合着汗臭味，熏得顾小蔓恶心。"滚。滚开。"顾小蔓奋力挣脱了他。"小妹妹，别害怕。哥哥们很温柔的。"为首的男人强行按住了拼力抵抗的顾小蔓，像只饿狼一样扑了上去把她压在地上。

顾小蔓奋力挣扎，摸到了地上的碎酒瓶，用尽全力扎进了趴在自己身上的混混。

"啊……"

尖锐的碎片没入了他的脊背，被扎的混混一声惨叫，趁他松懈顾小蔓顺势推开了他，迅速抓起地上的另一个酒瓶爬起身。"谁敢再过来，我就死给你们看。"顾小蔓将尖锐的那头对准自己的脖子，然后狠狠地划了下去。

鲜血瞬间流了出来。

她宁死也不会让他们玷污的。几个混混慌了，他们只想吓唬她没想到弄出人命，其中一个大着胆子上前探了探顾小蔓的鼻息。

老大，她会不会死啊！姓沈的女人只让我们把她肚子里的孩子搞掉，现在会不会出事啊？

昏昏沉沉中，顾小蔓听到了他的话。

姓沈的？沈初晴，三个字立刻从顾小蔓的脑里跳了出来。是她！一定是她。找人报复自己。顾小蔓千算万算，没想到沈初晴竟然这么歹毒，居然找人强行弄掉她的孩子。爬起身时，她看到了一个手机。一定是那些人掉的。

沈初晴！我不会放过你，我要告你！我要你下半辈子都在监狱里度过！

顾小蔓死死地握着手机，恨意滔滔以至于面目狰狞……

她忍住身上的疼痛，踉踉跄跄捡起被他们扔到角落的手机，拨通了报警电话。

手续办得很快，签下字，盖上章，一个证，她和骆晋从此就是两个世界的人！从此，他们的轨迹再也不在同一个世界。

沈初晴走出民政局，恍如隔世。发生的一切像是一场梦，醒来后还带着心悸的痛。走出这里，他们一个向左，一个向右，他们真的变成了最熟悉的陌生人。

下台阶的时候，沈初晴一个踉跄险些摔倒，骆晋本能地伸手扶着她。

"谢谢！"

一句谢谢，隔着多少千山万水。从今后，叫作沈初晴的女人就再也不属于他了。以后，他再也不是她的依靠了！骆晋撤回了自己的手，沈初晴已经走出很远，他的手还保持着刚才的姿势，过了一会儿他才握住掌心，空空的只剩下了空气。

"初晴，我会搬出去住，明天我把公司的50%股份转在你的名下。"离婚之后，骆晋才发现他们根本没有考虑财产分配的问题。她一个女人，以后该怎么办？"骆晋，不用了，我会搬出去的。"没有了他，那些对她来说真的不重要。骆晋大跨步追上沈初晴抓住她的手，"不行。我必须要给你，你必须接受。"他吼得很大声。哪个女人和老公离婚，不是争得头破血流，闹得鸡飞狗跳的夺财产。

可她倒好，东西不要，房子不要，财产不要。是有多迫不及待要跟他彻底地划清界限，一点牵扯也不肯有。

"骆晋，我们已经离婚了，你不需要再管我了。你没有责任了……""够了。"骆晋打断她，呼吸停顿了两秒。

骆晋提醒自己，他们已经离婚了，以后他们都会有自己新的生活。

眼睁睁地看着沈初晴越走越远，无力再挽留。

"老婆。"骆晋的声音猛地从她身后响起，沈初晴脚步一滞，眼眶里有什么东西正翻涌而出，她不敢回头，只能加快了离开的脚步。"老婆。"骆晋低低的声音沙哑的，几乎是用尽全力的，从心底里喊出来的。

沈初晴的身子明显有些颤抖，死咬着唇不出声，强忍住眼泪，压制着，迅速钻进了车内离开，否则她会冲动地跑过去扑到他怀里。车子越驶越远，骆晋的身影在倒车镜中渐渐化作一个黑点然后消失不见。沈初晴心里伪装起的城墙，在这一刻终于倒塌了。

再也不能抑制，从起初的隐忍到最后的失声恸哭……爱了他这么多年，从今以后，除了肚子里的孩子，她只剩她一个人。

接到警局电话，骆晋赶到了医院。他到医院的时候警察刚好做完笔录，走了出来。询问他沈初晴的一些情况。顾小蔓被绑架险遭强暴，她指控一切都是沈初晴幕后指使的。

骆晋听完这些，脑袋里嗡嗡一片，显然不能相信这样的事情。"不可能！我太太不可能做出这样的事。"骆晋暴怒得打断了警察的话。"骆先生，以你太太和受害者目前这种关系，她确实有很大嫌疑，而且人在失去理智的时候是会做出疯狂的举动。现在我只希望你作为她的丈夫，你不要对我们有任何隐瞒。"

"我说了，我太太绝不可能做这种事。"看着情绪激动的骆晋，警察没再说什么，只好走了。继而，骆晋推门进病房，顾小蔓安静躺在病床上，惨白的脸色，睁着一双空洞洞的眼睛盯着天花板，毫无生气就像一个惨败的破布娃娃，看样子她不是在作假。

顾小蔓看也不看他，"我已经起诉她了。""顾小蔓，你要是敢耍花招陷害她，我会让你死得很惨。"骆晋的声音透着狠绝。顾小蔓情绪变得激动，将通信记录摔到骆晋身上，"你袒护不了她了，骆晋。她彻底的毁了我，我是不会放过她的。你就等着你深爱的女人蹲监狱吧！"顾小蔓咬牙切齿道。

骆晋从她的眼神中看到了滔天的恨意，此时的她恨不得将沈初晴碎尸万段。骆晋语气不容置疑，"她不可能做出这种事。""骆晋，你是不愿相信，还是根本不敢相信，沈初晴就是这样恶毒的女人。我告诉你，骆晋。她逼死我妈，害死我的孩子，她会遭报应的。除非你现在就把我弄死，否则，我就会告她，告到她入狱为止。"

顾小蔓说的骆晋固然不相信，他坚信沈初晴不会做出这么歹毒的事情，可真正看到疑犯通信里那个熟悉的号码，他的心登时揪起。毫不知情的沈初晴还在公寓，骆晋的一些东西还留在她这里。衣柜里还挂着他的衣服，冰箱里还有他买的水果，被子枕头上还残留着他的气味……沈初晴不敢想不敢看，任何和他有关的。找了一个纸箱，把骆晋的东西都收拾起来。

门突然被人打开了，急促的脚步声向她的卧室走过来。唯一，有这里钥匙的就是骆晋。也许她该换钥匙了。

正在收拾东西的沈初晴感觉手腕一沉，骆晋抓住了她的手腕，猛的一扯让她面对自己。

"你干什么？骆晋。"沈初晴手中衣物掉在了地上。"这句话该我来问你吧！沈初晴，你想干什么？你对顾小蔓干了什么。"他凭什么这样跑过来指责她？该哭的不是她吗？受伤的不是她吗？沈初晴瞪着骆晋，"那你告诉我，我该怎么做？欢欢喜喜等着她生下孩子吗？对不起，我没有没有你想的那么大度。"

一个断章取义，一个毫不知情。这个世上存在着多少误会，就是这样那样的误会，让许许多多本该在一起的人，阴差阳错地分开了。骆晋看着她目光的里含着失望和痛惜，"你承认了？你真的找人弄掉顾小蔓肚子里的孩子？"

听了这话，沈初晴吸了口凉气。这才明白，骆晋这次来找她是为什么。

"骆晋，你这话什么意思？你说我让人去弄掉她的孩子？在你眼中我就是那样歹毒的人吗？"沈初晴不可置信地看着骆晋。

骆晋看着她，黑眸里是失望更多的是心痛，"嫌犯已经抓住，他已经供出是受你的指使。还有这个。"骆晋拿出那份通信记录，"这是疑犯的通信记录。"沈初晴从他手中夺过通信记录，果不其然，她的号码赫然在列。"不可能，这怎么可能？"沈初晴摇头，显然她自己也不可置信。

忽地，她抓住骆晋的胳膊，"骆晋，你知道的。我不会这么做的，对不对！你会相信我的。"她一激动，肚子就开始疼，额头上已经有了细密的汗珠。骆晋痛心疾首地掰开她的手，"沈初晴，现在种种迹象都指向了你。"沈初晴的心陡然坠落到了深渊，暗不见日的深渊里。谁都可以不相信她，唯独他不可以。

"骆晋，你给我滚。"沈初晴感觉腹部传来隐痛，她情绪过于激动恐怕伤了胎气，她指着门，"我再也不想看见你，永远都不想！"骆晋走了，他要尽快去警局处置这件事，他没看见身后的沈初晴疼得弯下了腰。

刺痛一拨一拨袭来，沈初晴抱着肚子，肚子坠痛得更厉害了，疼得她冷汗都出来了。

沈初晴挣扎着摸到手机，关键时候手机却没电了。没办法打电话求助，沈初晴只好硬撑着回房间拿到车钥匙，自己开车赶往医院。孩子如果再有事，她真的没办法活了！沈初晴将油门踩到底，也不知道闯了几个红灯。肚子疼得越来越厉害，她扶住方向盘的手渐渐有些支撑不住。

"砰……"

十三．回忆翻滚着绞痛着不平息

沈初晴的车直直地撞上了前面等绿灯的一辆车。车上的陆旭被吓了一跳，他下了车走到肇事车旁，隔着车窗看见车上的司机趴在方向盘上，撞破的额头正流着血。陆旭一眼认出来，是沈初晴。他慌忙拉开车门，将她抱出来。

"送我去医院，救救我的孩子。"沈初晴虚弱地说完这一句就昏了过去。如同做了一场冗长的梦，沈初晴终于睁开了眼，猛然坐起身摸自己的小腹。"我的孩子呢？"虚弱的她一阵晕眩。"你醒了？"陆旭赶紧上前扶着她。隐隐记得她被推进了手术室，沈初晴哆嗦着摸摸自己的小腹，她已经感受不到腹中生命的存在，孩子是她唯一活下去的理由。"医生呢？我要见医生！"

"你冷静一下，医生马上就到。我也已经通知你的家人，他们现在正在赶来。你先躺下好吗？"陆旭尽量让沈初晴冷静下来。沈初晴整个人陷入了巨大的哀伤里，她绝望的眼神让他看着心疼。这时，沈母着急忙慌地赶来了。沈初晴没有哭，没有闹，不吃不喝，就那么静静地躺着。就像一个没生气的木偶，安静的可怕。

沈母吓坏了，她抹着泪守在女儿身旁。往事就像过电影一样在沈初晴脑海播放一遍。"妈！孩子没了！我的孩子没了！"最终，沈初晴情绪彻底失控，哭得快要断气了。"我什么都没有了。什么都没有了！"

沈初晴哭得伤心欲绝！沈母禁不住也掉了眼泪心疼搂着她，拍着她的背。"怎么会？你还有妈！妈永远都在你身边。别哭了，别哭了。"沈母给她擦着眼泪，可是，眼泪多的怎么擦也擦不完。沈家人一天 24 小时都守着沈初晴，生怕她想不开，做什么傻事。

沈初晴哭过之后反而冷静了许多，她转过脸看着靠着沙发上累得睡着的哥哥，心里又是一阵难过。她给哥哥盖一张毯子，悄悄地走了出去。走到医院天台，就那么静静地站着，发丝随风而扬，纤细的背影看起来落寞孤寂。

忽然喜欢上了这样的夜色，它能包容和隐藏着你一切不愿展露的伤口。

"不要站太久，这里风很大。"一个轻柔的男声，从身后响起。

沈初晴微微转过身，看到了那天送自己到医院的男人递过来一件外套，"不要着凉。家人会担心。"

冷吗？她现在没有任何知觉了。沈初晴依旧静默，也不想问他为何半夜出现在这里。

"痛苦是必需的过程，熬过去了，生活一切如旧。"陆旭为她把外套披上从天台望下去，28 层的高度，正应人如蝼蚁那句话。

沈初晴看了一眼说得潇洒轻松的陆旭。

"不信，跟我来。"陆旭抓起她的手。

陆旭竟然将她带到了病房，走到一个病房停下，隔着玻璃窗指着病床上身上插着各种管的小女孩，"看见了吗？她才 5 岁，有严重的心脏病，医生说如果不尽快换心，她可能活不过一个月。"然后又指了指另外一个病人，"他因为严重车祸，必须截断双腿……"陆旭一个一个指给她看，"这个是全身 80%的烫伤……"

"比起他们，你已经在天堂了。你有爱你的家人，有关爱你的朋友，有病有钱治……而你的痛苦在他们面前已经微不足道了。"

是啊！她的痛跟他们比较太过卑微了。

陆旭的话似是一道阳光拨开了压在她心头的乌云。

沈初晴眼眶湿润，郑重地向陆旭道谢，"谢谢。"

"初晴，你别吓她。行吗？"不见她人，沈母吓得心惊肉跳。

都说儿女是父母一辈子的牵挂。可是，她的牵挂没了。她不能再让父母为她担惊受怕了。沈初晴鼻子一酸，上前紧紧地抱住沈母，"妈！我没事。你放心，我不会自杀。""真的？"沈母看着她，虽然还是不放心，但看她似乎没有那么绝望了。沈初晴点点头，"真的！"

"你和骆晋的事，妈也知道了。我也不逼你了。"沈初晴点头。"谢谢妈！"

沈初晴住院，骆晋自始至终没有出现过。他压下了顾小蔓的事，就一直待在公司，亲自处理公司的大小事务。他让自己陷入忙碌中，心才不会有空隙去想沈初晴。他更不敢回他们曾经的家。因为家里到处有她留下的痕迹，她的影子，一颦一笑几乎无孔不入钻进他的脑海里。一张离婚证将他们两年的感情，曾经那么亲密的两个人切断得干干净净，骆晋只是想一想心就一阵痉挛的痛。

夜深了，岳峰看到总裁办公室还亮着灯，鼓起勇气走了进去。骆晋头靠在椅背上，闭着眼，俊美的脸庞上是难掩的落寞。桌子上是喝空了的酒瓶，没有酒精的帮助，他根本无法入眠。"晋哥，有件事我想告诉你。"岳峰纠结了很久，还是决定告诉 BOSS。自从骆晋和沈初晴离婚后，谁都不敢在骆晋面前提及沈初晴的名字。骆晋缓缓睁开眼，双眸中已经有淡淡的血丝，他一直不敢听任何有关沈初晴的任何消息，怕控制不住去找她的冲动。

"晴姐，前两天出车祸住院了。"岳峰说得小心翼翼。骆晋的心被揪了起来，"为什么现在才告诉我？"一边说着已经抓起车钥匙就要去医院。刚走了两步，脚步顿住。

以前她一生病，总会搂住他的脖子做出一副可怜兮兮的模样，然后说，骆先生，我想吃这个，我想吃那个。就是不肯吃药，总要他半哄半威胁的，她才肯乖乖吃药。现在他们离婚了，成了毫不相关的两个人。

骆晋恍然出神，过了一会儿，才开口吩咐岳峰声音沙哑，"你去问问医生她的情况，回来告诉我。"岳峰看着 BOSS，明明关心她想见她，却非要做出一副漠不关心的样子。可是，BOSS 的事，自己无权过问。

"等等！"岳峰刚走出几步，又被骆晋叫住了。骆晋犹豫了一下，开口道，"顾小蔓那件事，你觉得是她做的吗？"这两天，骆晋一闭上眼，沈初晴哀伤的脸就浮现在他的眼前。"当然不会。"岳峰终于有机会开口了，"晋哥，我相信晴姐不是那样的人。既然都要跟你离婚了，干吗非要弄死顾小蔓肚子里的孩子。我觉得这其中肯定有误会。"

岳峰的一席话，瞬间点醒了骆晋。是啊！她都跟自己离婚了，何必再大费周章弄掉顾小蔓的孩子。当时，生气她坚持要离婚，根本没想那么多。

想到其中可能误会了她，想到她为此受的委屈，骆晋坐如针毡，恨不得立刻飞到沈初晴身边。此时的沈初晴正在办出院手续。沈初晴不愿在医院里待着了，身体早已痊愈，心上留下的伤口，你若不敢正视，它就永远无法愈合。

沈母边收拾边念叨，"这女人小产跟生孩子没区别，都很伤身体，也是要坐月子精心保养的，不然落下病根就很难好了。""是啊！小晴，你看看女人流产多大个事，你可要好好养养身体。这个骆晋也真是的，为了那么一个女的，老婆孩子都不要了。这婚离了也好。什么东西，当初我说什么来着，骆晋他不可靠，你看看果不其然……"

三婶越是关切，越是替沈初晴打抱不平，反而让她越觉得虚伪。就像是密密实实的针一样，扎向了她的每一个毛孔。"三婶，过去的都过去了。"沈初晴截断了她的话。她心里挺清楚的，现在多少人等着看她的笑话，表面上打着关心她的幌子，实际上是来看看她现在落魄狼狈的样子。所以，她要打起十二分的精神，不让自己看上去病恹恹的。

婚是她坚持要离的。生活还是要继续的，该放下的始终要放下。于悦知道了顾小蔓事后，颇有些幸灾乐祸的意味，"要我说，她就是活该。勾引别人的老公，还想母凭子贵？太无耻了。初晴，你做得一点都没错，就是不能让她把孩子生下来。要是我，我一定让她比现在凄惨百倍。"

沈初晴没有解释，她会查清楚这件事，不能够无端端地背上如此沉重的黑锅。她刚和于悦走出医院大厅门，沈初晴就被等候多时的媒体记者呼啦一下团团围住。"请问，骆太太这次住院是因为流产吗？为什么没有看到骆先生来过医院？你们感情是不是已经破裂了？""骆太太，有人在民政局见到过你和骆先生，请问你们去那里是要离婚吗？""骆太太，顾小姐指控你指使他人迫使她流产，对这件事你有什么要说的吗？"

……

闪光灯对着沈初晴闪个不停，尽管她戴着墨镜，还是觉得刺眼。记者们一个接着一个犀利的问题，就像一把把盐，毫不客气地撒在她还没结痂的伤口上。她想走，可是记者们岂肯善罢甘休。沈初晴感觉自己像掉进了海水里，快要窒息了。

"她不敢回答，那么我来告诉大家。"突然，一个女声吸引了众人的目光。记者们又呼啦跑了过去。沈初晴向那端看去，隔着人群看到了一身病号服的顾小蔓，脸色苍白憔悴，弱不禁风。

"各位看好，我今天这个样子，都是她害的。"顾小蔓手陡然指向沈初晴。"我根本不是小三。当初，她因为婚后不能生育，找到我。想让我帮她代孕，只要我答应就给我一百万。那时候，我母亲尿毒症急需换肾，我迫于无奈只能答应下来。谁知道，没过几个月她发现竟然自己也怀孕了。她就翻脸不认人，找到我讨要回那一百万，还逼我堕胎。我是个人，我舍不得孩子。她就找一些流氓强行强暴我。我命大逃过一劫。可是，我的孩子保不住了，而且医生说很可能以后都不能再生育了……"说到这里，顾小蔓已经说不下去了，哭得不能自已。

顾小蔓颠倒黑白的"演说"成功拉取了在场所有人的同情票。她就是要用大众的舆论压死沈初晴。

"骆太太，你对此还有什么要说的吗？"

"骆太太，这件事是真的吗？

……

沈初晴瞬间被顾小蔓推到众矢之的的风口浪尖。沈初晴今天真真实实的见识到。一股气血在胸口翻涌，她恨不能冲上去狠狠抽她。可现在她更不能翻脸，不让将事态扩大，不然更证实了她的污蔑。于悦看不下去想反驳，被沈初晴及时阻止了。她攥紧了拳头，深深吸了一口气，一遍一遍告诫自己现在不是发怒的时候，用理智压住了心中喷薄而发的怒火。

顾小蔓恶人先告状，已让她百口莫辩。她正色开口，"顾小蔓，事实胜于雄辩。今天你所说的，我将保留一切控诉的权利。我们法庭上见。"沈初晴义正词严，话说得掷地有声，不怒而威让人不由产生信服的感觉，甚至已经有人悄悄地议论。

"我听说顾小蔓就是小三。"

"就是，就是，现在的小三都厉害着呢？为了达到目的都是不择手段。"

……

顾小蔓看到形势有所逆转，立刻拿出当初沈初晴开给她的支票。"沈初晴，这是你给我的支票。我现在还给你。钱不能够买到一切。"一张张轻飘飘的支票，在空中打着旋缓缓落在地上。有好事的瞥了一眼，真的，是一百万啊！

"看来，人家所说的不假啊！"众人纷纷又倒戈向顾小蔓。沈初晴冷笑一下，顾小蔓，你想玩。那就来吧！我奉陪到底！"顾小蔓，你记得我给了一百万，是不是也应该记得，你给我写的借据。"沈初晴从容地从包里拿出一张纸。顾小蔓看到沈初晴手中的东西，脸色都变了。她确实给忘记了。沈初晴将顾小蔓亲手所书写的借据完完整整摊开。"如果，你不记得了，我还可以给你念念：本人顾小蔓，于 xx 年 x 月 5 日借沈初晴女士 100 万元整。日后，每月分期归还。"

右下方，明明白白签着顾小蔓的大名，"如果，不相信这是真的，大可以去验验笔迹。看看是不是出自顾大小姐的笔迹。"沈初晴素手一扬，借据在空气飘起然后悠悠扬扬落下。

薄薄的一张纸。此时此刻，像是沈初晴的手，给了顾小蔓一记响亮的耳光。众人纷纷一副恍然大悟的表情，对顾小蔓露出鄙夷的神色。记者们连忙举着相机，给这张借据一个大大的特写。另一旁的顾小蔓脸色惨白。

"顾小蔓，你知道什么叫自取其辱吗？我现在就可以告你，诽谤，污蔑罪。你不但要为你的行为负责。而且，你还要赔偿我的名誉损失和精神损失。你最好回家数数自己的存款，看看有没有钱赔偿？"沈初晴一字一句掷地有声。

顾小蔓终于明白，她是搬起石头砸了自己的脚。"是，那是我写的，但那是她逼我写的。"顾小蔓凄凄艾艾哭得更悲痛了，"都是她强迫我的。"而后，她哭得泪眼涟涟指着沈初晴，"沈初晴，你有权有势，你现在想怎么说就怎么说。大家听听，这是她沈初晴说的话。"她现在唯有耍赖到底。顾小蔓拿出自己的手机，"我有证据，不信大家可以听听。"

"顾小蔓，你最好不要让我再看见你。不然小心你的孩子胎死腹中。"沈初晴无比愤怒的声音，从顾小蔓的手机中，清清楚楚传出。在场的人群，忽然瞬间安静下来。静得沈初晴都能清楚自己的心跳声，静的，她曾说过的话，一字一句落在每个人耳里。

原来，顾小蔓的孩子真是她找人弄掉的啊？这女人够狠的啊！最毒妇人心嘛。

……

沈初晴浑身发颤，那确实是她的声音，她听得无比清楚，而且无法抵赖。"顾小蔓，我见过不知羞耻的，没见过你这么不知羞耻的。你勾引别人老公，拆散人家的家庭。还能这么厚颜无耻地颠倒黑白。你真是无敌了。"于悦实在看不下去了，冲过去就要动手撕破她那张虚伪的脸。

沈初晴一把拽住了她，摇头。她们不能动手，更不能动怒。

顾小蔓现在就是想激怒她，与她大打出手。然后，她用柔弱博取同情。沈初晴就落尽了口实。现在就好像是一场，没有硝烟的战争。在众人批判的目光中，沈初晴感觉自己已经被贴上了各种各样的标签。她可以想象明天报纸网上杂志上，会刊登怎样夸大其词的标题。然后，她就变成了所谓的恶毒女人。

"等一下。"忽然，从另外一端传出一个沉稳的男声。众人寻找声音的来源。陪陆母来医院的陆旭赶巧遇见这场意外，他饶有兴趣地看了已经有一会儿。

"这人，不是旭日集团的陆少？"

"真的吗？太帅了吧！"

"他结婚了吗？有没有女朋友？"

……

只见一身休闲装的陆旭，身材修长，一头乌黑茂密的头发，一张棱角分明的脸庞，嘴角含着一抹似有若有的笑意，沉稳的步伐中自然而然散发着一股雍容尔雅的气度。

他所到之处，人群自觉地让开了一条路。

陆旭走到顾小蔓身边，停下了脚步，"顾小姐，我们刚才反反复复只听到一句。你怎么不让大家听完呢？"陆旭说得极为柔和，却带着不可抗拒的威严。他向顾小蔓伸出手，掌心朝上，示意她交出手机。

沈初晴看着他骨节分明的手指，这才醒悟他是在帮自己。顾小蔓咬着唇，不说亦不动，眼睛怨恼瞪着多管闲事的陆旭。刚才那一句是她剪切下来的。当初用手机录下了那天和沈初晴的对话，存在手机根本就没删除。如果，当面全部播出来，那她就完全败露了。

"如果，顾小蔓坚持不给我们听，那会让人猜测，你是不是在故意陷害沈小姐呢？"陆旭依旧温文尔雅，可深沉的双眸中闪烁着精光让人不容小觑。于悦沉不住气，上前夺过顾小蔓手中的手机，翻出录音。

顾小蔓尖锐刻薄的话立刻跳了出来。

"沈初晴，你怕什么？我必须告诉你，我怀孕了。孩子是骆晋的。哦，我忘了，骆晋不让我告诉你，你们结婚两年，你都没折腾出动静。我们就那么一晚，就中了。骆晋说了，等孩子生下，光明正大的，再进骆家，骆晋那么大的家业，怎么着也得有孩子继承不是吗？""顾小蔓，听过一句话吗？人贱则无敌。你算合格了。你还真把自己当回事，只要我是骆太太一天，就不可能换成别人，更不可能是你了。骆晋又不喜欢你，说你是小三就算是抬举你了，小三最起码能跟我争，而你呢？你有资格吗？你配吗？""沈初晴，我诅咒你一辈子生不出孩子。就算生了也胎死腹中，是个畸形怪胎。""顾小蔓，你最好不要让我再看见你，不然小心你的孩子胎死腹中。"

……

听到这里，众人恍然大悟，原来如此。原来都是顾小蔓在搞的鬼。纷纷对顾小蔓表示强烈的鄙视。"比起在这里不顾当事人意愿死缠乱打地揭短，何不去采访一下慕少和他的新女友颖儿如何品下午茶？"沈初晴和众人皆是一愣。慕少，则是慕洛川。家世和陆家并驾齐驱。而颖儿是最近两年走红的影视歌三栖明星，凭着外形出众，气质过人，一跃成为演艺圈里的新领军人物。一直传言她与富商交往，正是记者们最近追捧的热点。

提供信息的陆旭，一脸淡定，加上温文尔雅的气质让人无法质疑这消息的可疑性。众记者呼啦一下纷纷转场。比起在这里看一个连小三都算不上的女人瞎胡闹，还不如去爆料挖富二代和当红明星的绯闻更劲爆。现场只剩下唱独角戏的顾小蔓，她处心积虑导演的这场闹剧，就被陆旭轻描淡写的一句话给打散了。就当沈初晴想感谢陆旭帮自己解围的时候，却已经不见了他的踪迹。

"顾小蔓，你还真是贱。"于悦扬手给了她一巴掌，然后将手机交给沈初晴，"这个可以当作证据，去告她诽谤。"顾小蔓想去抢回，沈初晴侧身一避，躲开了。她脸上傲然，显得冷漠而不容侵犯。"顾小蔓，我警告你，不要再像疯狗一样乱咬人。我要是想要把你怎么样，我有一百种办法。那种见不得光的手段，只有你才做得出来。你用脑子好好想想吧。"

"沈初晴，我喜欢骆晋，拆散你的家庭，还怀了他的孩子，你难道不恨我吗？你难道没有做梦都要把我碎尸万段吗？"顾小蔓不甘心，咄咄逼问。"恨你？"沈初晴冷笑一下，"顾小蔓，你配吗？只有我不想要，否则没有人能从我身边抢走任何东西。""那骆晋为什么跟你离婚？"顾小蔓走上前一步，轻蔑地笑，"因为他已经不爱你了。沈初晴，你再不承认，这也是事实。否则，他不会跟我上床，不会让我怀了他的孩子。你不知道吧，他给了我三百万，让我好好把孩子生下来。""顾小蔓，你也太高看你自己了。你在我眼中不过是围在骆晋身边的其中一只苍蝇而已。我之所以离婚是因为，你碰过的，让我觉得恶心。"

"你……"顾小蔓气不过就要动手。"沈初晴，我诅咒你不得好死。"沈初晴手快地一把抓住了她的手腕，"顾小蔓，你省省吧。如果诅咒有用的话，你早就死了千百次了。"然后，狠狠一搡，顾小蔓连连后退几步。

这一局，终于是自己胜了。可是，自己的心也被撕裂了一道伤口，生生得痛。沈初晴目光落在顾小蔓身后一辆疾驰进医院的迈巴赫，那是骆晋的车。沈初晴一眼就认出来，她立刻拉着于悦走。她不想看见骆晋。

车内的骆晋立即就发现了，那个匆匆而去躲自己的背影。"你认识那个姓陆的？"于悦终是压不住自己的好奇心。"不认识。"沈初晴掏出车钥匙按了一下，车子嘟嘟响了两下。可说不认识又不全对，沈初晴想了想。"我这次出车祸，就是撞了他的车，还是他送我到医院的。""他叫陆旭，听说刚从英国回来。陆家在商界也是赫赫有名的。陆家的老大，陆蘅，听说做事又狠又辣，在商界可是个吃人不吐骨头的主。不过，已经结婚了。听说这个陆旭还没结婚，你要不要考虑一下。反正你也离婚了，上次车祸他救了你，这次又帮了你挺有缘的。"于悦有点儿八卦地用胳膊撞撞她。

"你想多了吧。于悦！我可是有老……"那个"公"字，沈初晴没能说出口。她忘了，自己已经离婚了。她还没有完全适应一个人的生活。"你别告诉我，你离婚之后就没再婚的打算？我告诉你，这女人一离婚后，就算你以前是公主，也都掉价了。所以，有合适的千万抓住。"沈初晴没说话，拉开车门坐上了驾驶位。再婚的事她从未考虑过。车子刚启动驶出几米，突然，冲出一个人挡住了她们的车。

"吱……"沈初晴慌忙踩了刹车，但由于惯性，车子推着那个人还是驶了些许距离。"骆晋。"于悦惊异地看着骆晋。"初晴，我有话对你说。"骆晋站在车正前方。沈初晴看也没看他，手握着方向盘的姿势没变，冷声道，"走开，我没有什么想跟你说的。"

"初晴。"骆晋像一尊雕像。沈初晴斜睨了他一眼，"骆先生，我们不熟，请连名带姓的称呼我沈初晴。还有，我再说一遍，走开。""我会走，但是在我们谈过之后。"骆晋低沉的嗓音里有着一贯的不容拒绝。凭什么，他总是把她吃得死死的。沈初晴被他的霸道惹怒了，瞪着他，"骆晋，你再不让开，我就开过去了。"骆晋与她四目相持。深邃的眼眸里，有的只是笃定。他不相信，她真的会开过去。

你错了，骆晋！沈初晴拧动了车钥匙，引擎立刻发出了启动的声音，沈初晴又睨了他一眼，言下之意。你再不让开，我就开过去。骆晋一脸的从容不迫，稳如泰山地挡在车前。

"初晴！会闹出人命的。"在于悦的惊呼中，沈初晴倒退些许然后一脚油门踩了下去。他在赌，赌她的舍不得。随着紧急地刹车声，车子重重地撞上骆晋。

"初晴，你真撞啊？"于悦尖叫一声，立刻解开了安全带下车查看。沈初晴的心跳得好像已经不是自己的了，握着方向盘的手不觉得指节已经泛白，她傻呆呆地还坐在车里，因为手脚好像都不听使唤了。

　　"初晴，骆晋受伤了！快送他去医院。"于悦慌慌张张地拍着车门让她下车。沈初晴好像才反应过来了，手忙脚乱地解开安全带，下车。地上的骆晋搂着腿一脸痛苦的样子。"有没有怎么样？"沈初晴紧张地查看骆晋身上哪里有受伤，又不敢乱碰他。骆晋看着她着急的神色，知道她心里还有他的，紧绷的一颗心微微一松，一伸手就紧紧抱住了她。

　　"你还是在乎我的。""你到底有没有事？"沈初晴使劲想挣脱。"有。"他这么大的力气，哪像受伤的人。沈初晴恼怒地推开他，"滚开。"然后狠狠踢了他一脚。

　　她一脚刚好踢到他的痛处。"老婆。"骆晋惊呼一声，眉头都拧在了一起。"骆晋，别想再骗我。"说归说，沈初晴没有狠下心走掉。看见他的黑眸里面全是血丝，下巴上已经冒出一层青色阴影，整个人显得很憔悴。她的心还是心疼了，从前的骆晋，从来都是精神奕奕。

　　"咳咳……你们聊，我就不打扰了。"于悦识相得闪人了。"于悦。"沈初晴这会终于明白，骆晋合伙于悦在演这场苦肉计。"骆晋，你真无聊。"说着，沈初晴气愤甩开骆晋的手，甩身走人。"初晴，初晴……"骆晋在身后连叫她几声，沈初晴头也不回加快了离开的脚步。

　　"初晴，听我说好吗？"沈初晴只觉得手腕一沉，一把被骆晋扯住，猛然一带她一转身毫无差错地跌入了他的怀里。他的气息一下将她覆盖。"滚开！""不滚，死也不滚。"沈初晴越挣脱，他就抱得越紧。到最后，累了。沈初晴放弃了，索性任由他抱着。"抱吧！我看你还能抱多久？"沈初晴嘲讽的冷哼。"抱到我死为止。"沈初晴鼻子一酸。曾经她也一直以为他们会在一起一辈子的。

　　骆晋凝着她的眼眸，指腹温柔地拭去她滚落的泪珠，低沉的声音有着乞求。"对不起，初晴。原谅我好吗？我不该质问你，不该怀疑你，你要跟我离婚，我当时气疯了。"沈初晴的眼泪滚落得更多了。

　　骆晋慌了，低头吻住了她的唇。温柔，辗转……似乎想用这个吻来融化她的冷漠。忽的，沈初晴奋力推开了他。"骆晋，你不用跟我说对不起，我们之间已经用不着说这三个字了。"这些天，她所失去的，岂是一句对不起所能弥补的？

沈初晴泪水蒙眬的眸子里透着挥不去的伤，让骆晋一直痛到心底深处。骆晋不敢再看她的眼睛，低沉的声音仿佛是在自言自语，"初晴，你知道的，我最不愿意伤害的就是你。原谅我。"除此之外，骆晋好像不知道自己能说什么。"好，我原谅你。"沈初晴突然说。骆晋心中登时一喜，当他抬头接触到她冷漠的目光时，笑容僵在了唇边。

"以后，你不要再出现在我面前，我就原谅你，骆晋。""不可能。"骆晋断然回绝。"骆晋，我们离婚了。离婚你知道是什么意思吗？就是两个人应该各过各的。彼此不要联系，更不要再相见。可你知道，你现在像什么？像一只苍蝇。"沈初晴所说的每一个字都宛如一把箭，准确无误地射进骆晋的心正中央。她把他比作苍蝇？

他从她的眼里看到了厌恶，看到了冷漠……骆晋漆黑的眸子死死凝着她，仿佛要看进她的心里去。沈初晴硬下心肠对上他的视线，她不想再兜兜转转地纠缠下去。所以，她用了最刻薄的话来伤害了自己最爱的人，可谁知道那些话是一把双刃剑，伤了他也伤了自己。

"你讨厌我？"

"是。"

沈初晴的声音，像有回音一般在骆晋的脑海里回荡。他许久无语，像是不认识她了一样。沈初晴不想再跟他理论下去了，转身就走。骆晋陡然抓住了她的胳膊，沈初晴想要甩开他，却被他攥得更紧，力道越发的大了。沈初晴吃不住疼，不由得"啊"了一声。

"疼？"骆晋拧眉看着她，松了手，一张脸没有任何表情。"你知不知道，你说的那些话，我的心有多疼？沈初晴，你不要妄想要摆脱我，就算你现在不爱我了，我也有能力让你重新爱上我。"骆晋骤然提高了音量，更像是在宣判。

"给我滚！"沈初晴吼了出来。骆晋站着未动。沈初晴靠着身旁车身，眼泪滚滚而落。一阵铃声打破了这个僵持的气氛。吓了沈初晴一大跳。

她迅速转过身，离车子一些距离。

　　只见，一辆兰博缓缓落下了车窗，露出了一张精致的脸庞。姓陆的？怎么又是他？"沈初晴，去哪儿？我送你。"看见一脸惊异的沈初晴，陆旭轻声开口。他一直都在这里吗？他听到了多少，又看到了多少？沈初晴尴尬万分，也说不出是什么表情。

　　骆晋上前拉沈初晴，目光沉沉地从陆旭的脸上扫过。"偷听别人说话，不该是陆家的家风吧！"陆旭轻轻挑眉，以同样的口吻回应，"骆总，欺负女人，不该是男人的作风吧！"

　　"我们夫妻之间的事，跟陆总无关吧。"骆晋的声音冷得足以让人冻死。"据我所知，你们离婚了。"陆旭眯了眯眼睛。骆晋说的这句很对，他一向也不是爱管闲事的人。只是，为什么看到沈初晴倔强的假装坚强，他莫名的就想保护她。沈初晴不想再耗下去，抬手拉开车门。骆晋迅速伸手扣住了她的手腕，"跟我回家。"他的语气无比自然亲昵，像对闹脾气的小妻子。但"回家"这两个字眼儿，却深深地刺痛了沈初晴的心。

　　她现在哪里还有家？一想到顾小蔓，她只想远远离开他。"骆晋，要跟你回家的人不是我。"沈初晴甩开他的手，坐进陆旭的车里，"开车。"

　　陆旭的兰博稳稳地驶了出去，将骆晋急切的声音甩在脑后。沈初晴撇过脸看着迅速倒退的路景，强忍着心中的酸楚。"想哭就哭，何苦为难自己。"陆旭的声音温温润润。"为什么我每次遇见你，都是在我最狼狈的时候。"沈初晴回过头漆黑的眼眸望着他，带着疑问和警惕。

　　为什么每次她最难堪、最狼狈的时候都能遇见他，这样的巧合是不是也太多了点。看到她如水的眼眸里有掩饰不住的哀伤，陆旭莫名地心疼。"你应该庆幸，在自己最狼狈的时候，遇见了我。"

　　她问的问题，他也曾想过。

十四．离开这个让我疼痛的你

　　佛说：五百次的回眸才换得今世的擦肩而过。也许，他们是真的有缘呢？沈初晴不由得看向认真开车的陆旭，她是应该谢谢他。谢谢那次在天台，谢谢他上次送自己去医院，谢谢他刚才帮自己脱出困境。"谢谢。"这两个字，沈初晴说得极为诚恳。"只是说说怎么行？"沈初晴没料到他会这么说，微微惊愕。也对，上次她撞了他的车，应该是要赔偿的。"不好意思，上次撞了你的车，修车的费用是多少。我还给你。"说着，从包包里拿钱包。

　　他一句玩笑而已，她竟然如此认真。陆旭没有接手，"不用麻烦，改天请我吃饭答谢也行。"他虽然几次帮过自己，但他们之间并不熟络，她不习惯平白接受陌生人的好。沈初晴将一缕发丝撩到了耳后，神色认真，"陆先生，我很感谢你几次帮我，但撞坏你的车我应该赔偿。"看她坚持，陆旭不好再拒绝。把她送到公寓，看着她消失的背影。陆旭不禁摇头，头一次遇到这么倔强的女人。

　　不过，她真的很与众不同。

　　骆晋没有再出现，死缠烂打根本不是他的作风。他只是每天一束玫瑰送到沈初晴的店里，从不间断。每天都是十五朵，她知道十五朵的花语表示对不起，在花束中间拿过纸片，展开，照旧熟悉的几个字只有一句话，再给我一次机会，老婆。他的字体狂劲有力的，亦如他本人。曾经，沈初晴特别喜欢他的字，为此还曾模仿过一段时间。喜欢看他专注办公的样子暗叹世界上怎么会有如此完美的男子，长了一副连女人都嫉妒的容貌不说，还写得一手好字，仿佛所有的一切都应该臣服在他的脚下。

沈初晴抱着鲜花的手不由得紧了紧，眼窝发热。让姗姗把花扔掉，姗姗吐吐舌头，扔了多可惜，她全部拿花瓶插着。于悦一进店里见着满屋的玫瑰，简直像进了玫瑰庄园连连惊呼，"沈初晴你改行开花店算了。骆晋这是打算再追你一次吗？要不你就重新把他收了吧！"

"他就是把整个花圃都搬过来，都没用。"沈初晴坐在电脑前，浏览最新时装资讯。"是吗？"于悦撇撇嘴，她眼尖一眼就看见她夹在文件夹里的卡片，拿出几张卡片在沈初晴眼前晃了晃，"还嘴硬，这些卡片怎么不扔掉？""于悦！"心思被窥破，沈初晴脸色有些不自然伸手去夺。于悦连忙躲开，"初晴，这女人呀，一旦离婚了，行情就一天不如一天，你想再找，不是离异带着孩子的，就是丧偶的，要不就是比你大上一轮。而男人呢？只要有钱，年轻漂亮的小姑娘分分钟投怀送抱。所以，初晴，稍微抻抻骆晋就行了。"

"别说了。"沈初晴提高了音量。于悦看见她真的生气了，不再玩笑把卡片还回去，"OK，OK。"看到沈初晴脸色缓和下来，走过去搂着她的肩，正色问道："你跟骆晋真的不可能了吗？"沈初晴摇摇头。不是回答，是不知道。在她的心里还有一道没有愈合的伤。

于悦叹气一声，拍了拍她的肩似有所感悟地说道，"初晴，你知道吗？曾经你跟骆晋让多少人羡慕啊。你们那么般配。没想到，你们也离婚了。"于悦似乎又想到了自己，苦笑了下，"原来没有爱情会永远不变的。"

原来没有爱情会永远不变的。于悦这句伤感的话牵痛了她的神经。曾经她也以为能和骆晋，一生一世。"你跟成铭赫怎么样了？"沈初晴转移了话题。

"老样子。"于悦故作轻松地说。他们还能怎么样？说好听点是相敬如宾。说难听点就是，水火不容。他们一个月也见不了一次面，而且从不碰她。两个人彼此厌恶，夫妻做成这样也只有他们了。

沈初晴泡了杯茶递到她手中，"于悦，你后悔过吗？""后悔？"于悦自嘲地笑了，那笑里带着多少苦涩和无奈。她于悦是什么人？宁愿打碎牙往肚子里咽，也不愿让别人看笑话"我为什么后悔？我跟自己所爱的人在一起，我有什么好后悔的？"沈初晴看到了于悦眼中的执着，那种执着已经是种病态。她低低叹气，柔声劝说，"于悦，那样的生活是你想要的吗？与其两个人痛苦何不放手，也许你会遇到更适合自己的。"

于悦端起水杯喝了一口茶，暖暖的茶水也无法温暖冰冷的心。许久，她才缓缓开口。"我记得，上学的时候，有人曾问过我一个问题。她问我，有两个男人，同样的英俊，同样的地位，但一个喜欢你，一个是你喜欢的。你会选择谁？"于悦侧过脸看着她，"现在，就是我选择的答案。初晴，我跟你们不一样。我爱他，就要跟他在一起。得不到他的心，我也要得到他的人。不要说什么幸福不幸福。我放手，他们去幸福。凭什么要我一个人痛苦。既然一定要有人痛苦，那就干脆三个人一起痛苦吧！"这就是于悦，个性鲜明，想要的就一定要得到，不惜一切代价。

于悦偏激的话让沈初晴心惊，她想说这样的爱，已经不是爱，是自私，是纯粹的占有欲。可是，于悦对成铭赫的爱已经到了病入膏肓的地步，已经什么话也听不进去了。爱，有时候能成就一个人，也能完完全全毁掉一个人。

大嫂徐梦打来电话的时候，沈初晴和于悦正准备去吃晚餐。她都打来好几次了，不接又不合适。无奈，沈初晴还是摁下了接听键。

"初晴，我中午跟你说的事，你可不准放我鸽子啊。丽都酒店，一定要去啊！不去的话我可真生气了。""喂，喂……"大嫂不等她反应，直接挂了电话。沈初晴笑哭不得，她这才离婚没几天，大嫂就开始给她张罗对象，安排她去相亲。离异的，丧偶的，从 35 岁到 50 岁不等……一天见一个，一星期都不带重样的。真不知道她从哪里弄来这么多"货"。

"怎么了？"于悦发现她接完电话不大高兴的。"大嫂居然让安排我去相亲，一天都给我打了 N 次电话说这事。"沈初晴一脸的无奈，不去吧！大嫂也是好心好意的，弄得自己还跟不领情一样。去吧，她根本没有再婚的打算。

于悦倒是很感兴趣，"是吗？相就相呗！又不是让你上刑场。哦，我知道了。你不去，是不是心里还放不下骆晋，想着有一天跟他复婚？""我没有。"于悦激她，"你敢说没有，你敢说你不爱他了？""没有就是没有。"于悦一拍手，"那好，那你就去相亲，证明给我看。""去就去。"沈初晴说完立马后悔了，觉得自己上当了。

沈家客厅。

沈母听到了儿媳妇给沈初晴打电话安排相亲的事，有些不满，她本意是想让女儿和骆晋复婚的。"你这是唱的哪出儿？怎么又给初晴安排相亲？那些人有比得上骆晋的吗？"

徐梦乖巧地赶紧过去给婆婆揉揉肩，说道："妈，我这可是按照你的心意做的。""怎么是我的心意？我是想……""哎呀！妈，我知道。你是想让他们俩复婚嘛！可你家闺女那拗脾气你还不了解，你明着来她肯吗？所以，我让她去相亲。你想想一个离过婚的女人，到时候肯定被人家挑挑拣拣，让她受点小刺激，受点打击。到时候不用你说，她自然就会发现，还是骆晋最好。然后，我们再慢慢撮合，这事不就成了吗？"

沈母顿时觉得儿媳妇说得很有道理，可又想到一件事，"那万一，有初晴看中的呢？我还是喜欢骆晋。别的人我都不满意。"徐梦放下手机，坐到沙发上准备跟婆婆好好说道，"哎呀！妈。不可能。我敢打赌，初晴心里还有骆晋。她就是要强，太较真，太追求完美了。你说哪个男的不是花花草草的一堆。给她点时间，等她想通了就好了。"

沈母似有所悟地点点头。

约会地点是 Masyale 西餐厅。于悦把沈初晴送到地儿后，立刻拨打了骆晋的电话，"什么事？"骆晋略微冷酷的声音传了过来。于悦笑了笑，"骆晋，我有件坏消息要告诉你。你要不要听。喂，喂……"话音刚落那端，骆晋居然直接挂了她的电话。除了沈初晴，对其他女人，骆晋从来都没耐心。于悦不甘心又回拨过去，电话刚接通，她赶紧说，"沈初晴去相亲了。骆晋，你敢挂电话吗？"于悦说得无比得意。"咳。"骆晋清了清嗓子，"地点。""条件交换，你告诉我景颜的地址。"她知道成铭赫一直在找她，但碍于于家的压力，很多人只是在表面敷衍成铭赫。但，骆晋就不同了，以他的势力，找到人只是迟早的事罢了。

"于悦，你即使不说，我也有办法查得到沈初晴在哪里。"骆晋剑眉蹙起，他讨厌别人跟他讲条件。于悦生气了，"骆晋，我还是不是你朋友。""成铭赫是我兄弟。"说完，骆晋利落地挂了电话。然后立刻拨通了岳峰的电话，让他立马去找沈初晴在哪里。

竟然敢去相亲，就那么迫不及待地要甩掉他吗？岳峰听出 BOSS 语气里的怒气，猜着百分之百和老板娘有关。只有遇到老板娘的事，BOSS 才会失控。沈初晴踏进餐厅的门，立刻就后悔了。以前，她和骆晋经常来这家餐厅。这也是他们第一次约会吃饭的地方。

好像骆晋无论走到哪里都是引人注目的焦点。她记得，他们在这里吃饭，一位十七八岁的女孩直接走到他面前，索要他的电话，眼睛爱慕的神色一览无遗，根本无视沈初晴的存在。沈初晴含笑看着骆晋，不说话，看他如何处理。骆晋很有风度地对女孩说，对不起，我已经有太太了。"我不在乎。"女孩说。沈初晴惊讶她的胆大，同时也佩服她的勇敢。

"我在乎，我太太会吃醋。"骆晋含笑握着沈初晴的手。他倒是表现得一往情深，至死不渝，却让沈初晴背上了醋坛子的名声。"哼！你不就是比我早几年遇见他吗？要是他先遇到我，根本没你什么事。"女孩振振有词。

沈初晴哑然失笑。如今的女孩，都是这么直接胆大，我行我素吗？事后，沈初晴找骆晋逼供，是不是有很多女孩跟你搭讪要电话啊？她们有我漂亮吗？身材有我好吗？

"她们肯定没你漂亮，身材嘛……"骆晋目光落在她的胸前，脸上挂着坏坏的笑意。沈初晴立刻明白他的意思，双手捏着骆晋的脸颊，"骆晋。你敢嫌弃我？我生气了，后果很严重！"

说错话的下场就是，面壁思过。然后说上一百遍，老婆，我错了……

"大点声，谁错了？"沈初晴像女王一样坐在沙发上优哉地吃着水果看着电视。

"我。"

"你是谁？"

"骆晋。"

"重新说一遍。"沈初晴抓起抱枕砸过去。

"我错了，我不该惹老婆生气。"骆晋坏笑着，朝沈初晴扑过去，沈初晴现在想起当时的情景，还能笑出声来。回忆真的是个可怕的东西。沈初晴转身想走，不料此时手机突然响了起来。是一个陌生的号码。

"你好，哪位？""是沈初晴吗？我是章子城，你是不是长头发穿着白色衣服。"

"啊。"

"我看见你了，你回头。"

沈初晴转过身，立刻看见一个戴眼镜瘦瘦的男人向她挥手示意。没办法，她挤出一丝微笑走了过去。大嫂这次给沈初晴介绍的是 XX 局的科长，章子城，35 岁。其实，章子城早到了，选了个好位置，方便看看相亲的对象。好的话，就见，不好的话，就说有事。

他一眼就相中了沈初晴。沈初晴虽然没有刻意的装扮，但她本身肌肤细腻，一双眼睛漆黑流转着琉璃般的光芒，淡淡的笑容有些疏离，由衷地散发着一种优雅的气质。

"沈小姐，我先介绍一下我的情况，我 35 岁，离婚没有孩子。身体健康，没有家族遗传病史。年薪 50 万，有房有车，没有贷款。我们结婚以后呢？我是希望跟父母住在一起的。他们养大我不容易……""等一下。我们还不了解，现在谈结婚是不是太早了点。"章子城一上来就噼里啪啦说一通，差点把沈初晴说蒙了。

"也对。"章子城尴尬地笑了一下，"沈小姐，你的情况我多少也了解一点。你离婚错不怪你。完全是你前夫的责任。你说，有这么好的老婆，怎么还能去找小三呢？不过，这有钱的男人是花心。但，你放心，我们结婚我保证自己对婚姻的忠诚，我一定不会做对不起你的事。你呢，也不要上班了，我养着你。这女人只要相夫教子，做好丈夫的后盾就好了……"说着说着，章子城渐渐越来越兴奋，惹得餐厅其他人都朝他们这边看。

沈初晴根本插不上嘴，心里一直在念叨于悦怎么还不给她打电话。她们说好的，十分钟后于悦就给她打电话，她装作有事然后就撤离。好不容易，手机响了。只响了一下，沈初晴立刻接通了，"哦。什么？我马上就去。"挂了电话，沈初晴很抱歉地对章子城说，"对不起，章先生。那个我突然有点儿事，所以很抱歉，我要先走了。"

"唉！你什么意思。你怎么能说走就走。你是不是看不上我？你给我说清楚。"章子城不依不饶地抓住了沈初晴的手腕，"你不能走。"

沈初晴有些生气，"章先生，请你放手。"章子城不肯撒手，"你必须给我说清楚。你什么有事？是不是看不上我，你都被老公甩了，我还没嫌弃你是个二手货呢！你以为还是二十来岁的小姑娘啊！还想嫁威廉王子啊？"

他这一嚷嚷，全餐厅的人都在看向他们。沈初晴别提有多尴尬了，怎么遇到这么个极品。"章先生，请你说话客气一点。我是离婚了，离婚的女人怎么了？杀人犯法了吗？你凭什么看不起离婚的女人？"章子城看起来瘦，但力气很大。沈初晴用力挣了挣，也没能挣开他的手。

"放手！"随着一声沉稳的男声，沈初晴和章子城同时向声音来源看去。

只见，高大挺拔的陆旭携着一位女伴走了过来。

"放手。"陆旭这句明显比刚才冷了很多，无形中透着威慑力。

这时，餐厅里的人都看着他们。章子城如果就此放手，好像是怕了他似的。于是，硬着头皮瞪着陆旭，"你是谁啊？凭什么管我。"陆旭不再多言，伸手捏住章子城的手腕。"先生，这样抓着女士不放，是不是太没礼貌了？"他说话始终温文尔雅。

下一秒，章子城却吃痛地失声叫了出来，他不得不放开了手。沈初晴蹙起了秀眉被他抓住的地方，已经红了。"我看一下。"陆旭关切地拉过她的手。沈初晴摇摇头，"没事，谢谢。"陆旭的女伴邓佳佳脸色有些异样，饶有兴趣地打量着沈初晴，她还从来见过陆旭关心过谁。

同样脸色不佳的，还有骆晋。"沈初晴，活该你被男人甩。"章子城脸面全无，梗着脖子喊了一句，愤恨得就要走。没走几步，突然被人挡住了去路。

"你说什么？再说一遍。"骆晋像座大山一样堵住了他的去路，而且还是一座火山，冷厉的眼神让章子城脊背发凉。章子城从心底发怵，"没，没什么。"

"去跟她道歉。"章子城哪还敢说个"不"字，众目睽睽之下，乖乖地向沈初晴认错道歉。

骆晋踱步走到沈初晴身边，无比自然地揽着她的腰，霸道地宣誓着自己的主权，"这么巧，陆总。"两人四目相对，两个人各自形成了强大的气场，空气中似乎有暗流在涌动。

陆旭目光扫过他的手，笑容丝毫不减，"是啊！"沈初晴想说什么，骆晋放在她腰际的手突然收紧，"我们还有事，失陪了。"说完，不由分说骆晋揽着沈初晴出了餐厅。

出了餐厅，骆晋不顾沈初晴反抗，一路把她拉到自己停车的地方。"骆晋，你慢点。"沈初晴穿着高跟鞋怎么能跟得上他的步伐。"沈初晴，你够可以的。"骆晋一松手，沈初晴立刻转身就走，骆晋伸手一拉，将她困在双臂之间。"为什么要来相亲？""那是我的事，跟你无关。"骆晋的气息仅在咫尺，沈初晴侧过脸不敢看他。

骆晋捏住她的下颌，"你就那么迫不及待地想跟我撇清关系？"对上骆晋深邃的眼眸，里面流动着太多复杂的情绪。沈初晴心头没由来地一颤，那个"是"字怎么也说不出口。看着她长长的睫毛忽闪忽闪的，漆黑的眼眸既委屈又倔强地瞪着他。

骆晋心软了。他们有多久没见了，一个月了吧！这张脸孔他每天都在想念。骆晋修长的手指不觉轻柔抚摸她的脸颊，低声在她耳际说道："沈初晴，下不为例。再让我发现你敢背着我去相亲，我保证那个人会永远消失在 N 城。"

"骆晋，你……"沈初晴的话还没说完，骆晋低头就用吻堵住了她的嘴。霸占着，肆虐着，就仿佛饥渴很久的样子，末日般地激烈吻着她，仿佛只有这样才能赶走心底的某种恐惧。

"你是我的，是我骆晋一个人的。不准再去相亲，不准再见那个姓陆的。"骆晋搂紧她，霸道地宣布。沈初晴头埋在他的颈窝，他温暖的怀抱，让她无比的眷恋。

"给我一个理由。""没有理由。"骆晋怎么也不会承认，陆旭看沈初晴的眼神，让他感觉不安。"凭什么呀？"他这个要求，让沈初晴觉得莫名其妙。"凭我是你老公。"沈初晴不得不重申，"骆晋，我们离婚了。我要做什么，要见谁，你没资格，也没权利再过问。"

骆晋逼近她，"沈初晴，你不用提醒我。就算我们离婚了，你还贴着骆晋前妻的标签，我不松口，我看谁敢接手？除非他不想活了。"口舌之争上，沈初晴永远处于下风。"骆晋，你……"沈初晴指着骆晋的鼻子，被噎得无话可说。没想到他竟然也有这么无赖的一面。

再跟他理论下去，沈初晴就要被气疯了，干脆转身就走。

"去哪儿？"骆晋早有预料，一把攒住了她的手腕。"我送你。"

"不用。"沈初晴立马回绝。

骆晋根本没有松手的意思。

"放手。"沈初晴气不过，抬脚就向他胯间踢过去。

似乎早有预料，骆晋双腿紧紧一夹，沈初晴立时动弹不得。他们现在这个姿势别提多暧昧了。

"你……"沈初晴涨红了脸。

"你上车，我就放开。"骆晋一副根本不怕别人看见的模样。

沈初晴只能乖乖跟他上车。

骆晋上车后，倾过身体帮沈初晴系好安全带。沈初晴立马抓着他的胳膊狠狠地咬了一口。骆晋一动未动，连眉头也没皱一下，"解气了吗？"

沈初晴咬完就后悔了，她知道自己咬得很重。但又拉不下脸道歉，撇过脸看向窗外。骆晋也没再说话，车内陷入了沉默，孙燕姿的那首《遇见》缓缓流淌……沈初晴撑着头，看着迅速倒退的风景，回忆就像过带在脑海里回放。

骆晋停了车。沈初晴下了车，直接上楼。骆晋沉默着跟在身后。"骆晋，你知不知道你这样很让人讨厌。"骆晋没说话，掏出一个钥匙拉过她的手，然后把钥匙放在她的掌心，"我住这里，有事随时叫我。"

原来这两天，这里搬进搬出。她只知道换了新邻居，但万万没想到竟然是骆晋。"我不需要。"沈初晴想也不想，重新扔回他的手中。"你最好不要拒绝，更不要试图搬走。"骆晋一眼就洞穿她心底的想法，"就算你躲到天涯海角，我也能找得到你。"

十五．所谓的雨过天晴

疗养院通知顾小蔓取她母亲的遗物。顾小蔓赶到的时候，小护士们正在讨论杂志八卦新闻。

"唉！你看这个女的，是不是上次来我们医院那个女的？""那个？""就是她老公被抢，她跑来找小三的妈，结果把小三妈给气死了……""哇！这么牛？"她们议论的热闹，没注意到身后顾小蔓。她的目光落在杂志上，富二代搭上小嫩模，图片上沈卫婷的脸无比清晰。她转身去找当初护理母亲的那个护士。

顾小蔓拿出手机，翻出沈初晴和沈卫婷两人的照片给护士看，问那天来找她母亲的究竟是她们谁。护士对那天的事还是比较有印象的，一眼就认出沈卫婷，指着她的照片说，就是她，她说她叫沈初晴。刹那，顾小蔓明白了。原来沈卫婷一直冒充她姐姐，那么这一切很可能是她在暗中捣鬼。没想到她小小年纪这么阴险，不但把自己耍得团团转，还让她跟沈初晴斗得两败俱伤，自己躲在背后偷笑。沈卫婷！我一定不会放过你。顾小蔓的手紧紧攥起，指甲深深嵌入了肉里也丝毫不觉。

其实不用顾小蔓做什么，沈卫婷已经让自己跌进了万丈的深渊里。毒品把她从人变成了鬼，白天基本上在睡觉，晚上去各种娱乐场所混迹。没钱了就到处去借，没得借了就开始向家里伸手。

沈卫婷妈妈的那点存款，已经被她掏干了。

"妈，这叫投资你懂不懂？你看看出来演艺圈混的，哪个不是名牌包包，名牌衣服的，做个指甲都要上千。你放心，以后我混出名堂了，我一定会还你跟我爸的，我保证以后会让你们跟着我享福。""千万不能去整容啊！你已经够漂亮的了。万一整失败了……"沈卫婷的妈妈从未往不好的方面怀疑过，只是担心她去韩国整容。"好，好！"拿到钱，沈卫婷立刻眉开眼笑地搂着老妈亲了几口。"我走了。"

沈卫婷的妈妈还没来得及挽留，沈卫婷就消失得没影了。叹息着，只盼自己女儿能早点混出个名堂，好让她扬眉吐气。

其实每次沈卫婷向家里拿钱，心底也会愧疚也想过戒，每次吸完都对自己说这是最后一次，但毒瘾发作的时候，她根本控制不住自己，什么自尊，什么廉耻，统统都见鬼去了。在对毒品无法掌控的欲望中，她已经迷失了良知和人性。

"找你可真不容易，沈卫婷！"沈卫婷看到她立即关门。顾小蔓伸出一只脚绊住门，"怎么不敢见我？"沈卫婷索性完全打开了门，冷哼道，"顾小蔓，有话就说，有屁就放。"顾小蔓撞开她大步走进房间，然后打量着她的房间，看着乱糟糟的屋子脸上似乎有些嫌弃。

沈卫婷抱着双臂，冷眼看着这个不速之客，"顾小蔓，我们不熟，还没到请你喝咖啡的地步。最好现在就给我滚出去。"顾小蔓收回目光，坐在了沙发上看着她。"沈卫婷，你该知道我今天找你来干什么？""我不知道。"沈卫婷没心情跟她废话。"少装蒜了，你冒充你姐的名义去疗养院逼死了我妈？你还找人弄掉我的孩子。这招借刀杀人够损啊？"

沈卫婷眼里闪过一丝惊慌，但很快镇定下来。"顾小蔓，没错我承认，我是去了疗养院。那也是我代我姐去的，再说我只不过把你的所作所为实话告诉了你妈而已。是她受不了，自己闺女做了那么下贱的事，想不开自杀，怪我吗？你说我找人弄掉你的孩子？你要是有证据尽管让警察抓我好了。你有吗？没有吧。""你别得意，沈初晴流产了，是意外还是人为？"顾小蔓在医院的时候，听到护士们议论沈初晴的孩子是因为服用了堕胎药。她一定不会自己服用。自然而然的，顾小蔓就想到了某一个人。"沈卫婷，若要人不知除非己莫为。你害死了两个孩子，你晚上睡觉不会做噩梦吗？"

沈卫婷心里发虚，耳根发紧，但始终面不改色，只是冷笑一声，"顾小蔓，随你怎么说。我还是那句话，有证据就去告我。没有的话，赶紧从我家滚出去！"顾小蔓一步步逼近她，一字一句质问，"沈卫婷，你姐的孩子三个月了，都成形了，如果活下来该管你叫声小姨的吧！好像还是个男孩，真可惜了。你姐夫知道后难过得不行，那么小的孩子，全身都紫了，死得那么惨。"

沈卫婷听得心惊肉跳，连连后退。"你胡说八道什么？""你姐对你那么好，你就那么恨她，那么想要她死？你给她下药，你下得去手吗？你不怕遭报应吗？"顾小蔓一句比一句快，一句比一句急地逼问。原本心虚不已的沈卫婷，厉声反驳，"谁说的，我下药只是让她打掉孩子，不是要她命。"

说完，沈卫婷才反应过来自己是着了顾小蔓的道。终于，逼着她说出了这句真相。顾小蔓松了一口气。

"沈卫婷，你等着坐牢吧。"沈卫婷惊慌失措地抓住她，"你不能走，不是我，我没做。"顾小蔓毫不客气地甩开她的手，她这种亲姐妹都敢害的人，十分可怕。"你还是不是人？能对自己姐姐做这样的事？"沈卫婷看着现在一副正义凛然的顾小蔓，十分可笑。"顾小蔓，你凭什么指责我？你没做过见不得人的事吗？你就不恨沈初晴吗？她流产的时候，你难道没有偷着乐拍手叫好吗？我告诉你，你没资格教训我。我只不过，替你做了你想做的事而已。"

顾小蔓气结，"你真无耻！"沈卫婷回敬，脸上挂着轻蔑。"彼此彼此，就算我刚才承认了那又怎么样？有谁听见了。你是法官吗？你是警察吗？你能判我刑吗？"

"我是不能把你怎么样。"顾小蔓边说着边走出来进了电梯按下了按键，回头看着嚣张的沈卫婷，突然从包里拿出录音笔一闪。"沈卫婷，你觉得我今天来找你，是陪你聊天的吗？今天，我们所有的对话都录在里面了。这个，我会交给沈初晴。算是，我欠她的，就用它来弥补。"沈卫婷大惊失色，急忙上去就夺。但是电梯门已经合上，她看着急速下降的数字，也顾不得没穿好衣服，从楼梯狂奔下楼。她跑到一楼的时候，刚好看见顾小蔓走出小区，拉开出租车的门就要坐进去。

沈卫婷气都没喘匀，不要命地追上去，猛地将顾小蔓拽了下来，夺她的包。顾小蔓死拽着不撒手，一个拽，一个扯。包带都被弄断了，两人还在争夺。出租车司机摁了摁喇叭，探出头不耐烦道，"还坐不坐车啊？"看见她们打成一团，然后一踩油门走了。

围观的人，只看着两女人在打架，都是看热闹不嫌事大的，没一个上前拉架。"抓小偷啊，她是小偷。她偷了我的包，快来人帮帮我啊。"情急之下，沈卫婷大喊求助。

顾小蔓急了，张口就咬住了她的手。小区的人有的是认识沈卫婷的，有几个信了她的话，上前去扯顾小蔓。一来二去，包从顾小蔓的手里脱手飞出，包远远地被扔到了马路对面。

顾小蔓比沈卫婷先反应过来，拼命甩开扯着她的人，朝马路对面跑去。她眼睛里只看到那个包了，丝毫没发现右侧疾驰而来的大货车。

"嘭"的一声，货车踩刹车已经来不及，顾小蔓整个人撞飞了出去，然后，重重地摔到了地面上。紧随身后的沈卫婷刹住了脚捂住了嘴，发不出任何声音。她距离那辆货车不过十几厘米的距离。如果，她再跨前一步，那么躺在地上的，可能是她们两个。直到救护车把顾小蔓带走，她还没有反应过来，脑海里一直停留在顾小蔓躺在地上，那里是一片鲜红的血迹。红得触目惊心。

这事之后，沈卫婷都没睡安稳，夜夜做噩梦。不是梦见被警察抓了，就是梦见沈初晴知道真相，要杀她……更让她忧心忡忡的是，顾小蔓没死，只是陷入了昏迷，医生说她脑部的瘀血已经清除，她随时可能醒，也有可能一辈子醒不过来，成为植物人。

听到医生模棱两可的话，沈卫婷的心里就像悬了一炸弹，这种忐忑不安的煎熬，让沈卫婷坐立不安。

无论如何也要除掉顾小蔓那颗不定时的炸弹。

沈卫婷这厢噩梦不断，却不知道的顾小蔓来找她之前给骆晋打过电话。对于顾小蔓的事，她解释是顾小蔓拿沈初晴没办法就找她闹，然后她自己出的意外。骆晋知道事情没有她说的那么简单。

"卫婷，顾小蔓找你干什么？我想听实话。"骆晋锐利的黑眸，似乎能洞穿人心一般。沈卫婷一听到"顾小蔓"三个字，就心烦意乱。"姐夫，我已经说过了，她跑我那儿闹，然后自己被车撞。你让我说什么实话？"骆晋眼眸透着清冷的光，缓缓地说道，"若要人不知，除非己莫为。做过的事，总会留下蛛丝马迹的。你现在说实话还来得及。"

骆晋每说一个字，沈卫婷的心就紧缩一下。"骆晋，你够了。我不想听你说话，给我出去。"骆晋再问下去，沈卫婷精神都要崩溃了。沈卫婷的母亲听到声音立刻推门进来，"怎么了，好好地跟你姐夫吵什么？"她看着憔悴不堪的女儿一阵心疼，边说边往外拉骆晋，"骆晋，顾小蔓的事把她吓得不轻。你要是有事也要等她身体好点才来问，行吧。"

"卫婷，机会只有一次，现在坦白还来得及。"沈卫婷掀过被子蒙住头，歇斯大叫，"妈，让他出去。"骆晋看她抵制的样子，他再多说什么也是枉然。沈卫婷的母亲听得莫名其妙，不满地追问，"骆晋，你说这话什么意思你？"没走离房间，骆晋的手机响了。沈卫婷屏息听到，骆晋说了一句，"她醒了，好。现在没时间，我晚上过去。"她的心猛地咯噔一下，背后一阵冷汗。骆晋口中的她，肯定是顾小蔓，她醒来一定会告发她的，怎么办？还有，那个录音笔，也是自己的心腹大患。

忽然，沈卫婷的脑海里闪过一个可怕的念头。

骆晋将沈初晴带到了小区保安室，保安调出了她流产那天的监控视频。灰白的画面，沈初晴还是一眼认出了沈卫婷的身影。视频完完整整记录下，当天沈卫婷两次出入小区，第一次是11：04分，12：15分从她家出去的，但并未走远。

"停一下，把这个画面放大。"骆晋注意到画面中，沈卫婷并没有出小区，而且她从包里拿出了一个手机像是在打电话。沈初晴凝眉盯着画面。画面定格在，沈卫婷拿着的手机。

沈初晴看着画面中她拿着的手机，吸了一口凉气，沈卫婷手中拿着的分明是她的手机，她的手机壳是骆晋特意给她订制的，独一无二！所以，他们一眼就认出来了。这个视频就像个线头，找到了它，所有的疑团都能解开了。沈初晴和骆晋不约而同地看向对方，他们此时都明白了。

是沈卫婷偷偷拿走了沈初晴的手机，打电话给了混混儿，然后又悄悄放了回去。那么她莫名服用了堕胎药？会不会？沈初晴心中一阵恶寒，不敢再往下想。脑子里乱极了，第一个念头就是找到沈卫婷问个究竟。忽的，她站起身就往外走。

骆晋比沈初晴冷静，一把抓住她的胳膊，"你去哪儿？你现在找她问，她会说实话吗？而且，这个视频也不能完全给她定罪。""那你说该怎么办？"骆晋拉着的她手向外走，"跟我来。"骆晋把迈巴赫换成了一辆普通的大众车，然后载着她停在在了医院附近。"我们来这里干什么？"沈初晴很疑惑。"找证据。"沈初晴更是莫名其妙了，"什么意思？"

忽然，她好像明白了点什么，"你是说顾小蔓这次的意外也跟卫婷有关系？"骆晋点点头。顾小蔓出事当天曾给他打过电话，她说自己查清楚了，她母亲的死和沈初晴无关。找人弄掉她孩子的也不是沈初晴而是沈卫婷。她还说自己会找到证据还沈初晴清白。这算是欠她的。

骆晋还想问什么，顾小蔓就挂了电话。然后，她就出事了。而且，听护士说，沈卫婷昨天晚上曾来过医院，护士看见她在病房像是在找什么东西。不过，看她还是坐立难安的样子，怕是没找到。沈初晴听完始末，脑海里迅速分析整个事件。若真如骆晋所言，那么一定是顾小蔓手中掌握了她的把柄。

"她是来销毁证据的。"沈初晴明白了。而后，她心念一转，看向骆晋，"那我们现在？"

"等。"骆晋望着住院部方向，眼神极为复杂，慢慢变得严肃。

沈初晴怎能不明白，现在的沈卫婷才是最危险的，为自保，她指不定会做出什么疯狂的事情。

沈初晴心里既忐忑又害怕，她是自己的妹妹，真的不愿意相信她会做出这样的事。真的想这一切是场误会。"此时此刻，我真的不愿意看见她。""我知道。"骆晋揽住沈初晴的肩，轻轻让她靠着自己的肩膀。"我也希望这是一场误会。可是该面对的，我们总要面对。我们不能让她再错下去了。"骆晋侧过脸吻了吻她的额头。

人生就像一场对弈，一步走错，步步错，到最后满盘皆输。直到半夜，沈卫婷还是出现了，她内心也曾犹豫过，挣扎过！但，事到如今，已无路可退。她穿着风衣，戴着墨镜口罩，尽量将自己包裹严实，沈初晴险些没认出她来。

不出所料，她果然进了顾小蔓的病房。一路尾随她而来的沈初晴，一阵气血上涌，差点冲进去把她揪出来。"嘘。"骆晋立即伸手捂住了沈初晴的嘴，用眼神示意她不要轻举妄动。沈卫婷推门而入，清冷的月光洒进病房，依稀照出了房间的轮廓。顾小蔓头上缠满了绷带，已经无法看到她的面容，静静地躺在床上，脸上戴着氧气罩，心电监护仪在安静的房间发出嘀嘀的声音。

沈卫婷一步一步走过去，看着她，现在她只需要关掉氧气和监护仪，然后她所担忧的问题都解决了。她颤抖着伸出手，脑海里她的人性和邪恶还在争执，这是一条人命，她也害怕。对不起了，顾小蔓。要怪只怪，你命不好吧。随着"啪"的一声，心电监护仪切断了电源，瞬时变成了黑屏。沈卫婷关掉氧气的手，还在发抖。房间无比的安静，安静到沈卫婷清晰地听到怦乱自己的心跳声。

　　愣了几秒，沈卫婷醒悟过来，掉头就跑。陡然间，沈卫婷感觉手腕一沉，身后突然有人擒住她的手。同一秒，病房里的灯瞬间亮了起来，门外的人推门而入。病房顷刻亮如白昼，沈卫婷大惊失色，再回头看去，她的手正是被躺在床上的头包着绷带的"顾小蔓"死死抓住不放。"你是谁？"沈卫婷不可置信地看着"顾小蔓"，她的手劲大得吓人，根本不像有病的样子。

　　"顾小蔓"没说话，只是用另外一只手解开了绷带，然后露出了真容。"是你？"沈卫婷目瞪口呆地看着岳峰。随即明白，自己的计划早被他们识破了。沈初晴迅速走过去，摘下了她的墨镜和口罩，然后看到了无比熟悉的那张脸。再看看关掉的氧气和心电监护仪，心中又悲又恨，扬手用尽全力地打了她一记耳光。

　　她们是一起长大的姐妹，曾经兴高采烈地教她练瑜伽，曾经为她做的十字绣，那么亲密地叫她姐姐！从何时开始，她变得这么歹毒？"沈卫婷，你什么时候变成了这样？"沈初晴难以置信。"沈初晴，你算计我？！"沈卫婷愤恨地瞪着沈初晴。"你竟然这么阴险。"要不是岳峰大力抓着她，沈初晴险些被她抓伤。"够了！沈卫婷。看看你自己都做了什么？"骆晋挡在沈初晴身前，厉声呵斥她。"我做了什么？我什么都没做。沈初晴，你好狠毒，这么陷害我。你不得好死……"沈卫婷疯了一样的谩骂，丝毫没有为自己的所作所为感到羞愧。

　　沈初晴看着面容狰狞的沈卫婷，说不清心里究竟是什么滋味。每天口口声声叫自己姐姐的人，竟然做出那么残忍的事。如果，不是骆晋早一点发现蛛丝马迹，如果，他们没有及时阻拦，那么真正的顾小蔓就在劫难逃了。而那个杀人犯，竟然就是自己的妹妹？她亲眼所见，即使她再不愿相信，也无法不承认，那一切都是沈卫婷做的。当沈卫婷看见门外的警察，向她走过来时立刻明白等待自己的会是什么。登时，面如死灰。她还这么年轻，不能下半辈子都在监狱中度过！

　　沈卫婷顿时哭着哀求，"姐，你放过我吧！我求求你了。我错了，我真的知道错了……"骆晋不愿沈初晴眼睁睁地看着沈卫婷被带走，搂着她向门外走去。

"姐。"求助无望沈卫婷双膝发软，瘫软在地上。眼看着他们就走出房间，忽然叫道，"姐，我想跟你说最后一句话。"沈初晴立即回头，骆晋搂住她脚步丝毫不做停顿，对上她的视线，轻轻摇头，"沈初晴，我是你妹妹。你就那么狠心，连看我一眼都不肯吗？"沈卫婷绝望地歇斯底里。沈初晴脚下一滑，回过头看着沈卫婷无助哀求的目光，心尖一酸，"你知不知道，我从没有像现在这样，不愿看到你。"沈卫婷奋力挣脱警察的桎梏，跪倒在地上，亦步亦趋跪到沈初晴面前，抱着她的腿痛哭，"姐，求求你。救救我，我不想坐牢。真的不想！""可你看看，你自己做了什么？是你逼死了顾小蔓的母亲，找人弄掉了她的孩子？"

"姐，我是在帮你。谁让她勾引了姐夫，我是替你报复她。"沈卫婷还在给自己找借口。事到如今，沈卫婷还死不认错。沈初晴气不过用开她，厉声问，"那我的孩子呢？！"沈卫婷闻言，脸色都变了，嘴唇嗫嚅，说不出话来。沈初晴也只是猜测，但看到她的表情，便立刻都明白了。脸上带着一种说不出来的恼火和痛惜，毫不留情地推开她，"沈卫婷，你还有没有心？"

沈卫婷惊慌失措地抱着她的腿不撒手，"姐，我错了。我真的知道错了，求求你原谅我这一次吧。我真的不是故意的。"骆晋眼神示意警察将沈卫婷带走。"不要。"看见靠近自己的警察，刚才还凄楚无助的沈卫婷触电般跳起来，猛然推开面前的沈初晴，夺路而逃。

骆晋第一个反应是护着沈初晴，错失了抓住她的良机。岳峰和两名警察，首先追了出去。沈卫婷慌不择路得狂奔，一连串撞翻了好几个病人。但并没有逃出多远很快就被抓住了。

因为吸毒，她的身体已经被透支，沈初晴看着她狼狈被抓的样子，心中只剩下悲凉。

十六．过去的就真的能够成为过去吗

　　事情最终水落石出，指使人弄掉顾小蔓的孩子导致她重伤，给沈初晴下堕胎药，沈卫婷对自己的所作所为供认不讳。她即将面临故意伤害罪的 3 年有期徒刑。沈初晴没有一丝释然，相反心情一片沉重。

　　沈初晴去了 N 城的戒毒所多次，沈卫婷一直对她避而不见。最后，当沈卫婷看到转交到自己手中的一幅画时，终于答应见她了。

　　纸张已经微微泛黄，看得出来有很长时间了，但保存完好如初。画上是她们小的时候，她，夏卫峰，沈初晴三个人。很稚嫩的涂鸦，沈卫婷想想大概是上一年级的时候吧。这是她送给姐姐的生日礼物，她没想到沈初晴竟然保存这么久，"你是来看我有多惨，还是想落井下石？"隔着厚重的防弹窗，沈初晴见到了沈卫婷，她还是很抵触。"你连一个姐都不愿意叫吗？"现在的沈卫婷剪去了一头波浪的长发，脸上也没有化妆，虽然看起来脸色苍白，但干净利落。当年那个清纯的女孩依稀又回来了。

　　沈卫婷冷笑地看着她，"沈初晴，你不用假惺惺地装模作样，我今天这个样子，其实你心里不知道有多开心。""对。换作别人我肯定会开心地拍手叫好，还会骂她罪有应得。可是，你是我妹妹，我有的是失望是心痛。我不知道你怎么变成了这样？在我心里你还一直是那个小时候，连块糖都要跟我分着吃的妹妹。"

　　听了这话，沈卫婷起初有些漠然，随之情绪开始激动，"我今天这样都是你害的！你知不知道，从小我就站在你的光环下，你长得漂亮，你学习好，你样样都优秀。在亲戚们的眼中，你就像公主一样被人捧在手心里夸着，赞着。你总是有漂亮的衣服，有漂亮的玩具……你总是能得到想要的一切。你还嫁了一个让人羡慕嫉妒恨的老公。"说着说着，沈卫婷眼泪掉了下来。"而我呢？永远被挑剔，永远被拿来与你比较。总是听着，你应该跟你姐姐一样，你怎么不学学你姐姐……我总是在衬托你的美丽，我完完全全生活在你的阴影下了。沈初晴，你让我怎么能不恨你？"这是沈初晴第一次听到她心底真实的想法，足以让她震惊，也从没想过自己给她造成这样的困扰。

"沈卫婷，这个世界上没有什么幸福是可以不劳而获的。我被他们逼着弹钢琴，学画画，我连觉都睡不够……你知道不知道我有多羡慕你！每个人都有自己的生活方式，你为什么拿别人幸福的标准来衡量自己？""可是，什么好的都被你抢走了。"沈卫婷说得无比凄楚，"你知不知道，我第一次见到骆晋的时候就喜欢他。可是他从来不肯多看我一眼，我不漂亮吗？还是哪里比你差？""从来没人说你差，你眼里只看到了别人幸福，却看不到他们为那些幸福做出的努力和牺牲。你的心在嫉妒中失衡了。"

"你不恨我吗？"沈卫婷反问。沈初晴毫不隐瞒，"恨，当然恨。当我知道是你陷害我，给我下药，我恨不得杀了你。可是我看到你现在的样子，我一点也高兴不起来。因为，你是我妹妹。"沈卫婷也后悔了，"我就是想看看你失意的样子。可是，我真的不是有心要害顾小蔓的。姐！"她真心后悔了。"我知道。"沈初晴明白她是被嫉妒迷失自己，"在这里好好表现，争取减刑的机会。"沈卫婷真心知道错了，可是为时已晚。每个人总要为自己的行为付出代价。

顾小蔓的事情并未平息。一夜之间，网络，媒体，报纸都在转载报道"鼎峰总裁薄幸多情，抛弃重伤情妇"。文章里绘声绘色刊载了这场豪门情变，鼎峰总裁骆晋如何为情人抛弃孕妻，而后又如何无情抛弃昏迷不醒的情人……更有甚者，则说沈卫婷是在替姐姐沈初晴顶罪，内容要多狗血就有多狗血。而且，报道中还配有顾小蔓躺在病床上昏迷的图片。真可谓是，有图有真相。

一时间，民众议论纷纷。一向以正面形象示人的骆晋，形象声誉大跌。鼎峰集团信誉度为此也被打了折扣，公司的股票也因此受了影响，还有准备跟鼎峰签约的合作商，有些已经转签旭日集团。会议室内，董事会议上，股东们议论纷纷。"骆总，一定是有人故意栽赃给鼎峰抹黑。""不用想，肯定是旭日的人干的。""一定要查到是哪家首发的媒体，我们一定要追究他的法律责任。""这件事给公司造成了不小的损失，骆总，你总得给我们这些股东一个交代吧。""骆总，我们正在跟旭日竞争桃花峪工程，现在这个报道对我们鼎峰是大大的不利啊！你一定要想办法挽救这个局面。"

"够了！"坐在主位上的骆晋终于开口了，他的黑眸凌厉地一眼扫过去，自带着威严。股东们纷纷噤声。"这件事，我负全责。我会给各位一个满意的交代。"骆晋沉声开口，字字掷地有声浑身散发着稳如泰山的气势。他们这些老油条，一个个都在抱怨，给他施压，都等着趁次机会抓住他的把柄，逼他退位。

"骆总，那桃花峪工程还要不要继续？"骆晋目光倏地冷冽，看向说话人，"一切照原计划做。"财务总监王怀安表示异议，开口道，"骆总，这个项目是和政府合作的一个大项目，前期我们鼎峰投进了大部分资金，如果项目拿不下来，我们的损失那可是会很惨重。骆总难道是想赌一把吗？"他认为骆晋这时孤注一掷，现在公司陷入了困境，凭他一个人怎么能可能力挽狂澜。"就是，王总监说得不无道理。""是啊！现在撤资，公司还不会损失太惨。""我知道大家对我还有疑虑。鼎峰是我一手创建，它在我心中不亚于生命，没有人会拿生命开玩笑。公司现在是遇到点问题，我们要做的不是独善其身，而是解决问题。"骆晋一开口，立刻压住他们的议论，"但做任何投资都有风险，这世上没有稳赚不赔的生意。如果各位还有不相信我骆晋的，现在可以退股。我给你们一小时的时间考虑。"骆晋微微一笑看着众人，轻靠在椅背上做了个"请"的手势。

股东们面面相觑，然后走出了会议室。骆晋的能力他们是有目共睹的，不是不相信他，但是公司成败关键在此一举，商界没有永远的霸主，况且旭日对这次的项目那是十拿九稳的姿态。所以，他们必须要好好思量清楚，是去是留。会议室重归平静，骆晋盯着电脑上的旭日集团的执行副总裁陆蘅和总经理陆旭的资料，剑眉微蹙，修长的手规律地敲打着桌面。

他每次思考问题都有这样的动作，岳峰不敢打扰。陆家根基在英国，行事一向低调。对于陆蘅，骆晋有所耳闻，他在处事一向果断狠辣，雷厉风行手腕强硬。某些作风上跟自己很像。而这个陆旭跟他哥哥性格大相径庭，爱车大于做生意。正是为此，陆家老爷子将他送去当兵，让他吃些苦收收心。前两年退伍才进入公司掌管事物。这两个人，能有这样心思的，一定是陆蘅。商场如战场，攻人不备，捏其软肋，才能出其不意地制胜。

一个计划在他脑海里形成，骆晋嘴角勾起一抹笑意，陆蘅，我就好好陪你玩玩。"岳峰。""骆总。"岳峰似乎随时都在待命，他看见 BOSS 眼中的寒气缓和下来，肯定是有了解决的办法。"岳峰，你现在给我查清旭日陆蘅的一切资料，包括他身边的人。"知己知彼，才能百战百胜。"好。"岳峰虽然不知道 BOSS 要做什么，但是他吩咐的一定没错。

骆晋又叫住了他，"等一下，那些老油条抛售的股份和抛售的鼎峰股票，你暗中全部去买下来。"他虽然是鼎峰最大的股东，但当初创业艰难，他们几家也做了小投资。虽然各自都占了很小的股份，但若是他们几家联手跟旭日勾结，将股份转让给旭日。那么，不要说他在鼎峰的地位岌岌可危，甚至鼎峰易主也不无可能。这个陆蘅绝对够阴险，所以，他必须先下手为强。

处理完公司事务，骆晋得以从忙碌中脱出身来休息。此刻已经华灯初上，站在 42 层高的落地窗前，俯瞰整个城市。他可以独自承受那些流言，但他决不能让沈初晴被恶意中伤。想到这里，骆晋拿起手机拨通了姗姗的号码。姗姗一看是骆晋的号码，立刻放下手中的事跑到角落接电话，"晋哥，有事吗？"沈初晴看见她好几次了，最近一接电话总是一副神神秘秘的样子，边说还边偷偷看她这边。八成是谈恋爱了吧！只是男朋友的电话也忒勤了点吧。她也没计较，谁谈恋爱的时候不是你侬我侬的。

"你晴姐，怎么样？"姗姗压低了声音说，"晴姐现在什么都不知道。我把所有杂志和报纸都给扔掉了，网线也拔掉了。而且，现在晴姐正忙着为家25周年结婚庆典设计礼服，根本没时间出门。如果有什么情况，我会及时跟你汇报的。""谢谢你，姗姗。"骆晋由衷地感谢她，"你想个办法让你晴姐跟你出去玩玩，带上你家人也行，不管去哪儿都行，所有的费用我出。"他想让沈初晴出去散散心，借此时间尽快处理好这件事。

"OK，包在我身上。"姗姗开心道，她这间谍工作越来越顺手了。看着正在跟客人商讨改进礼服的老板娘，老板为了她可真是煞费苦心，她这可是真心羡慕。唉！姗姗重重叹一口气，什么时候她也能遇到个又帅，又多金，又痴情的男人呢？

"晴姐，你出去看看吧。"店员微微慌慌张张找到沈初晴，"小美不小心将茶水洒在了一位客人身上，小美都道了歉说赔衣服。客人不但打了人，还不依不饶说话特别难听。"沈初晴立刻起身下楼，刚走到楼梯口就听到尖锐的女声。

"你们什么服务态度，去把你们老板叫下来。"

"就你们这种小店，我能进来看看就算给你们天大的脸面。"

"我打你又怎么样？"

沈初晴打量着盛气凌人的女人。她大概就20岁左右的样子，穿着一身名牌拎着LV包包。她正对着小美大呼小喝，小美一句也不敢回，只是低头抹泪。沈初晴微微皱眉，像她这么年轻能穿得起名牌，拿着限量款包包的女孩，不是含着金钥匙出生，就是被包养的小三。沈初晴走到小美跟前，看到她左边脸颊明显的五个指印，心中不觉恼怒，就算是小美不对，她也不该打人。

"这位小姐，对于我店员的过失我很抱歉。你这条裙子多少钱，我赔给你。现在请你给我员工道歉。"邓佳佳一看来人竟然是沈初晴，想起那天陆旭为她出头，心中更来气，"道歉？凭什么？是她把我的衣服弄脏了。你员工不会做事，我是替你教育她。你该谢谢我。你知道我的衣服多贵吗？她一年的工资都买不起。要我跟她道歉，她也配！"

沈初晴看着她眼中不屑的目光，"请你说话放尊重一点。不管是谁，不管他有什么身份什么背景，都有被尊重的权利。这是做人最基本的素质，只会仗势欺人的那是狗。"店员们扑哧一声笑了出来，佩服老板娘骂人不带脏字。

"你敢骂我是狗？"邓佳佳被她暗讽气得俏脸都红了。"怎么会？我是指那些仗着有钱就看不起别人，又没教养的人。"沈初晴看着她，只觉得有些面熟但又想不起在哪里见过。但她看自己的眼神分明有敌意。

"你！"邓佳佳被噎得说不出话来，指着沈初晴身后的小美，"那个谁，你给我出来。"沈初晴看看小美，示意她不用怕。小美这才怯怯地从她身后站出来。邓佳佳看看小美有些红肿的脸，"刚才我是打了你！这样吧，衣服呢我也不用你赔了。"她傲慢的从包里拿出几张百元大钞极为轻蔑地丢在了小美脸上，"这些就算是补偿你的损失。"然后踩着高跟鞋就要扬长而去。

"站住！"沈初晴忍无可忍，上前挡住了邓佳佳的去路。"你今天必须向她道歉。"邓佳佳抬手用食指戳着她的胸口，冷哼，"怎么？替你员工打抱不平吗？你知道我是谁吗？沈初晴，你老爸现在什么都不是，你老公也不要你了。你现在没有靠山了。你放聪明点最好不要惹我，不然我让我爸明天就把这里买下来，你跟你的员工都去喝西北风去吧。"沈初晴冷笑一下，"你是谁跟我没关系。你打了人就得道歉，你就是英国女王也是这个道理。""甭跟我讲什么道理。本小姐偏不讲理，我告诉你今天偏不道歉，你能把我怎么样？"邓佳佳一副你能奈我何的嚣张表情。"好。这可是你说的，那就别怪我了。"沈初晴懒得跟这种人讲道理，她走过去将修剪礼服的小剪子拿过来直接动手。

"刺啦"一下，邓佳佳蕾丝连衣裙被沈初晴从胸口剪到腹部，一道长长的大口子，连内衣都露了出来。"沈初晴！"邓佳佳气得脸都白了，连忙护住前胸。这还让她怎么出去？"如果你向我的员工道歉，我可以拿件衣服给你换，而且免费。如果你不道歉，对不起。请你自便吧！"沈初晴对着门做了个请的手势。"我要报警。"邓佳佳气得大叫。沈初晴微微一笑,"随便,反正我最近经常上头条,就算再上一次也无所谓。你要是不怕和我一样出名,那就尽管报警吧。"那些娱乐记者,一个个没事就能给你编出事来,更何况她堂堂邓家千金被人看到这个样子,指不定他们会怎么爆料她呢。

"沈初晴,算你狠!"邓佳佳就算气得跺脚也只能妥协,极心不甘情不愿地咕哝了一句,"Sorry。""听不懂,请说中文。"邓佳佳愤恨得瞪着她。沈初晴看着她,"英文里 Sorry 只是表达遗憾的意思,并不是真正意义上的道歉。要不然我也给你一耳光,再给你说声 Sorry。你愿意吗?"

"对不起。"邓佳佳的声音细弱。沈初晴沉声道,"既然道歉就该有道歉的态度。""对,不,起。"邓佳佳咬牙切齿道。沈初晴优雅转身上楼,"姗姗,给这位小姐,拿件衣服换。"

"沈初晴,你给我站住。"邓佳佳在心里把沈初晴骂了千万遍。沈初晴的脚步并没停顿,不想再跟她多说什么,"衣服算我送你的,请回吧!"邓佳佳发狠地抓起姗姗递过来的衣服砸在她后背,"沈初晴,你少在这里装模作样假仁假义。你知道不知道外面的人都……""唔……"姗姗一边慌忙捂住她的嘴,一边往外拉她。邓佳佳余下的话含糊不清,但沈初晴还是听到了一句,什么陷害顶罪。

"姗姗,放开她,让她把话说完。""晴姐,你别听她这种人胡说八道。"姗姗神色慌张。沈初晴的声音倏然变冷,"我说放开她!"姗姗越是这样,沈初晴就越觉得她一定是有事在瞒着自己。"沈初晴,你一肚子坏心肠,连亲妹妹都害。还在我面前假意维护自己的员工。你这种人真恶心。"邓佳佳嘲讽道。

沈初晴看到她眼底对自己那抹浓重的厌恶,"你胡说什么?"邓佳佳冷笑,"我胡说?你是瞎了还是聋了,不会看新闻啊!你把你老公的情人弄得半死不活,陷害你妹妹,替你坐牢。这种事你都做得出来,你不是不知羞耻是什么?"沈初晴的心"咯噔"一声,怪不得,姗姗突然让她出去旅游,怪不得,店里的网线都断了,也没人来修。漫天流言蜚语快要把她淹没，她还一无所知。

　　她抓着楼梯扶手的手不由收紧，目光扫向姗姗，"把所有的报纸杂志给我拿过来。"姗姗站着没动。"装什么装？"邓佳佳白了她一眼。"快去！"沈初晴的声音已经有了怒气。姗姗磨磨蹭蹭拿来了一叠报纸，小心翼翼递到她面前，"晴姐，都是他们在歪曲事实，你千万别当真。我们知道你不是这样的人。"沈初晴一把夺过报纸迅速翻阅，报纸、杂志最醒目、最显眼的位置大标题赫然在目，还有关于鼎峰集团陷入危机等。

　　沈初晴的脸色蓦然一白，显然骆晋的处境更糟。

Chapter 2

爱你依旧是我的信仰

十七. 我要怎么说我不爱你

沈初晴没有想到竟然有人在拿这件事大做文章，又掀起了一场风波。她放下手中的报纸就往外冲，此刻她唯一的念头就是尽快见到他，担心他现在怎么样了？可真当她到他公司楼下的时候，又犹豫了，望着楼上的亮着的那扇窗户。他们之间兜兜转转，有了太多的误会，不能说究竟是谁对谁错。可是，失去的孩子和顾小蔓是真实存在的痛，每当夜深人静的时候，她还是会心痛。这些都是他们之间无法抹去的遗憾。

走到办公室门口，沈初晴的手刚想敲门，却先听到一个女声，"骆晋，你知道，我一直爱你。公司现在遇到了麻烦，只要你答应跟我结婚，我爸一定会出手帮你的。余下那些股东都听我爸的，他们绝对不会背叛你，投向旭日的。"沈初晴屏住了呼吸，一动也不敢动，可是心却怦怦地跳。她在害怕什么？

骆晋冷冷地拨开搂住自己的胳膊，"叶梦伊，几年前我就说过，你我是不可能的。现在亦是如此。"叶梦伊不愿放弃，几年前她就放弃过一次，现在她不能再放手了。"她都跟你离婚了，她已经不爱你了。现在我能帮你，难道你要眼睁睁看着公司倒闭吗？""我自己会处理。"骆晋的声音依旧没有温度。叶梦伊不甘心，"你怎么处理，你知不知道那几个股东已经在和旭日接触了？难道，沈初晴在你心中比你辛苦创建的公司还重要吗？如果，当初她不是市长的女儿，你会娶她吗？"

沈初晴呼吸一窒。

"当初，几家公司争美国的那个项目，以鼎峰的实力，若不是沈厚林给你做靠山，你拿得到手吗？这些年，如果不是有沈家的帮助，鼎峰能发展这么快？骆晋，你不要不承认，你爱的不是她。跟你经历风雨打拼的人是我，现在能帮你渡过危机的人也是我。沈家已经什么都不是了，帮不了你了……"

　　叶梦伊爱了他 8 年，整整 8 年，是看着他白手起家，从小公司慢慢上市，然后挤进世界百强成为跨国集团。她一直爱慕着他，可是，他却遇见了沈初晴。看着他对她极尽温柔，她只能默默走开。直到听闻他们离婚的消息，所以，她回国了，认定这是老天再给自己的一次机会。

　　"没错！我娶她确实是因为她是沈厚林的女儿……"后面的话沈初晴再也听下去了，转身离开，终因心中不平，而使脚步稍重，引起了里面两人的注意。门一下被人拉开。"初晴？"骆晋看见了一个仓皇而逃的身影，疾步追了上去。

　　她听到了什么？他不是那个意思，后面的话他还没有说完。追下楼，沈初晴已经钻进了出租车。手机响个不停。屏幕上显示着："老公。"

　　呵，多讽刺！沈初晴冷笑着，看着疯狂响着的手机。突然，她拿起手机扔出了窗外。从今以后，她要把他从心里彻底清除。

　　从黄昏到夜幕，沈初晴漫无目的地走在街上。路边人来人往，霓虹灯熙熙攘攘，沈初晴突然发现她好像和这里有些格格不入。

　　突然，有人拉住了她的手，"沈初晴，一整天你都去哪儿了。大家满世界都在找你。骆晋都要报警了。"刚才于悦远远地看见像是她的背影，就急匆匆地跳下车跑了过来。沈初晴挤出一丝笑容，看着她，"找我？找我做什么？"于悦抓着她的手，"姑奶奶，你跟骆晋又怎么了？顾小蔓的事，不是早就翻篇了，现在又是闹哪出？""以后不要在我面前提他。他就是浑蛋，骗子。"沈初晴愤怒地打断了于悦的话，"大骗子。""好，好。那我们总得回去吧。"于悦看出来，他们之间肯定发生了很严重的事，不然沈初晴不会这么失控，"于悦，陪我喝酒吧！"沈初晴抬起头看着酒吧闪烁的灯光说。

　　不是都说酒能麻醉人的神经吗？喝醉了才能不想，才能不心痛。

"好。"几分钟之后，酒吧舒适的座位，忽明忽暗的灯光闪烁着，震耳的音乐，舞台上狂乱的人群随着音乐肆意地舞动着。

于悦看着对面一杯接着一杯的沈初晴，终是按捺不住夺过了她手中的酒杯。"初晴，到底发生了什么事？"沈初晴只是嘲讽地笑。"沈初晴。"于悦加大了声调。"是不是骆晋在外面还有别的女人？"除此之外，她还真想不到其他的。沈初晴喝得似乎是多了，手指着自己的额头，笑着问，"我脸上写着我老公有别的女人这几个字吗？"

于悦拨开她的手，"沈初晴，其实这事挺正常的。你家骆晋又帅又多金，多少女人想爬上他的床。那些的女人见缝就钻，为了达到目的什么做不出来。再说，骆晋要一点也不被诱惑，那才叫不正常呢。你想开点。他不过睡了一个女人，只要你稳住骆太太的地位，什么都无所谓。"沈初晴的头巨痛无比，心脏也紧紧揪着疼。她可以容忍他出轨，容忍他拈花惹草，最起码可以证明他曾经爱过她。倘若他只把她当作换取利益的手段，她该有多可悲，这些年她活得该有多可笑。

"于悦，顾小蔓那件事，我口口声声要离婚，但心底清楚骆晋不会同意。所以我肆无忌惮，因为什么，因为我知道他爱我，所以我有恃无恐。可是，现在，我才知道，他爱的不是我，从来都不是我，是我的身份。"沈初晴脸上在笑，仿佛从心底深出蔓延而出的笑，而清澈的眸子里却有珍珠在闪耀。

"你别哭。你一哭，我心里也不好受。"于悦还是第一次看到沈初晴哭，有些不知所措。她一直那么要强的一个人，不是真的难过从不会在别人面前掉眼泪。沈初晴努力地将眼泪往喉咙里咽，眸中的珍珠闪了又闪，几乎喘不过气。

看着沈初晴伤心如此，于悦叹了一口气。曾经她多羡慕他们，甚至是嫉妒。嫉妒她命好，能找到像骆晋那样优秀的男人。现在，于悦又有些不忍心了。她拿起桌上酒杯跟沈初晴碰了碰杯，"初晴，什么都不要说了，不就是一个臭男人吗？咱不要了。来，喝！今天我好好陪你，今晚不醉不归。""喝。"沈初晴真的醉了，拿着酒杯的手都在晃。

她从来没喝醉过。唯有一次，那次是景颜生日，她喝多了，吐得哪儿哪儿都是，还胡说八道。骆晋把她带回家，照顾了她一晚上。骆晋说过，喝醉酒的女人，一点都不可爱。沈初晴坐在他腿上搂着他的脖子撒娇，跟他保证，下不为例。

呵呵……那首《*A Thousand Years*》：*Heart — beats — fast. Colors — and — promises. How — to — be — brave. How — can — I — love — when — I'm — afraid — to — fall*

……

每次听到这首歌，都能让她记起他们曾经的点点滴滴。他的笑，他的怒，就像刺青，深深地烙在了她的心底。骆晋在纷乱的人群中一眼就看见了吧台一角的沈初晴。她头伏在桌台上，清澈的眸子染满了酒色，酒杯歪到了，酒洒在桌上到处都是。在迷离的灯光下，整张脸朦胧而不真实起来。

"初晴，你疯了？怎么喝这么多？"骆晋冲过去劈手夺过她手里的酒杯，又自责又心痛。沈初晴微抬头看了他一眼，醉眼迷蒙，口齿不清，摇晃着指着骆晋，"骗子，大骗子。"骆晋收到于悦的信息说她们在酒吧，就赶过来，"初晴，你醉了。""谁说我醉了，我没醉。我从来没有这么清醒过。"沈初晴抬起头，站起身，晃了又晃，骆晋一把紧紧抓住她。

"好，你没醉，跟我回家，听话。"骆晋一边抱着她，一边拿着手机给成铭赫打电话，让他来把同样醉得不省人事的于悦带走。"回家？"听到那两个字沈初晴咯咯地笑，含着泪，说不出的凄凉，"回哪儿？哪儿是我的家？"

"初晴。不要这样，不要这样惩罚我。"骆晋心中一阵痉挛，紧紧地抱紧了她，手按住她的后脑让她的脸贴着自己的胸口。沈初晴挣脱不开，"我喘不过气了。"

骆晋听她这么说，慌忙放开手，沈初晴没有防备，身体不由自主地向下滑去。骆晋又慌张地接住她。沈初晴迷蒙着双眸，一副完全搞不清状况的模样。"初晴，跟我回去。我把一切告诉你……"

沈初晴只听到骆晋一直在跟她耳边念叨，她皱眉一个字也没听进去，胃里一个劲儿地直向上翻腾，快要忍不住吐出来了。推开他，跌跌撞撞地跑向洗手间，直接吐了个天昏地暗。

吐得差不多，沈初晴头晕目眩，她的胃一阵一阵痉挛的疼，疼得她捂着肚子瘫坐在地板上。骆晋不放心，也顾不了那么多，进去将沈初晴抱了出来，直接将她放在自己的车上。

"胃里很难受是不是？"骆晋拨开她脸上的发丝，看见她小脸皱成一团，心里只有比她更难受。"坚持一下，我们马上去医院。"骆晋脱下外套，为她盖好。然后迅速开车去往医院。"我不去，我哪儿也不去。"沈初晴迷迷糊糊中还在反驳。"听话。"骆晋一只手按住她乱挥舞的双手。

到了医院，医生给沈初晴挂上吊水，她还昏睡着。乌黑的长发铺泻在枕畔，长长的睫毛垂下，唇上却没有一丝血色，呼吸微不可闻，就那么静静地躺在那里。骆晋走过去，修长的手指温柔地拨开她额前的发丝，把她冰凉的手握在掌心。"骆晋，我恨你。"沈初晴似醒非醒中突然说了一句。

骆晋本来弯腰弓着身子在那里，一个吻还没落下，清清楚楚地听见这两个字，心里说不出是什么滋味，过了半响，才慢慢地直起腰来。恨也好，爱也罢，怎样都无所谓。不管是爱是恨，我要你记住我一辈子，只要你心里除了我再没有其他人就好。

沈初晴从昏昏沉沉的梦里醒来，睁开眼已经天亮了，窗帘缝隙里露出青灰的一线光，四下里仍旧是静悄悄的。她闻到了熟悉的消毒水味道，知道自己是在医院。房间里只有她自己。

突然响起的铃声吓了她一跳。

"喂。"是一个陌生的号码。"初晴，是我！"手机那端传来哭泣的声音。沈初晴呼的一下从床上坐了起来，"景颜？你在哪儿？发生什么事了？""我，我，我实在是没办法了。现在，我只能求你，帮帮我！"景颜哭得不能自已，话也说不清楚。"别哭，你在哪儿。我马上去找你。"电话里说不清楚，沈初晴知道如果景颜不是遇到麻烦，她不会用"求"

字这么严重。

沈初晴立刻订了最快一班去往 V 城的机票。骆晋跟医生说完话回到病房就不见了沈初晴，他第一反应是给她打电话，一看手机上几通未接来电，全都是景颜打来的，一定是景颜出了什么事。骆晋当下也去了 V 城。

沈初晴下了飞机，一刻也不敢耽误打的去了仁雅医院。在 8 楼妇产科见到了景颜，沈初晴险些没认出来，她躺在病床上，头发散乱，整个人都水肿了，完全没有了往日的俏丽。"怎么搞成这样？""对不起，初晴。我……"景颜想起身，沈初晴连忙按住了她的肩，拿纸巾给她擦泪。"坐月子不能哭，落下病根怎么办？孩子呢？"她真没想到，景颜居然有这么大的勇气，敢未婚生子。一说到孩子，景颜激动了，她一把抓住沈初晴的手，"初晴求求你救救她，她还没足月。人还在监护室，医生今天告诉我，她心脏没有发育完全！""怎么会没足月？""今天，我去商场给孩子买东西回小区，突然就看见于悦了。""你碰到她了？是她？"沈初晴一惊，她太了解于悦了，她要是知道这事，不知道会做出什么疯狂的事。

景颜摇摇头，"不是，她没看到我，我是想躲着她，没想到从楼梯上摔了下来。"

沈初晴松了一口气，"你别担心，仁雅是全国著名的心血管医院，我去给你联系最好的医生。孩子会没事的。""初晴，你会不会鄙视我？觉得我活该。"沈初晴叹了一口气，替她掖了掖被角，"我只希望，成铭赫他值得你这样为他付出。""谢谢你，初晴。"景颜亦是感动。

陆旭的母亲秦雅岚就是在仁雅做的换心手术，他今天是专程陪母亲做复检。他进电梯的时候，沈初晴刚好从旁边一台电梯里走出来。无意中一撇，看到一道熟悉的背影在人群里若隐若现。已经进电梯的陆旭，急忙按了暂停键，追了出去。可是，大厅里来来往往都是人，哪里还有半点沈初晴的影子。

"阿旭，怎么了？"秦雅岚看见了儿子眼底那抹失落。陆旭收回了视线，对母亲笑笑，"没事，刚看见一个熟悉的朋友，可能是看走眼了吧！我们进去吧！"

最近似乎出了幻觉，看谁都像沈初晴。

刚生完孩子，景颜身体很虚弱，睡着了，丝毫没察觉有人悄悄地走了进来。那人恨恨地盯着病床的那张脸，恨不能生吞活剥了。突然间，呼吸被隔断，景颜从睡梦里惊醒，睁开眼竟然看见于悦。于悦正死死地掐住她的脖子，目光里的狠戾让她心惊胆战。"你以为你躲到这里我就找不到你了，竟然还生下了野种。你不让我好过，我也不会让你好过，我掐死你！"于悦像是疯了一样。

虚弱的景颜哪儿抵得过于悦，脸色渐渐由红变紫，她想求助，可是于悦已经把门反锁，外面根本看不到里面的状况。挣扎中她将旁边桌上的东西挥落，发出声响想引起人们的注意。

从医生那里问完情况回来的沈初晴，拧了一把门把手，发现锁住了，她透过磨砂的窗户看去。只一眼，吓得魂飞魄散。"于悦，住手，快来人，救命！"沈初晴大声呼救，她用力撞门想把门撞开，无奈她的力气微弱。

幸好，医生赶到踹开了门。"于悦，你疯了？放手，会出人命的。"沈初晴冲进去拉开于悦。没想到她力气居然那么大，医生和护士好不容易才把她拉开。"我是疯了，是他们把我逼疯的。"于悦现在完完全全失去了理智。"报警，快报警吧……"围观的已经有人报警了。"咳，不要报警，她是我的朋友。"景颜每说一个字，喉咙火烧火燎的痛，脖子上深深的瘀痕。

"疯子吧？""神经病？"沈初晴小心上前，"于悦，我们先回去，有话好好说。好吗？""骗子。你们都是骗子。你算什么朋友，你知道她抢了我老公，还生了孩子，为什么不告诉我，我恨，恨你们所有人！"说着，于悦挣脱了束缚抓起了果篮的水果刀向沈初晴挥了过去。沈初晴第一个反应是后退，却不想身后是堵墙，退无可退，避无可避。

"啊！"围观的人因为这惊险的场面发出惊呼。忽然从人群里冲出一个人，他徒手抓住了刺向她的水果刀，同时从背后击昏了于悦。"你没事吧？""陆旭？"沈初晴不可置信地看着陆旭。"我也奇怪，为什么你发生状况的时候，我都在你身边。这是不是就是传说的缘分？"陆旭扔掉了水果刀笑道。

心里庆幸，刚才看见像她的身影，幸好，他跟来了。"让我看看你的手。"沈初晴抓过陆旭的手。锋利的水果刀将他的手心划了很大一个口，血不断地流出来。"不疼吗？你怎么还笑得出来，快去包扎一下。"沈初晴拉陆旭去找医生。这时候，警察也到了。

沈初晴看向景颜，景颜明白她的意思，点点了头。说到底，还是她对不起于悦。

"对不起，这里面有误会，我们会解决的。"当事人不起诉警察也没再追究。护士将昏倒的于悦安排到另外一间病房。"你流这么多血，我帮你包扎一下。""何医生治外伤最好了，我让他帮你检查。""刚才吓死我了，你太勇敢了！"围观的小护士们全被他刚才英勇行为折服了，蜂拥着抢着为他看伤包扎。沈初晴看了看于悦，想着等她清醒过后好好谈谈。

然后，沈初晴到门诊看看陆旭的伤势，门诊室里大概所有的护士都来了，一个个崇拜地围着陆旭嘘寒问暖的。想必，伤势也无大碍。她走开了，有机会再跟他道谢吧。原来长得好看就是有得天独厚的优势啊！就像他们家骆先生，到哪儿都有倾慕者。怎么又想起他了，沈初晴摇摇头，将他的脸在脑海里挥散。

"沈初晴。"陆旭突出了"重围"快步追上了她。"你的手怎么样了？""小伤而已。"陆旭不以为意。"这次真的很谢谢你，不然……""英雄救美嘛！乐意之极。"陆旭同她并肩而行。他的话把沈初晴逗笑了，"恐怕你俘获了不少芳心吧。"

"我可是很专一的。"陆旭笑道。沈初晴不可置否的笑笑。陆旭收起了说笑，认真道，"你的朋友，我建议她去看看心理医生。"沈初晴诧异看向他。

"我不是说她一定有病。有些人受了某种刺激，容易钻牛角尖做出过激的事情。找个心理专家给她疏导一下，会有帮助的。"陆旭一提醒沈初晴也认识到了，于悦对成铭赫的爱，真的近乎疯狂的状态。恐怕她真的是把自己逼近了死胡同，走不出来了。"真的谢谢你，陆旭。""这次只是谢谢，可真不够。"沈初晴笑了，"有机会，请你吃大餐。好好答谢你。""一次可不够。"

十八．谁心心念念着谁

两人谈笑间，看到护士慌慌张张地跑过来说，于悦不见了。景颜听闻后始终惴惴不安，总觉得于悦不会就此善罢甘休，所以坚持要转院。

转院是陆旭帮忙联系的。沈初晴扶着景颜出了住院部的门。谁也没人注意从角落走出来一个头戴鸭舌帽的人，帽檐压得很低看不清是男是女。刚刚入秋而已，他却已经穿着长衣长袖。还戴着一双厚厚的白色手套，一只手按在上衣的口袋里，给人一种很奇怪的感觉。走在她们前面的陆旭的还回头看了一眼。

距离沈初晴她们两三米距离的时候，那人突然，加快脚步。他一只手按着口袋的手，掏出了一个瓶子，迅速拧开瓶盖。"景颜去死吧！"一个尖锐的女声大叫着，将手中瓶里的液体向她们的脸面泼去。沈初晴一把推开了景颜，自己来不及做任何躲避，甚至来不叫惊叫。

"小心。"同一瞬间，沈初晴身前出现了一堵肉墙，那个高大身影完完全全把她护住了。同时，也挡住那些本来泼向她的液体。空气中弥散的刺鼻味道，她第一个反应，是硫酸。

陆旭将沈初晴护在怀里，那些硫酸尽数洒在他的后背。硫酸腐蚀性极强，瞬间灼透了他的衣服，烧到了肌肤。后背立即传来剧烈的疼痛，陆旭险些站立不稳。

"陆旭，陆旭！"沈初晴一时间惊慌失措。"快走！"陆旭额头上冷汗淋漓，用尽全力推开沈初晴，挡住了袭击她们的人。沈初晴被他推了个趔趄，哭着摇头，他为救自己受这么重的伤，她怎么丢下他不管不顾。陆旭大叫，"她是于悦，快走。"于悦似乎也没想到陆旭会突然冲出来，更没想到陆旭居然将她认了出来，又惊又慌，抓着瓶中剩余的那些硫酸就朝陆旭泼过去，恶狠狠道。"让你多管闲事。"然而陆旭根本无力闪躲。

"不要！"沈初晴大惊失色，奋不顾身地冲了过去。

"初晴！"另一个惊慌失措的声音响起。骆晋的车刚驶到医院，就看到了这一惊险的一幕，看到沈初晴不顾危险去救陆旭，一颗心魂飞魄散。沈初晴扑过去紧紧地护着陆旭，亦如他刚才救自己那样。一秒钟后，她并没有等来想象中的可怕。

只听得，一声尖锐的刹车声。她睁开眼，骆晋的保时捷直直向于悦飞速冲了过去，在就要撞她那一瞬间，骆晋急速打了方向，一个 360 度紧急漂移，车身紧贴着于悦擦身而过。疾驰的力道，带翻了她，她手中的硫酸瓶脱手而出，划了一道抛物线"啪"的一声碎落在地。幸好，硫酸所剩无几，只有几滴飞溅过来。但，陆旭还是拼尽余力，一个旋转，将沈初晴护在身下。

"陆旭！"沈初晴惊魂未定，声音都变调了，他伤得那么重还要保护她。陆旭虚脱地趴在她的身上，钻心的疼痛让他再也站立不稳。沈初晴清楚地看见，他的后背被灼烂了很大一片，溃烂的伤口，触目惊心。

她用力支撑着他的身体，小心翼翼得不敢乱动，生怕会牵扯到他的伤口，有些不知所措。

"你没事吧？"陆旭的声音虚弱无力。他自己都伤成这样了，还问她有没有事？沈初晴茫然失措地在摇头，"别说话了，别说话了。我没事，我一点事也没有……你冲出来干吗？那是硫酸，会要命的。"

陆旭极尽虚弱一笑，声音虽然很低，但沈初晴还是听到了。他说，我不想你受伤。沈初晴手上温热一片，低头一看陆旭的伤口在不断渗出血迹，惊心的红，她惊慌失措地对骆晋大喊，"骆晋，骆晋，快叫医生。

快点。"那紧张，那急切都是真真实实的。骆晋这才恍然惊醒，不用他叫，急救医生已经到了。他亲眼看到陆旭刚才奋不顾身地救她，确实让他震动了。

警车也到了，于悦在震惊中被带走。

"陆旭，陆旭！你撑着点。"陆旭陷入了昏迷，被抬上担架。沈初晴紧紧地抓着他的手。她丝毫不知，自己满身满脸都是血迹，样子狼狈极了。

担架上的陆旭，脸色苍白如纸，他的后背虽然被急救人员简单包扎，但血迹很快染透了纱布……

"陆旭，陆旭！求求你，千万不要有事，不然我会内疚一辈子的！"沈初晴语不成调，几度哽咽。一旁的骆晋将这些都看在眼里，目光幽深，脸上没有任何情绪。很快到达急诊楼，陆旭被推进了抢救室。

"病人需要紧急手术，请问，谁是病人家属。请过来签个字。"抢救室一位拿着手术单的医生走了出来。"我签！"沈初晴满脑子混乱，想也没想冲到医生面前接过笔。忽然，沈初晴手臂被人猛然一扯，她整个人又被人拉了回来。她回过头茫然地看着骆晋。"你是他家属吗？"骆晋看着她。

沈初晴一愣。是啊！她真是急昏头了，她又不是陆旭的家属，更不是他什么人，根本不能签字。"我已经通知陆蘅，他应该马上就到。"骆晋抽过她手里的笔，接着说道："骆晋，今天的事，必须要给我交代。"骆晋话音刚落，身后一个冰冷的男声突然响起。

骆晋和沈初晴转过身，陆蘅面容冰冷，一双黑眸锐利如鹰，无形之中散发给一种压迫感，让人根本不敢直视。算起来，这是沈初晴第一次正式见到陆蘅。她刚想开口，但被骆晋抢先一步。"陆总，我会跟你解释。"骆晋冷酷的气场丝毫不输于陆蘅。陆蘅的冷眸深深地睨了沈初晴一眼，深沉的双眸犹如两道冰刃，看得沈初晴头皮一阵发麻，骆晋伸手将她揽在身侧。

"陆先生，请你马上签字。"医生转而将手术单递给陆蘅。陆蘅收回视线，接过手术单签好字。手术室前，红灯亮起。他们和陆蘅一样等候在门外，空气陷入了凝重。沈初晴的一颗心忐忑不安，在骆晋身侧根本坐立难安。陆蘅和骆晋，同样的沉默，却分发成为两道不同的气场。

骆晋的心，随着沈初晴紧抓着自己的手力道，也越发紧起来。她丝毫没发觉，她的指甲已经没入了他的手掌里。他默然地承受着她的紧张，她的担心和害怕。手术门开了，一位医生急步走了出来。

"医生，他怎么样了？"沈初晴瞬时站了起来，抓住了医生胳膊。医生摘下了口罩，面色严肃，"你们谁是 AB 型血，病人出血性休克，需要输血，医院血库 AB 型血储备不够。现在从别的医院调配，恐怕会来不及。"沈初晴一惊，她是 A 型血，反射性地看向陆蘅，他们是兄弟，血型相同概率有 50%。

"我是 A 型。"陆蘅不等她问，先一步回答。沈初晴的心顿时凉了一截，就算心急如焚也是无能为力，此时的脸色难看之极。"现在去召集全员的医生护士，一个个去给我配血型。救不了人，后果你们自负。"陆蘅脸色铁青，命令医生。医生吓得赶紧去找血型。

现在这样一个一个地查，就算找到耽误的也都是时间，多耽误一分，无疑多一分危险。

猛然间，沈初晴想起来骆晋是 O 型血。

"骆晋，你是 O 型，对不对？"沈初晴犹如抓住希望一般抓住了骆晋的手臂。"你救救他。"听沈初晴这么一说，陆蘅也看向了骆晋，只是一撇，他的脸上仍没有任何表情，根本没有报任何期望。

"骆晋，他现在很危险，我求求你，他也是为了我，看在以往的情分……"骆晋看着沈初晴急切恳求的眼神，心绪复杂，她为别的男人在求他，究竟陆旭在她心里占了多少分量？他的思绪纷飞着，他的嫉妒心疯涨！他真的想自私点无视她的哀求，可陆旭也是为了她才受的伤，他不能见死不救。

"骆晋，你不会见死不救的对不对？"骆晋的沉默，沈初晴继续哀求。"好。"

当陆蘅听到骆晋竟然答应，还以为自己听错了。看着他的眼神，惊讶之色一闪而逝，嘴角掀了掀，最终还是没有说什么出来。他们之间，说"谢谢"这两个字，真的很诡异。

骆晋抬手拭去沈初晴脸上的泪水，"放心，他不会死。你在这里等我。"随后，他跟着医生去配血型。陆蘅再次打量沈初晴，他看不出她有何致命的吸引力？她的容貌不算顶级，性格还倔强……为何弟弟和骆晋都对她用情至深。或许，这就是爱，谁也道不清说不明。

陆旭从抢救室推出来已经下午了，麻药劲还没过，还趴在病床上昏睡着，主治医生跟陆蘅在谈话。陆旭已经脱离危险，只是背部受伤严重，需要进无菌室进行后期的观察治疗，就算痊愈也会留下很大、很难看的疤痕。沈初晴站得远根本听不到他们在说什么，她刚一想靠近陆旭，立刻被陆蘅身后的黑衣男子拦下了。

"沈小姐，你可以走了。"陆蘅直接下逐客令，护士立刻将陆旭推去了病房。"医生说了什么？陆旭现在怎么样了，我想看看他。"沈初晴只想亲眼看看陆旭，才好安心。"不需要。"陆蘅毫不留情地回绝，然后滑动着轮椅进了病房。"陆蘅！"沈初晴不甘心，绕过黑衣男子，但黑衣男子远快她一步拦住了去路。"让开。"沈初晴的声音已经有了怒气，伸手想推开黑衣男子，无奈黑衣男子戳在那里像堵坚实的铁壁。无菌室玻璃窗拉着窗帘，她什么也看不到。

"陆蘅，让我进去，我要等他醒过来。"进病房的陆蘅轮椅停了一下，他回过头，似是漫不经心又像是在质问，"沈小姐，医生说允许家属探望。你是陆旭的什么人？女朋友勉强也算，你是吗？""我……"不容沈初晴开口，一直站在她身后骆晋一把拉过她，攥着她的手，携着她强制性把她带离，"明天再过来。我们回去。"

沈初晴现在若是进去，无疑等于变相承认她是陆旭的女朋友，那又置他于何地？

今天陆旭不顾安危去救沈初晴，足以说明他已经用情至深。沈初晴对陆旭的紧张和担心，也说明她对他不是没感觉。他害怕了。有史以来，他第一次有害怕的感觉，那种感觉糟透了，就像她和陆旭才是相爱的那一对，他才是最多余的那个。

"骆晋，你放手。我不能这么走了，陆旭还没醒……"沈初晴完全是被骆晋拖着走出医院的。"他会醒的，跟我回去。"骆晋把她塞进车内，然后，利落钻进车内拧动钥匙发动车子。

"骆晋，你先回去。我要等他醒过来。"沈初晴一把抓住了骆晋的手，语气无比的坚定。随后，她利落地下车，急匆匆地朝住院楼跑去。

匆匆忙忙中她还同来往的路人撞了个满怀，骆晋注视着她的那道眸光越来越暗，眼前一片漆黑，头有些晕沉，他抬手揉了揉太阳穴，闭上了眼，大概是刚才献血过多的缘故。

他的嘴角嘴角泛起一抹苦笑。

初晴，你现在心里只有他了吗？

房间里，两兄弟在争执。"怎么？陆旭，你还假戏真做了？英雄救美，你还想干什么。""哥，我知道自己在干什么？""你想让她把你害死。"这是陆蘅的声音。陆旭立即反驳，"这不关她的事。""你为她受伤，这是事实。陆旭，你喜欢谁都可以，唯独她不行。难道你不知道骆晋和我们陆家的恩怨吗？"陆蘅的声音很是严厉。"她是她，骆晋是骆晋，他们已经离婚了。""陆旭，你脑袋里装的是什么？一步错，满盘皆输。我等了7年，我不会让一个女人毁了整个计划。""哥，不要牵扯到她。""谁也阻止不了我。"陆蘅的话透着一种狠绝，转身走了出去。

沈初晴快走到病房时听到，"啪"的一声脆响。大概是什么东西摔碎的声音。接着，就听到陆旭急促的声音。

"哥，哥！"

沈初晴看着陆蘅的背影，心里忽然有种不安的感觉。"傻站着干什么？过来。"陆旭裸露的上身缠着纱布，行动不便扶着病床一侧，微微一笑，向她伸出一只手。尽管带着重伤，仍旧姿态优雅。沈初晴走过去扶着他小心翼翼坐在床上。

"我哥的话，不要放在心上。"他担心陆蘅的话会伤了她。沈初晴摇摇头，她没有怪陆蘅，她也不能怪陆蘅，哥哥关心弟弟再正常不过。

"沈初晴。""嗯。"沈初晴的声音，轻轻地柔柔地，一双眸子水盈盈的装满了内疚，格外惹人疼惜。陆旭心中一动，伸出手轻轻抱住了她，沈初晴动了一下，挣扎着想从他的怀里出来。陆旭不由得吸了一口冷气，嘴角抽搐，脸上一副疼痛的表情。"对不起，是不是碰到伤口了？"沈初晴紧张的立刻去看他的伤口。"没事。"沈初晴也不敢乱动，生怕再牵扯到他的伤口。

"初晴，你听好。我今天所做的，是心甘情愿，并不是借此想换回什么。"陆旭说得一本正经。"陆旭。"沈初晴此刻更不知道该说什么了。"我当过兵。"陆旭不想气氛沉重，随转了话题。"啊？"她还真不知道，现在才发现自己对陆旭真的所知甚少。"当警察是我一生的梦想，可家里不准，要我学管理继承家业。后来我大学毕业，不听话被送去当兵。两年侦察兵，六年的特警。整整八年，在部队，我受过大大小小的伤，也经历过千钧一刻的生死。所以，这点伤根本不算什么。我在想，就算我这次死了，有人为我担心为我掉眼泪，也值了。"陆旭带着笑说。

"呸，呸，什么死呀死的，别胡说八道！"沈初晴堵住了他的嘴，"很快就会好的，不过，伤口会留下很大、很难看的疤。"陆旭笑着拿起了她的手，"又不是在脸上，还担心没人要我？可是，你要真想以身相许，我求之不得。""对了，有种药祛疤效果很好。我明天拿给你。"沈初晴忽然想起来，那年自己骑马摔伤骆晋给自己的药，效果很好。

"好。"

"你还想吃什么，我明天给你送过来。不过，暂时不能吃生冷辛辣，刺激性的食物。"

"什么都好，只要是你做的。"沈初晴笑了，"我先提醒你，我的厨艺实在不佳。你要能吃得下去才行。""呃……"陆旭一抹身影忽然蹙紧眉头。"怎么了，伤口又疼了？"沈初晴探身去查看，却猛不防，一抬头恰巧碰到陆旭的唇。

透过门上的玻璃，看着病房内的这一幕，骆晋全身肌肉紧绷，僵硬得一动不动。他的心如同被细绵的针扎一样，刺痛起来。他怎么忘了，人是会变的。

初晴，是不是我不再出现，你才会怀念？

十九．我只好离你远远的

沈初晴从医院出来，已经很晚了。她打了很多通骆晋的手机，回应都是不在服务区。景颜已经被成铭赫接走，她还要去公寓帮她收拾剩下的物品。打开门，房间黑漆漆的。随手打开了壁灯，光线亮了起来，房间空旷无声。她转身去卧室。突然"啪"的一声，一个玻璃物体摔倒发出清脆的声响，沈初晴心惊肉跳，立刻惊慌地四下环顾，却在客厅的沙发上发现了东倒西歪躺着的骆晋，桌几上倒着一个已经喝光了的酒瓶，酒杯也掉落在地毯上。

"骆晋，骆晋！"沈初晴吃力地搬动他的身体，让他躺得舒适些。骆晋猛地伸手一拉，沈初晴一下跌坐在他腿上。骆晋抱住她，低头用力吻了起来，灼热带着酒熏的唇有力地辗转……沈初晴几乎不能呼吸，她的气息全被他夺走了。沈初晴想抽离，但骆晋紧紧地箍着她，腰被他勒得生疼，仿佛要把她融进自己的身体里一样。"沈初晴，你真残忍。"忽然，骆晋松开了自己的手臂，往后倒在了靠背上，像指控又像自言自语。沈初晴拨开他额前凌乱的发丝，在她的记忆里骆晋一向很有自制力，从来不会喝这么多酒。从来不会把自己的疲惫和脆弱显露出来。现在的他，眉宇间拧着道深深的忧郁，让人看着心疼。

"你疯了，怎么喝这么多酒？"她拿来干净的毛巾为他擦拭。"我是疯了，才会这样发狂一样爱着你。"骆晋倏然攥住她的手腕，他的目光滚烫热烈，声音却压抑而喑哑。沈初晴的心一震，怦怦地跳着，他掌心的温度沿着她的脉络一直烧到她的心底最深处。也唯有他，能让她有那样强烈的感觉，那样无法忽视。他的眸子如同一片幽深的海，看久了很容易沉溺在里面。沈初晴有些慌乱。

"那你呢？你还爱我吗？"骆晋深潭一般的目光灼灼地盯着她，锐利的似乎想要将她的心一眼看穿。"骆晋，你喝醉了。"骆晋的声音低低沉沉的，在寂静的空气里带着伤感的味道，"我很清醒，比任何时候都清醒。我从不相信，一见钟情。可，我见到你第一眼，就被吸引了。不是因为你是市长的女儿。我对自己说，我一定要娶你为妻。和你结婚，我从没有想过离婚。后来，发生太多的事。有些事，我选择隐瞒不告诉你，是不想让你担心。有些是逼不得已的苦衷。你相信我吗？"

沈初晴与他四目相对，空气里静得没有声音。他的瞳孔里，若隐若现着她的影子。"从今以后我会疼你，宠你。你开心，我就陪着你开心；你不开心，我就哄你开心。只爱你一个人，只对你一个人好……"他的眸子柔得能滴出水来。她的心仿佛是被火烫到了，热热的，还很疼。那是她曾经对他说过的话，他还记得。过去的点点滴滴，那些刻骨铭心的记忆深入骨髓，就像刻在她心口的烙印，永远无法磨灭。"骆晋！"此时此刻，沈初晴也有很多话，想要对他说。她想说，她爱他，和他结婚也从来没想过离婚！偏偏这个时候，喉头发哽，鼻子酸到不行，张开口就哽咽，眼泪簌簌而落。

"初晴，跟我回去，我把一切都告诉你。我们重新开始。"沈初晴咬着唇，有些发疼。她何尝不想跟他在一起，她想的。骆晋食指先一步按住了她的唇，缓声说，"初晴，明天告诉我答案。"他心里害怕还是大一点，他害怕听到不想听到的答案。骆晋，你何时这样胆小过？他是怕的，他怕她心里已经住进了陆旭，再不愿意跟他同行了。这个夜注定是漫长的。

骆晋环着沈初晴久久不能入眠，直到天空泛白才稍稍合上了眼。尽管沈初晴轻手轻脚，还是惊醒了一向警觉的骆晋。动静是从厨房传出来的，沈初晴在准备早餐。骆晋靠着门框眼睛含笑地望着围着围裙的她在厨房忙碌。沸腾的粥冒着腾腾的雾气，油在空气里噼里啪啦炸裂的声音，沈初晴认真在煎着鸡蛋，动作娴熟。一切似乎又回到了从前，就连空气里都弥漫着甜蜜的香气，温馨而幸福。

骆晋想起，以前的她，总是贪睡赖床，从不吃早餐。和他结婚以后，为让她乖乖吃早餐，自己可没少费功夫，变着花样，让许妈做她爱吃的。他还甚至幼稚到，玩什么石头剪子布，谁输了谁早起做早餐。沈初晴哪是他的敌手，十有九输。她带气儿给他做早餐，还好心地给他"加料"。以前不怎么吃辣的他，后来竟被她同化掉了。有一次，她在他的煎蛋里加了号称"魔鬼辣椒"的辣酱。那次，真的把他辣惨了，舌头一天都是没知觉的。骆晋还记得，她看着他吃下去，结果看到他毫无反应，觉得奇怪自己尝了一口，结果被辣哭了。现在想起来，竟是那样的好笑。似乎，感觉到那道视线。沈初晴也没回头就说，"快去洗脸刷牙，一会儿就好了。"骆晋的心底最深处柔得像水一样，软软的。情不自禁地走了过去从身后拥住了她。"初晴，我好像真的饿了。""饭马上就要好了。"骆晋温热的气息喷洒在她的脖颈，他的唇还似有若无的蹭过，他的"饿"分明是意有所指，沈初晴不由得脸颊发烫。

"我不要吃那个。""好了，别闹，我身上都是油烟味。"沈初晴装作不懂，扭着身子想要从他怀里出来。骆晋扳过她的身子把她搂在怀里，她的腰很细。他的胸口紧贴着她，没有一丝缝隙的距离。心头像有团火在滚动，漆黑的眼睛里燃烧着炙热，嗓音低沉。"初晴，不要回避我，你知道我在说什么。""先吃饭好不好。"大清早的，这家伙脑袋里都在想什么？"不好。"他用力把她桎梏住，那架势似乎是怕她跑了。"你不回答，我就当你默认了。"骆晋话音未落，沈初晴感觉自己的身体忽然间凌空了，他横抱起她大步迈向卧室。

"骆晋，粥煳了。"沈初晴试图转移目标。下一秒，她就被他压在了身下。"不管它。""骆晋，大早上的……"骆晋攥住她抵制的双手，坏笑，"以前，我们不常常早上运动吗？"他这话，倒是没错。那是他叫醒赖床的她的，最有效方式。沈初晴还想说什么，但被骆晋封住了唇。热度在他们之间蔓延，直到被一个声音打断了。家里的电话响了，一直在响。

"骆晋，电话。"

"别理它。"

手机没有停，急促的铃声在逐渐安静升温的房间里显得突兀。知道她住所电话的只有梅姐了，沈初晴怕是她有什么十万火急的事。"骆晋，我接一下电话。"沈初晴好不容易抽出身，跑到了客厅拿起了手，"哪位……"话还没说完，紧随而来的骆晋从身后拥着她，温软的唇落在她光滑的脖颈上，火热得很。他的一双手还在不安分地游走，而且一只已经伸进了她的衣服里……"骆晋，别动手动脚……"沈初晴抓住了他胳膊，压低了声音警告他。"你忙你的，我忙我的。我不打扰你。"骆晋含着她的耳垂，在她耳边低语。电话那端，静悄悄的。

"咳……"沉默了一会儿，传来一个低低的男声。

是陆旭。原本欲挂掉沈初晴电话的骆晋，手停在空中，眉头不由得皱起，心情瞬间变得很差，一点兴致都没有了，身体有些僵硬。"陆旭。"沈初晴走到另外一旁接电话。骆晋感觉心凉到极点，他抬起桌几上的烟盒，摸出一支烟点上，坐在了沙发上。

"初晴，我的伤口突然疼得厉害。"陆旭握着手机，其实他疼的不是伤口，只是想见到她而已。"怎么了？有没有叫医生检查一下。"沈初晴语气紧张起来。"你帮我把药送过来，好吗？"

"好。""现在！"陆旭强调。"好。"沈初晴说着，回身去卧室拿药。"还有……"陆旭顿了顿，说道，"初晴，我饿了。""你饿了？你想吃什么，我给你送过去。"此时此刻，听到"饿了"这两个字，骆晋觉得无比刺耳，烟雾下他的脸上表情很复杂，心口像被什么狠狠扎了一下，一阵一阵的发疼。他只听到，沈初晴说了句，"好，我一会儿给你送过去。""好，我等你。"陆旭说完这句，直接将电话挂断了。

若是说，这是他和骆晋之间的一场争夺战，陆旭清楚自己毫无胜算的机会，他心底清楚沈初晴的心里骆晋始终占据着，从未有过空隙。既然选择这条路，他只能自私下去。

放下电话，沈初晴回过头没有看到骆晋，听见浴室传来的水声，大概是他在洗漱。她便去了厨房，本来她就为陆旭准备了早餐，用保温桶装好。"骆晋，我去一下医院，早餐我给你放在桌上了，要趁热吃。"沈初晴把保温桶放在鞋柜上，弯下身，从鞋柜里拿出鞋子一边穿着一边说。沈初晴刚穿好鞋子，站起身去提鞋柜上的保温桶，她的手突然被一只大手按住了。骆晋从浴室走了出来，已经穿戴整齐。脸上看不出什么表情，只是一双幽深的眼眸，凝在她的身上。

"不准去。"骆晋的声音低低的、沉沉的。他没有看她，定定地望着鞋柜上的保温桶。

原来他以为，她是为了他洗手做羹汤。沈初晴被他忧伤的目光刺中，心像被什么涨满了，酸酸的，涩涩的。"骆晋，我是给他送药。"骆晋才缓缓将目光移到她脸上，"我说了，我不想你去，不准你去。""骆晋，陆旭是为了我才进医院的。于情于理，我都应该去照顾他。"

骆晋的手未动分毫，他是如此介意。他介意是因为，他已经不确定在她的心里，他究竟还有多少分量？

"药我会派人给他送过去，也会找专业护工去照顾他。你欠他的人情，由我来替你还。他要钱，要什么，我都愿意给。""骆晋。"沈初晴不想他会这么说，拨开他的手，"不是什么都能用钱来做交换的。"陆旭掏心掏肺对她，她却拿钱来打发他，这才是对他的一种侮辱。骆晋一把扣住她的手腕，"你就那么急着去见陆旭，那么想照顾他？你的照顾是要以身相许吗？""骆晋。"沈初晴甩开他的手，不想跟他再继续争论下去。无奈，骆晋的手越扣越紧。他怕了，第一次害怕。有另外一男人深爱着她。又害怕，他的付出已经在沈初晴的心里占据了一席之地。更害怕，他们两人缘分真的走到尽头。

"初晴，我最后再问你一次。我已经订了回A城机票。你现在是跟我回A城，还是去医院？"骆晋的黑眸里有下定决心的痛惜。沈初晴皱眉，骆晋什么意思，是要她在他们中间做出选择吗？"骆晋，我再说一次，我和陆旭只是朋友。我去医院只是给他送药而已。"

骆晋苦涩地笑了一下，在他的眼里，真的不是送药而已。他不能，他不答应，他没那么大方。

"沈初晴，陆旭对你不仅是朋友那么简单，你还不清楚吗？你能不能顾虑一下我的感受？我不喜欢你对他好，不喜欢你跟他亲近，你说我小心眼也好，自私也罢。我不能忍受你身边还有别的男人存在着。因为我爱你，我想要一个完完整整的沈初晴，心里只有我的沈初晴。"

"骆晋，他受了那么重的伤，我不能这么就丢下他一走了之。"

说了那么多，还是听到了这样的话，骆晋的眸光一下黯然下来，无数的情绪在心底翻涌着。她还是在乎陆旭不肯跟他走，他的手不知不觉松开，声音似乎变了调，一字一句，缓慢而清晰，"沈初晴，你到底还爱不爱我？"骆晋心痛而沉重的目光让沈初晴的心也疼了一下，她望着他，他也望着她，在等她的回答。

不是沈初晴不想回答，陆旭为她做了那么多，她什么也没给过他，她怎么能在他住院的时候抛下他不闻不问，她不能这么伤他的心。"初晴，我只想知道陆旭和我对你来说谁更重要？只要你去找他，那就意味着你放弃了我。代表你选择了他，那样我就会自己回A城，离你远远的，决不会再纠缠你。"

骆晋也想不到，自己有一天会逼着沈初晴做这样的选择。一直以来自己在商场上杀伐决断，够冷漠，够洒脱，却不想自己在情网里作茧自缚，无法自拔。沈初晴的心揪起，她咬着唇没有说话，两人似乎在无声地僵持。沉默了之后，骆晋再次开口，"告诉我，你要他，还是要我？"这时，她的手机又响了起来，沈初晴想去接电话，却被骆晋伸手拦下。"现在告诉我！"骆晋直视着她。

"骆晋，让我接电话。""你先回答我！"骆晋抓着她的双肩，声音很大，"你的身边不能出现两个男人，你不能脚踏两只船。"沈初晴的脸瞬间暗了下来，骆晋的话让她说不出的难受，身体僵住了，就连空气中的温度也降了好几度，她有些发冷，"随你怎么想。"沈初晴挣脱了他的手，待走到客厅她的手机铃声戛然而止，她回到鞋柜旁提起上面的保温桶，转身走出了房间，从始至终都没有再看他一眼。

房门关上了。骆晋呆愣着，失魂落魄地盯着关闭的门板，觉得心寒，一颗心就像掉进了冰窟，彻头彻尾的冷。沈初晴终是为了陆旭扔下了他！

这时，骆晋的手机响了起来，他无意识地拿起，待看到显示的号码后，立刻按下了接通键。说了几句之后，他迅速拉开了门，追了出去。这个时段，是打车的早高峰。沈初晴在路边等好一会儿，才有车驶过来，刚走到车前拉开车门突然手腕一沉，人又被拉离了。"你现在不能去医院。"车门"啪"一下被骆晋关上了。"骆晋，你干什么？"沈初晴脸色愠怒。"爸住院了，妈要我们立刻赶回去。"沈初晴睨了他一眼，似乎觉得他找这样的理由很可笑，"骆晋，你很无聊！"说完，重新拉开车门。"你觉得我在拿爸的身体健康来骗你？"骆晋按住车门的手僵住，眼底划过一抹痛楚。"骆晋，不要让我讨厌你。"沈初晴拉开了车门，坐进了车内。她只在想，陆旭救了她两次，她不能一走了之，丢下他不管不顾。

骆晋定格在原地，心口仿佛被重物重重一击，他听见有什么东西破裂的声音，身体里的热量被离开的沈初晴一下带走了，很冷，说不出的冷，冷的他脸上的血色也渐渐退了下去。他定定地望着沈初晴乘坐的出租越走越远隐没在车流里，还有什么也一并消失了……骆晋转过身，刹那真的有种沧海桑田的错觉！

二十. 回忆着会痛的是谁

很快到了医院，沈初晴提着保温桶走进病房楼，刚走到病房就听见里面传出了争吵声。

"这次你必须听我的，你怎么说都没用。"陆母带着怒气，"当初，你哥哥坚持要娶那个宁夏，结果呢？现在，你要是再有个好歹，让我跟你爸怎么活？""妈……"陆旭就怕陆母知道他受伤，他和沈初晴的事就更加有阻碍了，结果她还是知道了，"我和初晴不一样？这次只是个意外。""有什么不一样？你要不是为了她，怎么会无端端遭受这磨难。我看她跟你大嫂一样，都是我们陆家的克星。"陆母看着儿子整个背上都裹着的纱布，有多心疼儿子就有多讨厌害儿子受伤的人。"妈。"陆旭厉声打断陆母的话，"这件事跟她无关。"

陆旭越是为沈初晴说话，陆母就越觉得忧心。她这两个儿子都随他们的老子，竟都是痴情的种子。大儿子的婚姻半死不活，她决不能容忍陆旭再重蹈覆辙。"总之，这件事没得商量，有她没我，有我没她。你看着办吧！"陆母气恼重重地一掌拍在了桌子上，手腕上的玉镯也磕得"咚"的一声响。

陆旭急了，从小陆母就很疼他，从来没有这样断然拒绝过他。"妈，不要不讲理好不好。我喜欢她怎么了？"陆母的语气不容转圜，"你哥的婚姻大事，我已经错过一次，我决不能再错第二次。且不说她是不是骆晋的前妻。单单流过两次产，以后能不能生孩子还不一定。我们陆家决不能接受这样的人。""你去调查她？"陆旭怒了。"当然。我总要知道做我陆家儿媳妇的，究竟是什么样的人？"陆母丝毫不觉得自己做的有何不妥。"我喜欢的是她这个人，我不在乎她有没有离过婚，谁的前妻，我喜欢的是她。""啪！"陆母气愤之下，挥手一巴掌甩在陆旭的脸上。"你说的是什么混账话！我白养你了，为了一个女人，你家不要了？父母也不管了吗？""妈！"陆旭还试图说服。

陆母挥手打断，"陆旭，我告诉你，什么事妈都可以依着你，你和沈初晴的事，我坚决不允许。欣然那孩子很不错，大方得体，家世学识与你都般配。等我们两家商量过后就给你们办婚事。你要是敢为那个女人离开家，我要是死了，就是被你气的。"争吵还在继续，陆母的那番话嗡嗡的在耳边回荡。沈初晴捧着保温桶的手越发僵硬，站在那里进也不是，退也不是。她不怪陆母话语尖锐，一直以来她总是给陆旭带来不少麻烦。只想着怎么能还他这份人情，却没想到再让他陷入两难境地。

出神的期间，沈初晴肩头忽然被人轻拍了一下。沈初晴回过身，却看到一位陌生的女子。女子上下打量了沈初晴，微微一笑向她伸出手，"你好，你是沈小姐吧！我是姜欣然。"

姜欣然？这个名字有些熟悉，沈初晴思索着，猛然间想起来，是不是就是陆母刚才提及的人。"你好。"沈初晴伸出手，面前的姜欣然，穿着红色衣裙，齐耳的短发，细白的肌肤，眉目说不出的妩媚动人。很少有人能把这样艳丽的红色穿出大方得体的味道。陆母说得不错，这样的姜欣然跟陆旭，很相配。

"沈小姐，你的脸色很差，是不舒服吗？"沈初晴摇头，挤出一抹笑容，"我没事，谢谢。"她将手中的保温桶和药递到姜欣然面前，"姜小姐，麻烦你把这个交给陆旭。"

姜欣然接过保温桶和药，问道，"你不进去了吗？""不了，我有点儿急事。谢谢你。"

"沈小姐，请等一下。"姜欣然叫住匆匆而去的沈初晴。沈初晴站住，回身诧异地看着她。不知道她还有什么什么事？姜欣然走到她面前，"沈小姐，方不方便，我有几句话想对你说。"说完，也不等沈初晴回答，径直向外走去，有着不容人拒绝的气势。

医院附近的一家咖啡厅。早晨咖啡厅没什么客人，显得冷冷清清。偌大的咖啡厅里只回荡着钟汶的一首《赔偿》。

"剩下嘴巴逞强，眼睛无力支撑，就连说一个谎瞒一瞒你都不肯，受尽委屈又怎样……"莫名地给人添了一丝惆怅。姜欣然挑了个靠窗的位置。早高峰时段，来往的路人行色匆匆，各自忙碌着。沈初晴望着窗外，她忽然在想，骆晋现在会在哪儿？"两位想喝什么？"服务员走过来，打断她的思绪。"一杯黑咖啡，不加糖。沈小姐，你呢？"姜欣然转而看向她。"一样。"沈初晴大概猜测到她想说什么，索性沉默着等她先开口。

沉默只是一会儿，服务员将两杯咖啡端了上来。姜欣然拿着汤羹搅动着咖啡，"在英国的时候，陆旭最爱喝的就是这种纯正的黑咖啡，虽然苦，可是回味芳香醇厚。我以前不习惯，可跟着他久了，久而久之我也爱上它了。"姜欣然望着沈初晴，目光透着锐利似乎想看穿她的心思。沈初晴没有动，只是静静地等着她的下文。

姜欣然松开汤匙时发出清脆的碰撞声，"沈小姐，你刚才都听到了吧！"沈初晴坦然道，"你想说什么就直说吧！""那好，我就开门见山了。你不适合陆旭。陆姨说的话没有恶意，只是……""我知道。"做母亲哪个不为自己的孩子着想，这些沈初晴都理解。姜欣然似乎没想到她这么爽快，"我们两家相识多年，我和陆旭一起在英国念书，算是青梅竹马，我很了解他。从小他认定的事，从来不会改变。他喜欢你，他是不会轻易放弃的。""你想让我怎么做？"沈初晴确定她叫自己过来，不会单单想说这些。姜欣然的视线停留在沈初晴的脸上，她自持美貌不输于任何人，相比之下，沈初晴多了份沉静的美，细细透白的脸颊上，清澈的黑眸宛如一汪泉水，似乎把什么都看得透了，又像什么都不在乎。偏偏，她有的不仅仅只是美貌，还有着聪慧，一个美丽且不张扬的女子。难怪，陆旭一颗心都挂在她身上。。。

她带着审视的味道盯着沈初晴，"沈小姐，我只问你一句，你爱陆旭吗？"沈初晴目光落在面前的咖啡杯上，这个问题她也问过自己，陆旭很优秀，无论从哪一方面都是无可挑剔的。还有他对自己种种的好，她似乎也找不到不爱上他的理由。只是，为什么和他在一起却从没有怦然心动的感觉，和骆晋的感觉真的不同。

"不爱是不是？"姜欣然从她的迟疑中早已明白，心下倒是松了一口气，"说真的，我对你羡慕，但更多的是嫉妒。嫉妒你能有陆旭那么爱你。他不惜为了你和家人翻脸，陆姨心脏不好刚做了换心手术，受不了大的刺激。沈小姐，一边是他的家人，一边是他心心念着的人。你也不想他背上不肖的骂名吧！既然你给不了他想要的幸福，那就不要空留给他希望。唯有你断了他的念头。他才能够重新开始。所以，沈小姐，你要是为他好，就走吧。你前夫那么爱你，你们现在复婚，才能让陆旭彻底死心。”

“姜小姐。”沈初晴打断了她的话，心里沉甸甸的。“不用多说了，我明白你的意思。”她只是想好好照顾受伤陆旭，从来没想到自己会给他带来这么大的困扰。该说的都说了。姜欣然从包里拿出一张信封，推到沈初晴面前。沈初晴目光变得凌厉，“你什么意思？”姜欣然赶紧解释，“沈小姐，别误会。里面是回 A 城的飞机票。”顿了顿，又继续道，“这是陆姨的意思。”

既然陆旭有人照顾，景颜也回去了，早走晚走又有什么区别。沈初晴将淡黄色的信封拿在手中。“陆姨还有一句话要我转达。”沈初晴抬眸看这姜欣然，“她希望，沈小姐今后不要和陆旭有任何联系。”陆旭再拨打沈初晴电话的时候，回应他的机械的女声，“你拨打的电话不在服务区……”是不是出了什么意外？陆旭心思烦乱，在病房里坐立难安。一刻也等不下去，陆旭决定去沈初晴家里看看。拉开病房门，两个彪形大汉立即堵住了他的去路。

“旭少，太太吩咐，要你安心养伤，暂时不要出去走动。”身上有伤，陆旭根本反抗不了。

嘭！陆旭一脚踢在门上。护士走了进来，将手里的保温桶和药放在床柜上。“陆先生，一位沈小姐让我把药交给你。她还让我告诉你，她已经回 A 城了。你的医疗费用骆晋先生已经全部缴清。”护士放下保温桶就走了。陆旭的脑袋，“轰”的一声，她这算是什么意思？她走了？和骆晋一起走了？倏然，陆旭抓住了护士的胳膊。“不可能，她什么时候来的？”护士被他的样子吓到了，“刚……刚和一位男士一起来的。把东西给我后就走了。”“她还说了什么？”陆旭还是不肯相信。“她就让我告诉你，她回 A 城了…”“是不是有人让你骗我的。”陆旭眼神变得凌厉。小护士快吓死了，连连摇头，“没有，没有……我说的都是真的。”

不知道是心疼还是伤口疼，陆旭的额头冷汗淋漓，眉头都拧在了一起，全身一点力气都没有了。抓着胳膊的力道松开，小护士逃一样的跑出了病房。不远的距离，隔着门缝姜欣然看到了神情颓然的陆旭，不说话，静默地坐着，那样子真的让人心疼。医生去给他换药。"滚！""陆先生，你的伤？""我说滚，听不懂吗？"陆旭现在犹如愤怒的兽，谁都不敢靠近。医生只得作罢。

陆旭，你是真的爱上她了，是吗？姜欣然的心揪在一起，握着手机的手也愈发得紧了。这时，她的电话响了，"欣然，那些话她都听到了吧？"打来的是陆母。"是的，我按照您的吩咐，把您交代的话都跟她说了。她也收了机票。"那些争吵，那些话，是陆母故意让沈初晴听到的。目的，就是让她知趣离开陆旭。"欣然，陆旭对她也就是一时的迷恋。等到他这个劲儿过了，他会明白谁才是真正该爱的人。我唯一承认的儿媳妇，只有你。""谢谢，陆姨。"姜欣然收了电话。虽然有陆母的认同和支持，不知道为什么她心里一点也不轻松。为什么心中还有着隐隐不安。

去机场的路上，开始起风了，狂乱的风摇着树枝乱摆。天色犹如变脸阴沉下来，豆大的雨滴噼里啪啦砸在出租车的玻璃上，而且有逐渐越来越大的趋势。入秋的天气，冷风瑟瑟，沈初晴感觉到寒意阵阵。她来的时候匆忙没有带可以挡寒的外套。下车的时候，好心的司机帮她拎下了行李箱。狂乱的风夹杂着雨点，打在身上竟有些疼痛。"谢谢你啊！师傅。"沈初晴的头发也被吹散了，湿冷的风吹得人鸡皮疙瘩都起来。

一辆出租车超过他们的车，稳稳地停在前面。还没下车，司机立刻拿了把伞走到后车门前，拉开车门撑好了伞。那人下了车，看到了风中凌乱的沈初晴脚步没有任何停顿，甚至没有多看她一眼，径自进了机场。身后的司机亦步亦趋地跟着。"骆……"他陌生的眼神，冰冷的背影，让沈初晴的声音生生卡住了。

"初晴，我只想知道陆旭和我对你来说谁更重要？只要你去找他，那就意味着你放弃了我，选择了他。那样我就会自己回A城，离你远远的，决不会再纠缠你。"骆晋的话在耳边响起。他从来说到做到。

沈初晴拖着行李箱，缓慢地跟着进了机场。很凑巧，他们同一班航班。不同的是，骆晋是在VIP候机厅等候登机。沈初晴也是头等舱，她没有去VIP候机厅就坐在普通候机厅。隔着偌大的落地窗可以看见，外面狂风乱作，磅礴的雨势，还有隆隆的雷声。穿着单薄的她不由得抱紧了手臂，坐在大厅看着一张张陌生的脸，心思怅然。

"尊敬的旅客，我们非常抱歉地通知您，由于天气原因，您乘坐的飞往 A 市的 L147 航班延迟飞行。不能按时登机，请等候通知。"登机时间不确定，沈初晴只能等着。这一等就是几个小时。不知不觉到了下午，她居然睡着了。直到播报登机的通知，将她惊醒来。许是坐着久了，腿脚发麻。起得又急没站稳，脚下一崴就要摔倒。哪知，她并没有摔倒在地上，一双手扶住了她，才让她幸免于难！

"谢谢。"沈初晴感激得道谢，不料，一抬头，居然是骆晋。骆晋的脸上没有任何表情，一双眼睛里更是冷漠如冰，仿若她是一个陌生人，不，连一个陌生人都不如。他即刻收回了自己的手，再也没看她，迈着大步走开了。沈初晴失神地看着他的背影，这次，他是真的不要她了。

上飞机以后，两人的座位没在一起。发生过那么多事，虽然，他也冷漠过，但却能让她感觉到他不会离开她身边，这一次，却有一种心灰意懒的绝望感。他对她彻底死心了吧？

"姐姐，你能跟我换个座位吗？我想和女朋友坐在一起。"一个男孩走到沈初晴旁边，低声乞求道。沈初晴侧脸看了一下身侧，原来她旁边坐着一个漂亮的女孩。看来她和男孩是一对情侣，可飞机票的座位号没有连在一起。

"可以。"沈初晴对他微笑，成人之美何乐不为，"你的座位在哪里？""姐姐，我带你过去。"男孩很是感激。跟着男孩向后走了几个位置。"姐姐，就是这里。"男孩指着靠窗的一个座位。"谢谢你了，姐姐。""唉，我！"沈初晴看清男孩座位旁边的人的时候，拒绝的话还没来得及说出口男孩已经拿下行礼走向了她原来的位置。

骆晋只是抬眸看了她一眼。沈初晴有些尴尬，"那个男孩想和女朋友坐在一起，所以和我换了位置。"她还是想解释一下。骆晋没说话，一声不响地站起身，让开了位置让她坐进去。

他身上熟悉的气息充斥在鼻翼间。沈初晴微微侧过头，偷偷看了他一眼。自始至终，他都当她是透明的，当她不存在。沈初晴转过头看向窗外，心里说不出是什么滋味，苦笑了一下。陆旭为她受的伤，为他送药，她无论如何都不能拒绝他这么小的请求。她一个姿势僵硬了很久，同骆晋刻意保持距离，一举一动都显得不自然，身体都有些僵硬。是谁说的，若是两人心在一起，万水千山也不觉得远。若是心不在一起，就算近在咫尺，也要划分出楚河汉界。

空姐走了过来。"先生，女士，晚上好。现在是用餐时间，请问你们需要中餐还是西餐呢？""给我太太一份中餐。"沈初晴偏爱的是中餐。骆晋习惯性的开口，说完意识到自己说得多余，脸色有些僵硬，气氛有些尴尬。"抱歉，我忘记我是一个人来的。""没关系，先生。请问您需要什么？"空姐甜美地微笑。"一份西餐。"空姐看向沈初晴，"女士，您呢？""暂时不需要。谢谢。"沈初晴摇头，一天没有吃东西却也感觉不到饿。他再也不会关心她有没有吃饭，再不会担心她的胃会不会不舒服。

她戴上了耳机，震耳的音乐隔断了外界的纷扰，也淹没了她心里的凌乱。只有这样她才能抑制住想哭的冲动。飞机按照特定的轨道行驶，他们之间也各有各的轨道。头隐隐的发疼，沈初晴慢慢地闭上了眼睛，虽然白天睡了，昏昏沉沉地倚着座位歪着头又睡了过去。骆晋的西餐并没有吃几口，吃下去的也食之无味，细心留意，他吃饭的动作都是机械性的。他脑海里有一个声音，拼命在叫嚣。骆晋，狠下心不要再心软！她有没有吃饭跟你有什么关系？不要再舍不得，不要再担心她！她与你已经是陌生人。不要担心一个毫不相干的人！

沈初晴，这次我是真的要放弃你。心不受控制，他侧过脸，看到沈初晴蜷缩着身子就那样睡着。习惯性地想要往她的方向靠想让她舒服地睡在自己怀里。手僵在了空中。有太多的习惯，他要改。

到达 A 城的时候，已是晚上 10 点多了。A 城正淅淅沥沥下着小雨，走出舱门寒意顿时袭来。相比机舱里的温暖，A 城的温度倏然降了几度，这样忽然冷热交替，让沈初晴连连打了几个喷嚏，鼻涕眼泪都出来了。骆晋早已经下了飞机，沈初晴提着行李跟随众人下客梯，在一众人群里她一眼就看到远远走在前面的骆晋。在昏黄的灯光照射下，雨雾绵绵。他的步伐很快，很快就消失在了沈初晴的视线里。

机场出口，挤着许多前来接机的人们，有的举着或中文或英文写的牌子……他们在看到家人、朋友脸上涌现的欣喜和久别重逢的笑容！唯有沈初晴孤零零一个人拖着行李箱走出机场。没人知道她回来了，没人来接她。形单影只似乎和这里格格不入。沈初晴眼眶一红，连忙戴上了墨镜，匆匆走出机场。

岳峰早早在机场外候着，原以为这次老板和老板娘双双把家还，结果看到骆晋一个人从机场走了出来。看到大 BOSS 寒冰一样的脸，岳峰也不敢多问，不知道又发生什么事了？他不经意向车窗外瞥了一眼，隐约发现了沈初晴单薄的身影。不确定，他降下了车窗伸着头再次张望想看个清楚。

"开车，发什么愣？"骆晋的语气冷冰冰的，还带着怒气。"晋哥，好像是晴姐。"岳峰转过头小心翼翼地说。骆晋目光冷冷的，像是没听到，面无表情道，"开车。"沈初晴越走越近，岳峰也确定自己没有认错人。现在正下着雨，晴姐穿着那么单薄，这个点根本不好打车。岳峰再次看向骆晋，他不知道他们又怎么了？只是他知道老板对老板娘的好，大家可都是羡慕嫉妒恨呢。换成以前，老板怎么会舍得老板娘在冷风雨里淋雨受冻。小两口吵架很正常的。

"晋哥，现在不好打车。晴姐没有打伞，这样淋雨……""跟我有什么关系？"被骆晋凌厉的目光一瞪，岳峰吓得立即噤声了。他们同一班航机，却不是一起出来。看来这次，事情有些严重啊！岳峰吓得连忙拧动钥匙，发动了引擎。熟悉的迈巴赫从沈初晴的身旁缓缓驶过，车里的人和车外的人，同样的目不斜视。岳峰开得很慢，透过后视镜瞄了瞄骆晋。

"开快点，不然你也给我滚下去。"骆晋的脸色比这天色还要阴沉。这次 BOSS 是铁下了心肠。岳峰叹息一声，踩下油门车子离弦而去。车子急驶而去带起的劲风，一下吹乱了沈初晴的发丝。仿佛被一阵刺骨的寒风裹住，沈初晴整个人被定格了，望着迈巴赫消失在视线中，她的脚下却迈不动半步。

他是真的下定决心要忘了她了，呵……也好。

雨还在下。这个时间，出租车也毫无踪迹。也不知道在雨里走了多久，一辆白色的车戛然而止。"晴姐，快上车。"从车里匆匆下来一个人，从她手里接过行李箱放到后备厢里，是岳峰。沈初晴被冻得手脚有些麻木了，她吸了吸鼻涕，是骆晋叫他来找她的吗？他不是不管了她了吗？那就不要管她好了。她站着不动，带着赌气的成分。"岳峰，把行李放下，我自己会回去。"

"晴姐，不管和晋哥再怎么闹别扭，也不能拿自己的身体开玩笑啊。下这么大的雨，又没有车。你再淋下去，指定生病不可。到时候心疼的，还是晋哥。"放好行李，岳峰一抬头看见沈初晴还站在原地，不由分说地上前把她塞进了车里。

"快披上。"上了车岳峰赶紧将自己的外套给了沈初晴，然后将车内的暖气开到最大。"阿嚏！"淋了那么久的雨，突然被暖气一熏，沈初晴的鼻涕眼泪更加肆虐了，头也疼了起来。"晴姐，你淋了雨先回家换一套衣服，我再送去医院吧，免得他们看见担心。"岳峰边开车边说。

"医院？"沈初晴诧异。

"晋哥，没跟你说吗？沈伯住院了，脑瘤要手术。"听完岳峰的话，沈初晴的脑袋"轰"一声炸开了。她想起来，骆晋早上的时候，确实告诉她，父亲住院要动手术要他们马上回A城。她还以为，那是他阻止她去见陆旭的借口。现在看来，是她误会他了。沈初晴的心揪成了一团。

"晴姐，晴姐。"岳峰看到沈初晴的脸色很难看。沈初晴用攥满纸巾的手遮住了脸，声音又急又有些发抖，"我没事，岳峰，去医院。"好在已是深夜，车流少，车子一路疾驰，很快就到了A城第一人民医院。

车还没完全停稳，沈初晴就打开了车门，跳下了车，风风火火地向住院部奔去。深夜的医院里，寂静无声。只听见自己的高跟鞋滴滴答答敲击着地面，那急促的声音就仿佛鞋跟踩在她心口一样，忧急如焚。沈初晴懊悔，怎么会穿了这么高的鞋子出来。脚下一个不稳，险些摔倒。

"小心，晴姐。沈伯他在 16 楼，脑外科。"跟随而来的岳峰眼疾手快扶住了她。

这是沈初晴工作了 3 年的地方，而且还是脑外科的医生，自然熟门熟路找到了脑外科病房。现在已经过了探视时间，沈初晴他们的到来惊动了护士站的护士。"唉，看病到急诊，探视病人明早 8 点钟。""陈静，我爸在哪个病房？"她在这里工作的时候，陈静就是这里的护士。她认识沈初晴。"是沈医生啊？"陈静有些意外，她们已经有几年没见了，陈静还在想父亲住院，怎么没看到沈初晴和她的富豪老公出现呢。听说，她离婚了？

"陈静，快告诉我，我爸在哪个病房？"沈初晴哪里顾上跟她叙旧。

看到沈初晴焦急的样子，她也不好意思多问什么，指了指方向，"在603 病房。""岳峰，谢谢你。很晚了，你回去吧。"沈初晴转身对跟着她的岳峰说道。"晴姐，我留下来吧！万一有什么需要，我帮你跑跑腿什么的。"岳峰说得很真挚。他不单单是因为骆晋的原因才这样，他挺佩服沈初晴的，也是打心底拿她当作姐。

"不用了。我在这里上了几年班，比你熟。你先回去休息吧。"沈初晴也知道岳峰是真心想要帮她，心里也很感动。"那好吧！晴姐，有什么需要，你给我打电话就行。什么时候都行。"沈初晴点点头。岳峰这才走了。

二十一．要用什么融化他的冷漠

夜已经深了。沈初晴放轻了脚步。隔着玻璃窗，看到了病床上睡着的父亲，吸着氧气，身上还带着心电监护。心电监护在寂静的夜里发出嘀嘀的声音，屏幕上心电图的跳动，沈初晴的心被揪起来。她只顾着和骆晋闹别扭，连爸生这么大的病，最需要她在身边的时候她都不在，想到自己的不孝，沈初晴懊恨万分。夜深了，沈初晴不想惊动在休息的父亲，就没有进去。

爸，我会请最好的医生来给你手术。国内最有名脑肿瘤外科医生是金长瑞，他的手术成功率达到80%，是有名的金一刀。而且他在国际肿瘤科研项目上颇有名气。听闻，美国一家医院重金聘请，都被他拒绝了。现在他在上海一家医院工作。沈初晴想着找她的老师联系金医生，刚转过身走出两步。忽听见，父亲叫自己的名字。

"小晴！"沈初晴立刻顿住了脚步，仔细一听，果真是父亲在叫她。轻轻推开门，看见躺在病床上的父亲向自己招了招手。"小晴，过来！""爸，你怎么知道我来了？"沈初晴几步走到了病床前，握住了爸爸的手，父亲年轻的时期也当过兵，宽厚的手掌掌心布满了粗粗的茧子。父亲挤出一抹笑容，"我自己闺女的脚步声我怎么会听不出来？"

病房里亮着微弱的壁灯，沈初晴看见爸爸憔悴的容颜，再不同于往日古板严肃。从小到大在教育方面，父亲总是一副部队作风，对她和哥哥总是严格要求，安排他们的学习和工作，把一切路铺好，让他们按照他设定的路线走。以前，他工作忙，每每见他总会挨训，以至于后来就躲着他。他们从未好好坐在一起说过话。她的心中一阵酸楚眼泪唰地一下淌了出来。

"爸，对不起！"她的声音也哽咽起来。"傻孩子，有什么对不起的。"父亲抬手抚了抚她的头，"听话，和骆晋好好过日子，不能因为他宠着你，就这么任性了。"听到父亲提起骆晋，沈初晴眼泪流得更汹涌了。以后再不会了，他们分开了。她再也没机会任性了。可是，父亲病重，她不想让他在担心，忍着心中的酸楚点点头。

"爸，别担心我。我会好好的。"

父亲宽慰地拍了拍沈初晴的手背，"骆晋他是个好孩子，爸的眼光不会错。把你托付给他，我也就放心了。"似是有些疲惫，父亲缓了缓气息，接着说道，"要是你们再添个孩子就更好了。也不知道，我能不能等到做姥爷的一天啊！"父亲的话中透着无限的遗憾和伤感，似乎他已经做好最坏的打算，一下将沈初晴的心揪作一团。

"爸，别胡思乱想了。你忘了你女儿就是医生吗？这点小病，动个小手术，再住几天就好了。"沈初晴故作轻松地说道，殊不知她抓紧了父亲的手泄露的她的紧张和担心。若是可以，她真希望生病的是自己。

脑肿瘤，这肿瘤又分良性和恶性。万一，肿瘤长的位置关键，手术风险就又增加很多倍。沈初晴的心中也悬着，只在心中祈祷，一切往好的方向发展。"好，好。爸还等着抱外孙子，你们可要努力啊！"说到这儿，父亲向沈初晴身后张望了一下，"骆晋呢？门外站的人是不是他？"沈初晴立即回头看去，病房门外空无一人，"爸？"

父亲手肘支撑的身体，还在吃力向门外张望对沈初晴说，"还站在门外，叫他进来！"这时，沈初晴心里陡然一惊，她知道肿瘤已经压迫了父亲的视神经。"爸，爸。你看错了，不是骆晋，他公司有急事去处理了，等他忙完很快就来看你。"父亲这才收回视线，"哦"了一声叹气道，"唉，人老了，老眼昏花了。改天让你哥给我配副老花镜才行。"

"好。好。"沈初晴应着声，扶着他躺好。父亲和骆晋亲若父子，当初她和骆晋的婚事，他一百二十个满意。她和骆晋结婚后，父亲总是骄傲地说他得了一个好女婿。"不用管我了，你回去吧！我没事，你坐了一天飞机累了吧，回去吧……"说着，父亲推着她。"爸，我不累。我想在这里陪陪你。"沈初晴细心地为父亲掖好被子。

"以后多的是时间，回去吧！听话。"沈初晴抬眼望了一眼窗外，夜色正浓，她在这里，父亲怕也是休息不好。"好。明天早上我和妈一起过来。"

沈初晴出了病房，没有回家。她路过护理站，脚步停了一下，轻声问陈静，"刚才，看到有人来过吗？"她心底还是寄翼希望的吧？陈静诧异，"没有啊。怎么了？"沈初晴摇头，"没事。"怅然失落地凝视着电梯口，心里笑自己傻。

"初晴，你脸色很不好，是不是不舒服？"陈静发觉她脸色苍白难看，伸手摸摸她的额头却碰到她淋湿的衣袖。"我没事。"沈初晴还裹着岳峰的厚厚外套，刚说完，连连打了几喷嚏。"吹了点风，有点儿小感冒。""这么晚了，你先到我宿舍哪儿休息。我拿我的衣服先给你换一下。我再拿点药给你。""谢了，陈静。""都是同事，跟我还客气什么？"陈静带着她向护士值班室走去。"陈静，把我爸检查单给我看一下。""好。"她们的脚步声渐远，护理室门后站着的人才从黑暗中走了出来，进了电梯。

洗了澡换了衣服，吃了陈静拿来的感冒药，沈初晴整个人才有点儿温度。仔细翻看着父亲的病历和检查单，研究最佳治疗方案毫无睡意。父亲患的是神经胶质瘤，它是一种浸润性生长的肿瘤，会逐渐侵占人的神经系统。没有做活检之前，不能确定是良性还是恶性。而且父亲脑部的肿瘤长的位置很关键，在运动，语言，视力神经区。手术中稍有疏忽，可能会在切除肿瘤过程时损伤神经，导致病人瘫痪或者失语失明，又或者切除不完全，还有复发的可能。所以，做这样的手术，必须要有足够的临床经验。若能有金长瑞主刀，手术就成功了一大半。

沈初晴拿起电话，想给她的导师打电话联系金医生，拨了一半号码又放下了，现在是半夜，不好打扰别人。直到天蒙蒙亮，因为吃了感冒药的原因，沈初晴只觉得头昏昏沉沉的，终是撑不住，手托着头闭上了眼，不知道梦见了什么，眉头紧蹙。陈静轻手轻脚走了进来，不忍叫醒她，拿了件外套为她披上。清晨第一束阳光照耀进来，整个城市仿佛是一条解冻的鱼，一切又鲜活起来。医院也开始了一天的忙碌。

沈初晴这一睡，竟做了好几个梦。一个接着一个，全都是乱七八糟的。梦里全都是骆晋，一会儿是他们相识前，一会儿是他们结婚时的情景。最后，又梦到他们一起去福克斯小镇，在山顶看日出。突然间，她脚下一滑，整个人坠入悬崖。她拼了命抓住边缘，大喊着，骆晋，救我……不料，骆晋站在悬崖边上就那样居高临下看着她，眼神冷酷无情，他冷眼看着她道，沈初晴，我不要你了……然后，就是她决绝的背影……

那一瞬间，她带着从未有过的绝望整个人跌进了无尽的深渊。

"不要，骆晋……"沈初晴从噩梦里陡然惊醒，额头汗涔涔的都是冷汗。心惊有余，她伸手抚上了心口，耳边一直萦绕着梦里骆晋最后说的那句话，"沈初晴，我不要你了，我不要你了……"心口也如针扎般的刺痛起来。"沈医生，怎么了？脸色这么难看。你还是去看看吧。"陈静提着早餐走了进来。沈初晴摇摇头，"我没事。陈静，直接叫我名字就行了，我现在不在这里工作了。"陈静想想也是，她打开买了早餐袋子，"初晴，吃点东西吧！你那个朋友还挺好的，给你买早餐还给我带了一份。"

"谁？"沈初晴收拾资料的手顿了一下。"就昨晚跟你一起来的那个。唉！他叫什么呀？有女朋友没有？"陈静自顾自地自说自话，谁料一抬头，屋里已经不见沈初晴的身影。沈初晴只是擦了把脸，拿着父亲的病历匆匆去了病房。走到病房门前，就听见沈母说话的声音，沈初晴从门上的探视窗看到，哥嫂他们都在，岳峰也在。

"这个死孩子，跑哪儿去了。都这么大了，还让我们这么操心，我们真是欠她的。这回我一定好好骂骂骆晋，小晴这样都是他惯的。让骆晋好好管管她！"沈母边说边抹泪。"就是长到八十岁，她不也还是我们的闺女，看见她可别骂她了！"沈父说。

沈初晴听着这些，眼眶热热的。

这个世界上，无论你犯了再大的错，都会原谅你，都不会放弃你的，只有父母了吧！

她抹掉了脸上的泪珠，拧动了扶手推开门走了进去。屋内众人的视线都落在了她身上。"妈！"沈母先是一怔，然后板起脸。"死丫头，又跟你骆晋闹什么？"嘴上虽是骂着，心里还是疼的。"骆晋呢？他人呢？"沈母问。沈初晴脸色一僵，她还没想到怎么向他们解释。"沈姨，公司出了紧急状况，晋哥回去处理了。等他处理完，立刻就会赶过来的。"岳峰适时地发声，帮沈初晴解了围。沈初晴感激地望了岳峰一眼。他们分开的事，现在还是瞒着的好，等父亲病情好转，再公开吧。只是，纸终是包不住火，骆晋若一直不再出现，沈家的人终是会察觉的。

沈初晴去找了她的导师，也是脑外科的主任医师付平老师。付平老师告诉她，金医生目前正在瑞士做学术演讲，他试着联系了，但联系不到他本人。而父亲目前的状况应该尽早手术，拖下去只会增加手术风险。沈初晴的心凉了半截。

"晴姐，别难过，晋哥会有别的办法。"从付平老师办公室里出来，沈初晴脸色苍白的毫无血色。岳峰话说到一半，刹住了车，小心翼翼地看着沈初晴。昨晚见过骆晋之后，就再也没见过他。公司他也没去，到现在电话也不接。岳峰提醒了她。沈初晴拿出手机拨打那个熟悉的号码。"您拨打的电话暂时无人应答，现为你转到语音信箱，请听到嘀声后留言……"回应她的只有那个机械的女声。

沈初晴颓然地坐在走廊的长椅上，他真的不要她了，不管她了，电话也不肯接了。不由得她想起了那个梦。梦里，骆晋冷酷的神情和他说的话。沈初晴，我不要你了！这时，她才发现，她一直以来的任性和冲动，只因有他，所以她才可以毫无顾忌，所以她肆无忌惮。他宠着她，惯着她，疼着她……让她彻底依赖上他。现在她要彻底割舍掉对他依赖。"晴姐，晋哥不会不来的，他……"岳峰拿出纸巾递给她，他不知道他们之间发生事，也不知该说什么好。"我没事。"沈初晴摇摇头，去洗手间洗了把脸。看着镜子中的自己，神色憔悴，她强迫自己挤出一丝笑容，父亲还在病着，她没时间去悲春伤秋。

他了解她，同样她也了解他。

爱情，真是个折磨人的东西。

岳峰跟在沈初晴叹息一声。沈初晴回办公室找导师，商量一下手术的具体方案。

头顶忽然传来了轰鸣声……引得走廊里的人们纷纷向门外跑去探究竟，房间里的病人也好奇的探出头来…隆隆声，越来越近。"妈妈看，灰机，灰机……"小男孩踮起脚尖扒着窗户，小手指着天空兴奋地叫道。

在众人瞩目之下，一架直升机由远及近飞到了医院顶空盘旋着，飞机旋翼卷起巨大的旋风。沈初晴只感觉耳边轰鸣声一片，直升机缓缓降落到顶楼的天台上。众人又好奇又惊奇围观，七嘴八舌地议论。从飞机上走出来两个人。沈初晴看见，院长带领着院里几个主要领导还有哥哥沈劲风迎接了上去，可见来人的重要性。沈劲风和他们一行人一并走进了医院大楼。沈初晴穿过人群跑了过去，坐飞机来的不是别人，竟然是金长瑞。金长瑞出现得太突然了，沈初晴又惊又喜，他不是还在瑞士做学术演讲吗？怎么可能突然出现在医院？现在不忙着去解答她的疑问，金医生来了就好，父亲的手术就十拿九稳了。沈初晴的心如同吃了颗定心丸。

手术方案很快敲定，沈初晴的专业优秀，金医生特准她协助他做手术。重新回到熟悉的手术室，闻着消毒水的味道，听着各种仪器运转的声音……

沈初晴心情复杂，尤其是手术台上躺着的不是别人，是自己的父亲。有些紧张，那感觉就像是自己第一次拿手术刀一样，紧张，忐忑，生怕自己会有一丝丝的疏忽。"不要有压力。"金医生看出了她的不安，"进手术室，拿起手术刀你就是一个医生。一个好医生的眼里，只有病人，没有家人朋友之分。什么都不要想，专心手术。"金医生的意思，她懂。很多医生往往在面对自己的亲人时，因为心疼，因为担忧，反而胆怯，越害怕越容易出错。沈初晴点头，深吸一口气。

手术下午 6 点开始，晚上 10 点结束，过程 4 个小时，很顺利。父亲被送往监护室，下了手术台，沈初晴摘下口罩，心算是放回了肚子里，但还没完全松懈，2 小时后药劲儿才会过去，父亲醒过来才算完全没问题。监护室不能探视，沈家人都在门外候着。

沈初晴换好衣服从更衣室走出来，可能在手术台站的时间久了，头有些晕眼前一片模糊，她慌忙扶住了墙壁。模糊间，她看见了骆晋的身影，沈初晴闭上眼站在原地缓了缓神，再看，骆晋还在。她走了过去。

"小晴，金医生说手术很成功。我们可要好好谢谢人家。"沈母拉着沈初晴的手，喜极而泣。沈初晴握紧了沈母的手想给予她温暖力量，她不想再说别的，这些天沈母担惊受怕的，又害怕加重子女的心理负担，面上一副坦然。幸好，一切只是虚惊一场。

"等你爸这次好了，我就好好陪他走走，他喜欢干什么我就陪着他。以前总觉得时间还长，可他这一病，我真觉得世事无常啊！你们呀，好好过日子。知道吗？尤其是你和骆晋。赶紧要个孩子是正事。"沈初晴没说话，他们应该还不知道她和骆晋分开的事，骆晋肯定是没说。她看向他，他也正望向她，四目相对。骆晋的眼神清清淡淡，毫无波澜，平静如水。沈初晴的心却百味交杂。

等待父亲清醒的两个小时里，谁都没有走，骆晋让岳峰送来了食物。"妈，吃点东西。"骆晋先把食物送到了沈母手里。然后分别派到他们手里。"你也吃点。"这是他跟她说的第一句话。沈初晴很想说声谢谢，谢谢他。他们现在毫无关系，他还肯叫妈，还肯留下来陪他们，还配合她演戏。可是，不是陌生人之间，才用得着这两个字吗？他们之间，也开始需要了吗？怔忪间，骆晋将东西塞进了她手里，走开了。沈初晴眼泪差一点就掉了出来。她找个去洗手间的借口跑开了。哗哗的冲水声，掩盖了她哭泣的声音。

她不知道自己为什么要哭？因为他眼里的冷漠，还是她的自以为是？觉得他永远不可能离开自己，可是现在他彻底放下了，是因为过去的真的成为过去了。

"晴姐，你没事吧！"岳峰敲了敲门。"没事。"沈初晴回答得很快。"我没事。"她努力让自己的声音听起来不沙哑，不像哭泣后。岳峰犹豫了一下，可是女厕门口他不宜逗留，还是走开了。沈初晴也不敢待太久，洗了把脸，找陈静借了化妆品盖住泪痕。

父亲如愿平安醒来，思维清晰，语言肢体都没有障碍，这说明手术很成功。看见沈母和哥嫂欢喜的笑容，沈初晴心里紧绷的那根弦终于完完全全松懈下来。她想说话，不想眼前一黑，什么都不知道了。

淋了雨吹了冷风是诱因，本来以为只是感冒没当回事，结果变成了肺炎。沈初晴睁开眼头没那么疼了，动了动，手背上扎着针，液体一点点随着管子流进她的身体里。鼻端是熟悉的消毒水味道，她理了理思绪，都想了起来，知道自己还在医院。看看窗外，天已经蒙蒙亮了。

"醒了，你还是个医生呢？怎么自己发高烧都不知道，爸病好了，你可别让妈再担心了。嫂子为她掖了掖被角，她嘴上是埋怨心还是关心的："渴不渴？饿不饿？"沈初晴摇摇头，环顾了一圈没有看见某人的身影，心底还是失落的。"妈呢？""我让妈先回去了。这些天，妈为爸的病不知道偷偷哭了多少回，也没睡过安稳觉。"沈初晴点点头，"我没事，嫂子，就是大意了。这不是大病，输几天液就好了，你也回去吧。""我等你哥来了就走，骆晋他回公司了，好像有什么急事。""嗯。"沈初晴撇开了脸，不敢让人发现她眼底的情绪。

"小晴。"嫂子叫了她一声，有些话她早就想劝劝她了，"有时候，你不要那么倔。有些事，睁一眼闭一眼就过去了。人哪有那么完美的。我相信很多道理，不用我多说你都懂。也知道这讲道理简单，做起来难。可有一件事，你要知道。男人和女人不同。女人的缺点就是，爱上一个人，会是一辈子。男人不一样，他说爱你的时候，是真的爱你。说不爱你的时候，也是真的不爱你了。你若心里还有他，就没有过不去的坎儿。"嫂子走了，病房里寂静无声。她的话还回荡在沈初晴的耳边。沈初晴闭上了眼，眼泪顺势淌了下来。

二十二．最想说的话我该从何说起

沈父的病情一天天的好转，沈初晴的肺炎也无碍了。她生病期间，所有的人都看望过她，独独没有她所期待的。

"晴姐，你回来有什么打算？回店里吧，我们都盼你回去呢。"姗姗天天都会过来，给她送早餐。全都是她喜欢吃的，小笼包，美味斋的馄饨……沈初晴望着食物发呆，很自然想起来，骆晋。很多习惯，她要改。

Ravenne 是骆晋投资给她开的，当初也是他不愿她这么的辛苦在医院上班，随她兴趣让她开着玩的。现在他们没关系了，Ravenne 是不能回去的。将来干什么？她还真没想好。"再说吧。"沈初晴没说那么多，不想惹人生疑。这些天，骆晋来医院就去照顾沈父。他们也没有独处的时间，沈初晴也一直住在医院里，说方便照顾沈父，还没人顾得上怀疑他们。

她去病房看沈父，骆晋也在。走到病房前就听见爷俩在说话。"骆晋，这段日子辛苦你了。""爸，跟我你客气什么。""这次，我要是真的走了，也没什么不放心的。劲风他稳重不用我操心，小晴被我宠坏了，任性，可心是最软的。她有你照顾，你妈有你们孝顺，我再放心不过了。这大病一场，我也是算想明白了。人这辈子真的不长。两个人能走到一起不容易，好好珍惜。""爸，该吃药了。"骆晋没有正面回应，他把药分好放在沈父手里，又端起床柜上的水杯递到他的唇边。骆晋的这份细心周到，不知道的还以为他是个做儿子的。

"爸。"沈初晴推门而入，脸上带着笑，故作轻松，"你们在说什么呢？不准说我坏话。""你呀！浑身都是毛病，也就骆晋他惯着你。要是连他都不要，看谁还会要你。"沈父也笑了。沈初晴下意识看向骆晋，骆晋没接话把药盒摆放好。"爸，你想吃什么。我给你做。"沈初晴尽量做出若无其事的样子，不让沈父看出端倪。她拉开椅子坐在床侧。住院那么久，吃了那么多天的流食，嘴巴早就没滋味了。可是自己的女儿自己了解，沈初晴做的饭可不见得有医院的好吃。

"你会做？"沈父显然对她没信心。"不要小看人好不好？不会总能学吧。不信你问骆晋。是吧！骆先生。"后面，亲热的骆先生，显然是感情的自然流露。骆晋想起来在 V 城的那顿没有吃到的早餐。"好了。"沈父拍了拍她的手，"我问骆晋，等于没问。他哪敢说你的不好？我啊！好久没尝骆晋的手艺了。怎么样？骆晋。"说着，沈父看向骆晋，"有没有时间给爸爸做顿好吃的。""只要爸想吃，我什么时候都有时间。"沈父说笑着，"让堂堂鼎峰总裁为我这个老头子做饭，真是屈就人才啊！""爸，无论我是谁，永远是你的儿子。"骆晋这句话说得很真诚。沈初晴不由看了看他。

"小晴，好久没跟骆晋下棋了，手都痒了。你跟骆晋回去把爸的宝贝象棋拿过来。""爸，不用麻烦了，你告诉我放在哪儿，我一起给你带过来。"骆晋起身准备走。沈父说："你不知道放在哪儿。小晴她知道。"然后，他推了推沈初晴。不知道是沈父看出了什么，沈初晴感觉他是有意让他们独处，她有些不自然地看向骆晋。骆晋走过来很自然亲昵地揽住了她的肩。

"那好，爸，我们走了。"那语气和熟悉的动作，一瞬间让沈初晴有种错觉。误以为，他们一如往昔。

走出病房，骆晋就收回了手，沉默地走在她的身侧。沈初晴与他只有一步之遥。骆晋开还是那辆迈巴赫，车牌还是她的生日。只是挂在车内的挂坠不见了踪迹。坐在车内，两人皆是无语，仿若对方根本不存在。

车在超市停下了。

"我去买些食材，要一起吗？"骆晋终于开口了，礼貌性地询问。

"好。"

沈初晴就那样跟在他身后，快要中秋节了，超市到处都是打着广告。节日未开始，气氛就开始浓烈。每年中秋节，他们都要一家团圆，吃团圆饭。今后，恐怕没机会了。沈初晴默默地跟在他身后，看着他可以在商界翻云覆雨的手推着手推车，耐心地挑选食材。高大的身影，俊美的容颜，无论何时何地都引来侧目。有的人甚至拿出手机偷拍。沈初晴望着他的背影发呆。那一刻，她心里真的在想，没有她，或许他真的可以过得很好。

"我们走吧！"沈初晴受到了其他女孩羡慕恨的眼神。在她们看来，他们是很般配的一对。其实是毫不相干的人。结账回家。骆晋在厨房有条不紊地忙碌着。沈初晴待在客厅，想了想，还是走到了厨房。

"我来帮你。"以前，她没少耍赖让骆晋给她做好吃的，还喜欢忽然跳出来从身后抱住他捣乱，看着那么帅气的老公为自己做饭，也是种享受啊。"已经好了。"骆晋声音淡淡的，甚至没有回头，依旧留着她一个背影。从见面到现在，这是他对她说的第三句话，简短明了。原来他真的可以做到这么冷漠，甚至都不愿意看她一眼。

沈初晴眼眶有些湿润，话冲到了嘴边："骆晋。"只是叫了他一声，剩下的话就卡住了。她还能说他什么？还想说什么？如今，还有什么可说的？沈初晴沉默了一会儿，话到嘴边就变成了："谢谢你。等我爸身体康复了，我会告诉他们的。不会再麻烦你了。"纸终是包不住火，既然没关系了，他们这样下去只会彼此难堪。骆晋的身体僵了一下，转过了身凝着她："我所做的，是因为我早把伯父当自己的爸，你不必感激。"言下之意是，我骆晋不是因为你才做这一切的，我是心甘情愿为自己的父亲，不是因为你沈初晴。沈初晴嘴角掀了掀，笑自己自作多情。

"我明白了。"相顾无言，她转身走出了厨房。她突然觉得过不去的只是自己。

沈父康复得差不多了，尤其快到了中秋，他是一刻都不想在医院，认为节日在医院度过，不吉利，家人拗不过他。沈初晴去办出院手续，然后去跟付平老师道别。"初晴，有没有考虑过再回医院工作。"付平刚下了手术，她是他一手培养的徒弟，认真好学，处事冷静，一度他认为她就是自己的接班人。他可是当作重点对象栽培的。可惜，几年前她嫁了人，辞职了。付平一直惋惜失了一棵好苗子。沈初晴愣了一下，她确实有过回来的想法。当初学医，是外婆坚持的，到后来工作，每天同死亡打交道，做医生就是从死神手中抢回病人。看着救回病人之后家属感激的样子，沈初晴真的觉得，很有成就感，渐渐地也喜欢这份工作了。尤其是沈父这次重病之后，经历了和亲人的别离，更有体会，也更能明白，做一名医生的价值和责任。

"不用急着答复我，你先考虑一下。"付平拍了拍她的肩膀。沈初晴点头。"哦，对了。谢谢你先生为我们医院捐助的设备。""捐助设备？"沈初晴还没听说这件事。付老师不知道他们之间的状况，边走便说道："这次，为你爸爸做手术用的就是骆晋捐助的最高端设备。他还答应为金医生建立科研所，这次也是他专门用直升机把金医生从瑞士接过来。你爸爸能有这样的康复，骆晋前前后后没少费心！看来，你没挑错老公……"后面，付老师说些什么，沈初晴全然没听进去。她只记得老师说，是骆晋用专用直升机接来的金长瑞，他为此还花费巨资给金长瑞建科研所，还为医院添加了精准高端设备……她以为他早已经抽身旁观，却不知道原来他早已默默做好了一切。

沈初晴脑海里嗡嗡的，心里七上八下，她是不是该好好地跟骆晋谈一谈？在回住院楼的路上，沈初晴在医院的凉亭里看见了骆晋和一个坐在轮椅上的女人在说话。骆晋背对着她，而轮椅上的女人，当她看清了她的面容愣了一下。不是别人，是一个她曾经又恨又可怜的人——顾小蔓。

她坐在轮椅上，曾经的一头长发已经尽数剪去，精简的短发露出了她的侧脸，比以前清瘦了许多，但精神奕奕。她作视不见地走过去，却不想顾小蔓已经看见了她，出声叫道："沈初晴。"沈初晴脚步顿住。骆晋回过身，视线只在她脸上停顿了一秒很快收回，神色淡然没有要解释的意思？呵！他为什么要解释？他们没关系了，他跟谁在一起，跟她有关系吗？

没有！

短暂的几秒钟，沈初晴的心绪更加凌乱了。今天遇到顾小蔓，她真的很意外，她觉得脑子已经开启了胡思乱想的节奏，她根本没办法预料自己下一秒会不会被发疯，"我还有事。"趁她还理智，没有失控想尽快离开。

"等一下。"顾小蔓急急叫道。沈初晴脚步没有停顿的意思。"求你了。"一走了之，是不是说明自己还在意？沈初晴脑子还在想，脚步已经停下了。"你们聊。"骆晋走了。沉默了一会儿，顾小蔓开口："好久不见。"阳光洒在身上，笑容坦然，身上没有阴霾。"好久不见。"沈初晴回了同样的话。"是没想过再见到我？还是根本不想见我？"沈初晴摇头，不过，今天忽然相遇，确实意外。顾小蔓剪了头发，她险些认不出她，"怎么把头发剪了？"

"这样好打理，我的腿不方便，能不麻烦别人就不麻烦别人。"沈初晴看她的样子，是已经坦然接受了这个事实。虽然，她费尽心机地想要破坏她的家庭；虽然，她们之间相互敌对。

可是，如今，她也付出了双腿的代价。

"对不起，沈初晴。这句话，我早该对你说了。"沈初晴不语，只是看着她，从眼神中看出来她确实是真心诚意在道歉。顾小蔓指了指院子旁边的石椅："不管现在，你恨不恨我，有些话，我还是想跟你说。给我几分钟时间，好吗？"沈初晴无法拒绝顾小蔓的恳求。或许，她自己可能真的想不到，竟然会有那么一天，和情敌心平气和地坐在一起，谈论同一个男人。

"晴姐，你比我大几岁，我能这么叫你吧。"顾小蔓对她一笑。沈初晴看着她，她真的变了，跟以前一点都不一样，眼神很纯粹，没藏着心机。顾小蔓收回视线，望着眼前某处，似乎陷入了往事的回忆，慢慢说道："沈初晴，说真的，我真的很羡慕你，可又那样恨你。见他第一眼，我就无可救药地喜欢上他了。我在想，是什么样子的女人才够配得上他。他那么优秀，在我最无助、最绝望的时候出现，一次一次帮了我照顾我给了我温暖。我以为自己在他眼里是不同的，我以为他因为喜欢我才会对我好，以为自己能取代你在他心中的位置。"

顾小蔓说完这句后自嘲地笑了笑，沈初晴看出来，她那笑容背后是看透之后的伤感。"可他从来都不会对我有亲密的举动，我不甘心，于是就想方设法地接近他，甚至是投怀送抱引诱勾引他，擅自拿走了他在你们结婚纪念日上要送你的项链，想办法破坏你们的关系。我在想，就算做不了他老婆哪怕是做他的情人也好，如果连情人都做不了，那就让我做一次他的女人，我这一生也无憾了。"

沈初晴心里一震，爱一个人真的会让人疯狂。顾小蔓侧过脸，看着沈初晴："可他还是不要我，那时候，我根本疯了，我不明白为什么，为什么他不肯要我，他不要我又为什么对我好？后来，他告诉我，他照顾我，完全是因为我的父亲。"这点，沈初晴听骆晋说过，他对顾小蔓是因为内疚，一次车祸，他撞死了她的父亲。他是想对她弥补。"骆晋，他从来没有背叛过你。当初，我以为是你去疗养院找我妈，还找人弄掉我的孩子，所以我想报复你。那天，是我设计的，故意给你发信息，故意让你来我家看到，他心里爱的一直都是你。还有，这个物归原主。"顾小蔓递给她一个精致的礼盒。

沈初晴机械似的打开，盒子里流光溢彩，是那条红宝石项链。"这原本就是你的。是我自己贪恋了不属于自己的东西，现在我把它还给你。骆晋真的很好，你们离婚是我造成的，现在一切都解释清楚了，希望以后你们幸福。"顾小蔓刚才还给骆晋，可他没要。沈初晴苦笑了一下，她把盒子关合，重新放回了顾小蔓手中。

"这个就留给你了。"他们，已经回不到从前了。这个也不属于她了。

二十三. 明知不该去想却不能不去想

这世上有太多的阴差阳错，这些阴差阳错又造成多少个误会，那些误会又让多少人错失彼此。这一刻，沈初晴突然清醒地意识到，原来对他误会了那么多，他们错过了那么多时光。

从来都是他的包容，也许这一次，她该向他低低头。就像以前每次他们吵架，都是骆晋先来哄她，不顾她的反抗也要抱紧她，说老婆我错了。

这一次，她想对他说，骆先生，我错了。他会原谅她吗？

沈父出院回家像搬家一样，一行人浩浩荡荡，成铭赫也来了，沈初晴也没有机会和骆晋单独说话。回到家，沈父才发现自己最心爱的象棋落在了病房，那可是上好的玉石做的，价格不菲，是他宝贝女婿特意打造送他的 60 岁寿礼。"爸，我回去给你拿。"骆晋拿了车钥匙出门。沈父点点头："好，快去快回。我们等你回来吃饭。"骆晋点头。成铭赫也起身告辞。

沈初晴这会儿正在房间帮沈父整理衣物，听到客厅里沈父在叫她。"怎么了爸？"沈初晴探出头。沈父拿着一个响个不停的手机说："骆晋手机落家里了，快给他送过去，万一有什么重要的事情找他。"沈初晴立即拿着手机追了出去。出门没走多远，听见他和成铭赫在说话，隐约地听见了成铭赫提到她的名字。

"你跟初晴究竟怎么回事？是和好复婚了吗？"成铭赫按捺不住自己的怀疑还是问出了口。"嗯。"骆晋很简单地"嗯"了一声。成铭赫拍了一下骆晋的肩头，神情有些严肃："嗯是什么意思，说实话，你们两个到底怎么样了？"

"我们没有复婚，以后也不会复婚，我们已经分开了。"骆晋的声音不带任何情绪。"什么意思？那你还在沈家？"成铭赫大吃一惊。"演戏而已。"余音是那么的云淡风轻。"因为沈伯的病？""对。"沈初晴的心就像一块石头投入深湖一般，就这么沉落下去……

"你这次是认真的？你真能放下？"成铭赫一直以为，即使发生再多的事他们也不会分开。骆晋没有立刻回答。沈初晴骤然间屏住了呼吸。"这世上没有谁真离不开谁。"骆晋回首所有走过的路，从最初的相识，到后来的折磨……他宠着她，惯着她，心甘情愿地为她做任何事。他不要求她回报以同样的爱，也不要求她真的为他做什么，只要她安安逸逸地在他翼下享受他给她的晴朗天空就够了。

沈初晴背靠着墙壁，全身冰冷，眼泪似乎也被冻住，心里多了一个黑洞，而这个黑洞无限在扩大……她怎么可以奢望会有人永远不会变。嫂子说得对，男人说不爱你的时候，那是真的不爱了。她原本准备了一肚子的话想对他说，她还不知道如何开口，她还想着怎么跟他道歉……全都不用了。

偏巧，她手中的手机突兀得响了起来。骆晋和成铭赫同时回过头，发现了沈初晴。

成铭赫一脸吃惊，慌忙看了骆晋一眼。沈初晴扯出一抹也许算得上笑容的笑，尽管心里难过想死掉，尽管眼眶酸痛，她也努力让自己的声音平稳。"你的手机忘家里了。"她把手机递给骆晋，转身离去。在转过身的那一瞬间，沈初晴的眼泪纷然落下。尽管眼前模糊，她也没有用手擦掉，她脚步很稳，控制住身体的颤抖，不让身后的人发现她在哭。

"她在那里站了多久？她都听见了。"成铭赫用了一个肯定句。骆晋沉默地望着沈初晴的背影，他知道，她都听到了。

沈父出院回家后的第一顿团圆饭，沈母准备了满满的一桌，有很多都是骆晋爱吃的，骆晋细心留意了一下沈初晴。她依旧像什么都没有发生，一切如常，饭桌上胃口很好。饭桌上，他们笑，沈初晴也跟着笑，明明心里酸涩得要命，明明是该哭的，可是，不知道为什么却一直在笑。她只觉得心中的空洞越来越大，她怕自己支撑不住，埋头吃东西，她也不知道自己吃的是什么，嘴巴里什么味道也没有。可不是有人说吗，难过的时候就吃东西，因为胃和心的距离很近，当你吃饱了的时候，暖暖的胃会挤占心脏的位置，这样心里就不会觉得那么难过。

"骆晋，你们打算什么时候去办复婚手续？"沈父问。骆晋下意识看了沈初晴一眼。

沈初晴拿筷子的手僵了一下，很快笑道："爸，复婚也是结婚，总要挑一个好日子吧。""对，对，挑个好日子，一切好好开始。"不知道是不是年龄大了，沈母也相信这套说法，附和道。

"日子你们挑吧，不过，这过日子最重要的还是你们俩自己。小晴，以后你的任性的脾气改一改，你也不小了，这样下去怎么当妈啊？夫妻两个吵吵闹闹，很正常，要多些包容，多点理解，不要放着好好的日子不过，瞎折腾。"沈父一番话说的沈初晴直想掉眼泪，她用力咬了咬筷子头，装作不满："爸。""好了。你们复婚，我想就没必要大办了，你说呢？骆晋。"沈父看向骆晋。"听爸的。"骆晋一如既往的孝顺。

"好了，来常常我炖的鸡汤，我可是花了一下午时间。"沈初晴的嫂子将鸡汤端上了桌，而且还特意先为沈初晴和骆晋他们盛了一碗。"闻着还不错。"沈劲风拿起了汤匙也想给盛一份。

"你不能喝。"沈初晴的嫂子急忙拍掉了他的手。"为什么？"沈劲风不明所以。"这是我专门给初晴他们炖的。"她悄悄给沈劲风使眼色。

沈父本来也想尝尝，沈初晴的嫂子立刻拦住了："爸，妈，你们也不能喝，这个鸡汤太油腻了，医生说你们不适合吃那么油腻的东西。"然后，干脆将鸡汤都端到骆晋他们面前："骆晋，小晴，这可是我专门为你们做的，千万不要辜负我的一番好意啊。一定要喝完啊。"

沈初晴觉得嫂子今天有点儿怪怪的，但不忍拂她的好意喝了一小碗，骆晋勉强喝了几口。晚上，他们留在了沈家，还是以前的房间。沈初晴从柜子里多拿出一床被子和枕头，骆晋走过去，从她手里接了过去，"我自己来，你睡床上。"

沈初晴没有跟他客气什么，骆晋从来都很体贴。她去洗漱，打开衣柜拿睡衣。衣柜里面，两个人的衣物亲密地摆在一起。骆晋铺好了地铺，回过身，发现沈初晴盯着衣柜在发呆。

"怎么了？"沈初晴一惊，慌忙关上了衣柜，匆匆躲进了浴室。他说的，他是为了爸爸的病，才陪自己演戏的。他已经说不爱了，自己何苦再流露可笑的恋恋不舍。

夜深了，中秋节了，连月亮都格外的圆，格外的亮，就算不开灯屋子里的轮廓都很清晰，沈初晴背对着骆晋，望着窗外。窗户关的时候留了一条缝隙，微微的风吹着窗幔飘动，月亮的轮廓时隐时现。房间里，寂静无声。沈初晴却觉得胸口闷闷的，已经入秋的天气，却越来越觉得燥热……这团莫名的燥热将她团团裹住，似是从被子中散发出来的热气，又像是从身体里爆发出来的，让人燥郁难安。她将薄被掀开，但依旧缓解不了她体内的燥热感。好奇怪的感觉……自己这是怎么了？她想起来喝水，却又怕惊动了骆晋。可是燥热的感觉，越来越强烈……

骆晋本也没有睡着，听到了沈初晴在床上辗转反侧的动静。他侧过脸，看到她蜷缩成一团，头发散乱地遮在脸上，似乎很难受的样子。

"是不舒服吗？"骆晋迅速起身，拨开她凌乱的发丝探了探她的额头，很烫，额头上是细细密密的薄汗。他的黑眸不由深了几分，不由紧张起来："初晴，告诉我哪里不舒服？""我好像发烧了，好渴……"沈初晴声音软软绵绵，只觉得身体越来越热，仿佛在被热火煎熬着一般，整个人要燃烧起来。甚至……她有把衣服扯掉的冲动。她紧咬着自己的唇，让自己保持着清醒。

骆晋马上去倒了一杯水，端了过来。扶起她，将水杯递到她唇边："是不是不舒服，我带你去医院。"一股沁凉，从唇际顺着喉管渗进她体内，但口干舌燥的感觉却并没有缓解几分。沈初晴无力地靠着他，紊乱的气息散落在他微微敞开的胸口上。"骆晋，我好难受……"沈初晴迷糊地呢喃着抬头，唇不经意地擦过他冷峻的唇角，微张的黑眸迷离睨着他，睡衣也滑落到了肩头……她贴着他微凉的身体，莫名的想更加贴近，脸颊不安地蹭着他的胸膛。骆晋身体僵了一下。脑海里闪过，嫂子那怪怪的举动，瞬间明白过来。她特意给他们炖的汤里，一定加了"料"，幸好，他喝得少。骆晋气息也逐渐变得不稳，男人强健的身体，不可避免地起了反应，但……理智还在提醒他，不能在这种情况下要了她，不能让她恨自己。

他努力忽略掉她从骨子里渗透出来的诱惑，以及空气中不断膨胀的暧昧，起身去浴室拿条毛巾过来，却因为沈初晴突如其来的动作而硬生生僵住。沈初晴双手攀住了他的脖子，吻上了他的唇。热情而主动……带着蛊惑的气息铺天盖地地袭来。终是，情不自禁。

骆晋原本环着她的手用力一带，让他们贴得更紧密。迎接他的是，沈初晴的温柔和缠绵。

空气里的温度，直线上升……"初晴，你知道自己在做什么吗？"骆晋抱住热情如火的她，沙哑的嗓音在她耳边疼惜地呢喃。"骆晋，骆晋……"渐渐发作的药力，让沈初晴已经迷失。她一声一声低吟对骆晋来说，无疑是种最具诱惑力的邀请。一切，已来不及停下……

清早，秋日的晨光洒满了整个房间，一阵敲门声扰醒了熟睡的沈初晴。"小晴，起来了吗？"是沈母在门外。"知道了妈，马上。"沈初晴迷迷糊糊地应着，却又把头埋进了枕头里，下一秒，却陡然惊醒过来。马上向床下看去，地铺已经收了起来，房间里只有她一个人。他是什么时候走的？她掀开被子起床，却发现自己竟然什么都没穿？她仅剩的一点瞌睡也惊飞了。发生了什么？她闭上眼，尽力去回想……昨夜一幕幕热情的画面零零碎碎浮现在脑海里。

她不是喝酒断片，全部都记起来，是她主动抱的骆晋，吻了他，热情不可思议，然后……虽然，他们曾是夫妻有过无数次亲密，可是昨夜的她确实太过疯狂了，她是疯了吗？

沈初晴烦躁得揉了揉头发。忽然想起来，嫂子让他们喝汤笑得怪怪的样子，难道？她很快明白过来，不禁又气又恼。嫂子真是可以，竟然想到用"这样"的办法？骆晋会怎么想她？会不会认为她是故意这样做的？

沈初晴躲在浴室里，看着镜子中的自己，脑袋不由自主地想起昨夜自己的种种近乎放浪的举动，她的脑袋轰得一热，现在还是脸红心跳。沈初晴用力地甩甩头，她真是没脸见人了！

"小晴，还不出来？"看她这么就还没出来，嫂子过来敲门。敲了敲门，没有回应。"小晴，你在吗？"嫂子又叫了几声，推了推门发现没锁："小晴，我进来啊。"环顾一圈，没有看到她的人影，但她看见了地上扔着的沈初晴的睡衣。看来昨夜自己那招成功了。"喂！小晴你在里面吗？"嫂子敲了敲浴室的门打趣道："都老夫老妻了，怎么还害羞不敢出来啊！"

门"哗"的一下，被人从里面拉开了。沈初晴瞪着这个"肇事者"。

嫂子看到沈初晴面无表情的样子，知道她是生气前的预兆，立马一脸的无辜。"你可不能怪我，这夫妻就是床头吵架床尾和，怎么样，有用吧？女人嘛，你只要露一点风情万种，那男人就立马投降了，是不是？"

"是啊！嫂子，我可要好好谢谢你。"沈初晴咬牙切齿地笑道。嫂子又不傻，听得出沈初晴的话外音，看到她黑着脸，狐疑自语。"不管用吗？不应该啊！我可是下了双份的量啊……"沈初晴怒了，按捺不住的怒气终于爆发了："嫂子，我谢谢你好吧！我麻烦你以后，不要做这种无聊的事好吗？""我只是……"沈初晴打断了她的话，"只是什么？只是好心给我下药。""这也是妈同意的。"也许是急了，脱口而出，她惊觉自己又说错后，声音越来越弱，"我们又不是傻子，谁还看不出你们在演戏。"

沈家人隐隐约约地察觉出了点端倪，是她出的主意没错，但她也问过沈母的，她没说话，沈初晴的嫂子就当作默认了。听了这话，沈初晴神色黯然，原来家里的人都知道了，她苦笑了一下，索性就实话实说了："没错，我和骆晋就是在演戏，我和他已经结束了，没关系了。他留在沈家不过是因为爸重病，本来我也打算，等爸康复些后再告诉你们。""你说的都是真的？"突如其来的声音，吓了她们一跳。不知道什么时候，沈父竟然站在了门外。沈初晴脸色蓦然一白："爸。""不要叫我爸，你告诉我，你和骆晋分开的事是不是真的？他是可怜我这个老头子才留在沈家的。"沈父想想就痛心。想着，他生病这前前后后骆晋没少费心思，比一个儿子做得还周到。这些年，骆晋也真是拿他老两口当亲生父母一样对待。人年纪大了，就盼着儿女们生活和和美美，可自己这闺女还不当宝。

"爸，我……"沈父抬手制止了她再说话，叹了一声，扶着楼梯扶手慢慢下楼，"我老了，管不了你们了。不管了，不管了……"只是难为，骆晋还肯叫他爸了。沈初晴看着沈父离开的背影，突然觉得自己很不孝。心里酸酸的眼眶一阵发热，泪水就掉了下来。"小晴，你跟骆晋究竟怎么了？真的无法挽回了吗？"沈初晴摇头，她不知道，真的不知道。嫂子急了："你真的不爱他了？"沈初晴无意识地摇头，将脸埋进双膝里任泪水肆意，她现在的心里很乱，真的不知道该怎么办？嫂子叹息一声，好好的两个人这是闹什么？他们不急，看得人都急死了。她抓起沈初晴的双肩，让她正视自己。

"听着，小晴，你现在要是心里还有他，还放不下他，你就去告诉他，什么都不要想，就去做你现在最想做的事。你要知道，骆晋要是心里真的没有你，他就不会陪你演戏，他就不会留在沈家，昨晚就更不会碰你。你懂不懂？"沈初晴泪眼迷蒙地抬起头，还带着疑惑："真的吗？"那天，她听到他和成铭赫的对话，她心灰意懒，彻底打掉了她所有的勇气。"什么真的，假的？你要知道，很多事，错过了就是一辈子。再说，就算错一次又怎么样？你是要自己遗憾一辈子，还是宁愿犯傻一回？去吧……去找他说清楚。"真是当局者迷旁观者清。嫂子真为她的智商着急。

是啊！犯傻一次又怎样？被他嗤笑又怎样？她不想遗憾一辈子。

二十四．放不下曾和你走过的春秋

沈初晴心里不再纠结，抹了抹脸上的泪珠，就往外奔去。此刻，她心思再明了不过，只想立时立刻见到他。出了小区的转弯处，沈初晴结结实实碰上一堵肉墙。"慌慌张张要去哪里？"一双有力的手扶住了她，温润的男声从头顶响起。沈初晴吃惊地抬头，看到了一张棱角分明的脸。陆旭总是这样突然出现。他站在那里，一双黑眸凝着她，眼神里盛满了太多复杂的情绪。一个月不见，他较之前消瘦了些。

"为什么这么看着我？"看到沈初晴此刻看到他只有意外，却没有重逢后的喜悦，陆旭的心中不免有些失落。可看到，她的脸上残留的泪痕，他情不自禁抬手抚上她的脸颊。沈初晴下意识侧头避开，陆旭的手就落了个空，眼底划过一丝黯然，气氛有些了僵硬。"你的伤？"她最忧心的还是他的伤。"我没事。"陆旭答得很快，仿若那是场简单的感冒根本不值得一提。

沈初晴的心里终是不安，陆旭为了她受了伤，自己却丢下他不辞而别。可她答应过他陆母不再见他，他也有了自己的未婚妻，他们不该再有任何交集。可是现在她又不知道自己是不是该一走了之，或者又该说些什么。气氛陷入了沉默。"那天一走了之，你现在就没有别的要对我说吗？"终于，还是陆旭先开口打破了僵局。他的言语中一点责怪的意思也没有。"对不起，陆旭。""初晴，我最怕听到的就是你说这三字，最不需要的也是这三个字。"陆旭打断了她的话，他的声音低沉，透着一种无言的伤感。

沈初晴深吸了一口，今天她必须说清楚，哪怕他会恨她。以前就是因为自己不忍心，反而造成今天的局面。不能再犹豫不定，也不能再纠缠不清下去。她抬起头直视着他，缓慢而清晰："陆旭，我跟你说的只能是对不起，我爱的是……"然而，"骆晋"两个字她还没说出口，被陆旭突如其来的吻封住了唇，将她未出口的话吞入腹中。看到她坚定的眼神，陆旭知道她要说的是什么，心里从未有过的慌乱，他害怕听她亲口说出来，害怕听到自己最不愿意听到的。感情是双向的，可是他却义无反顾地陷了进去，明知得不到，却还不愿放手。沈初晴想要推开他。陆旭抱着她的手臂收拢，将她搂在怀中，他身上特有的清新气息裹住了她。炙热的、深切的吻在她的唇上辗转，直到她快要呼吸不过来，陆旭的唇瓣终于离开她，可是抱着她的手还没有松，依旧环着她腰际。

"陆旭。"沈初晴挣扎了几下，无奈，抵不过他的力气。最后，她的手垂在了他的身侧："陆旭，我们以后还是不要再见面了。"陆旭的手臂僵了一下，"初晴……不管我妈之前跟你说了什么，你又答应了她什么，我放不下你，因为我是个死心眼，认准的是不会轻易改变的。你可以不爱我，可以不在乎我，可是请允许我的存在，不要再躲着我。"沈初晴的心颤了一下。

正如，那句话所说，有些人，也不说出哪里好，可就是谁也替代不了。他和她偏偏都是一类人，都是死心眼，一辈子就认准了一个人。

那晚之后，沈初晴再没有见到过骆晋，他就像凭空消失了一样，全无音信。在没有选择的情况下，她只能拨了他的手机号码。然而，从私人号码到商务号码，她拨了个遍，都是无人接听的状态……就连岳峰的电话她都打不通。她看到了新闻才知道，这些天鼎峰好像连续出了几场事故。说是工厂里连续有几名员工在年度体检的时候查出了癌症，现在都传言是公司内的放射物质造成的。现在舆论纷纷将鼎峰集团推到了风口浪尖上。情急之下，沈初晴去了骆晋的公司，市中心的标志性建筑物鼎峰集团，就是他们结婚的时候，她也很少来他的公司，她不愿打扰他的工作。还好秘书小姐她还认得。

"对不起，沈小姐，骆总他不在。"秘书小姐客气礼貌地接待了她。沈初晴勾了勾唇角："我看到了他的车。""对不起，小姐，骆总真的不在。"秘书依旧是那句话。"我知道了，我在这里等他。"沈初晴也不愿为难别人。

她找了一个不碍眼的角落坐下，那里正好能看到骆晋的办公室，只要出现她一眼就能看到他。秘书看了沈初晴一眼，没再说什么，只是低下头继续工作。她认得沈初晴是鼎峰的前老板娘，只是老板交代谁也不见，尤其是前老板娘。可是，老板对老板娘好是众所皆知的。还是不要随便得罪的好。从早上，到中午，再从中午到晚上。沈初晴的目光就没有离开过他的办公室。等待是一种煎熬，一分一秒都是那么的漫长。沙发旁边，放着一个报纸架。她随手拿了张瞄了几眼，可是一个字也看不进去，只觉得头发晕。

等了一天，骆晋也没有出现，沈初晴撑着头揉揉酸涩的眼睛，闭上眼本是想缓一缓。这两天她都在担心骆晋的状况，没有他的消息更是坐立难安，根本没怎么好好休息，不知不觉中竟然睡着了……

"沈小姐，不好意思，我们下班了。"秘书轻轻推了推她的肩头。"对不起。"沈初晴从沙发上站起来。她看向墙壁的时钟，已经晚上 8 点钟了。她竟然睡着了。会不会她睡着了，错过了他？"骆总，他一天都没到公司来吗？"秘书摇摇头。

一连三天，亦是如此。沈初晴开始明白，骆晋是在躲着她，他不接她电话，不见她。他可以消失，却一连几天都不来公司。她在这里等了三天，坐在他进出办公室的必经处，他不可能看不到她。唯一的解释，就是他根本就不想见她。沈初晴坐上了出租，她怎么忘了？还有一个人，她能找得到。

岳峰跟了骆晋5年之多，早已成为骆晋的左膀右臂外加心腹，骆晋的一举一动他再是清楚不过。当初，岳峰能进鼎峰也有她的原因，岳峰从小父母就去世了，只留下他和小他8岁的妹妹岳菁菁相依为命，他们一直寄养在舅舅家。偏偏，那年岳菁菁还得了重病，是她收治入院的，也是那会儿她认识的岳峰，一个很勤奋干净的男孩，舅舅家不宽裕，舅母给岳菁菁看病花费跟他的舅舅闹离婚。岳峰那个时候，上大三，每天顶着学习的压力，但为了给妹妹凑手术费。他要打三份工，一天就吃一顿饭，导致自己严重贫血，晕倒在妹妹病床前。

后来，沈初晴知道后，为他提供了助学基金，而且还以医院的名义为他妹妹做了手术。岳峰毕业之后，是她推荐给骆晋，他才有机会到鼎峰工作。

沈初晴的出租在岳峰的小区停稳，她拿出钱包在付车费，正要下车，远远地就看见，岳峰他们一行人出了公寓门直接上了一辆黑色的商务车。沈初晴立即拉开车门下车想叫住他。

可是还没来得及下车，商务车就已经迅速发动了引擎，驶出了小区。沈初晴拿手机拨打岳峰的电话，无人接听的状态。

"师傅，麻烦你，跟上前面那辆车。"沈初晴重新关车门上。晚上，城市霓虹闪烁，马路上车来车往，绚亮的灯光在沈初晴的脸上流转，她继续拨打岳峰电话，依旧是无人接听的状态。是出什么事了吗？商务车在车流中疾驰着，出租车于它隔着很大一段距离跟得相当吃力。

"小姑娘，想开点，男人，就那点花花肠子，只要他还肯回家就好。"敢情，出租车的司机以为她是跟踪出轨的老公。一路上在开导她。沈初晴也没解释。最后，商务车在市区的一家"夜巴黎"夜总会后门停下了，沈初晴的出租车远远地停在马路对面。

岳峰跟西装男下了车，商务车倒过车头迅速驶离。看着岳峰身边的人，沈初晴隐约有些印象，仔细回忆，猛然间想起来，那不是陆蘅身边的人吗？后门进不去，沈初晴只能从前门进入夜总会，劲爆的音乐，迷离昏暗的灯光，扭动的红男绿女，到处飘荡着香烟和酒水的味道，掺杂着嬉笑声……这种地方找一个人也不容易，沈初晴挑了个岳峰出来必定经过的位置，为了不显得自己突兀，点了几杯鸡尾酒。

独身一人的沈初晴特别扎眼，期间，不断有男子过来跟她搭讪。岳峰刚走下楼梯，一眼就看到了等在那里的沈初晴，心中一惊，不能让她看见自己，他连忙缩回了身体，一把扯过身旁一个女人挡住自己。"喂，你干什么？"女人十分恼怒。可是，沈初晴好像已经看见他了，她目光投了过来。看着她已经向这边走过来，岳峰当下丢开女子的手，转身向走廊里面走去。

大厅里人很多，加上昏暗的灯光，沈初晴只是隐约看着像岳峰而已，又想看个清楚，不由自主地跟上了那个背影。挤过舞动的人群，那个熟悉的背影就消失不见了。沈初晴四下环顾，除了走廊两端的包间，没有其他的出路。难道，一个一个找过去？

沈初晴觉得自己没有看错，可是，如果是岳峰为什么要躲着自己？她一定要找到他问清楚为什么。她脑子一热挨个地推开门包厢门。"你谁啊？""干什么呢你？""美女找谁啊！"……

一路找过来，都没有岳峰的影子，已经走到了尽头，只剩下旁边的洗手间了。沈初晴狐疑地盯着洗手间，难道，他躲到了洗手间里？忽然，沈初晴想到，她可以拨打岳峰的手机，若是他在里面手机一定会响的。

"你鬼鬼祟祟的在干什么？"背后忽然一个男声，吓了她一跳。回过头，一个长相凶狠的男人正冷冷地盯着她，他的脸上有着长长的一道疤，眼睛一瞪更是凶神恶煞。"我……"沈初晴的话还没说话，手中的手机就被刀疤男劈手夺去。"敢来我强哥的地盘上偷东西，你胆子不小啊！我今天就给你长长心。"说着，刀疤男抓住沈初晴的胳膊就往旁边的包房里拽。

"放开我，我不是小偷，我没有偷东西。"沈初晴被他肥硕的大手抓住，惊恐万分，死命用脚抵住门框努力想掰开他的手。"没有偷，那就让我搜搜看。"刀疤男粗鲁地将沈初晴拦腰扛在了肩头，一脚踢开了包间的门走了进去。"救命……放开我，放开我……"沈初晴突然双脚凌空，吓得魂飞魄散大声呼救，可是哪有人理会她。沈初晴唯有死死地抠住门框，可她哪抵得过他的力气。

"啪……"包间的门被刀疤男用脚带上了，他将肩上的沈初晴扔在了沙发上。初晴被摔了个七荤八素，可是比疼痛更让她害怕的是，那一双闪烁着充满阴邪和恶意的眼睛，她心底只剩下了绝望。躲在洗手间内的岳峰清楚地听到了沈初晴的呼救声，顿时气血上涌，当下冲了出来。只到门口，不知从何处闪出来一个黑衣男子挡住了他的去路，"还想要你妹妹的命，就马上滚。"黑衣男子盯着他，目光阴冷。岳峰脸色惨白，全身僵硬，脚下是半分都挪动不了。沈初晴的呼救声撞击着他的耳膜，他的握紧的手青筋暴起，良心被撕扯着……他望着那扇门，只听得"嘭"一声……

包间的门被一个陌生男子一脚踢开了，他几步走过去一脚将刀疤男踢倒在地。然后，挥手抄起桌子上的酒瓶就毫不犹豫地砸在他的脑袋上。顿时，刀疤男头上鲜血直流。"还不走！"男子回头冲沈初晴吼了一声。惊吓过度的沈初晴这才反应过来，爬起来落荒而逃。一个身影闪了出来，陆旭看着沈初晴仓皇失措的背影，心疼不已。但更让他恼怒的是，胆敢有人伤害他的女人。

"旭少，怎么处理？"黑衣男子踢了刀疤男一脚。陆旭一步一步地走过去，高大身影将刀疤男覆盖，趴在地上的刀疤男抖如糠筛，跪地求饶："旭少，不关我的事，饶了我吧……"

陆旭面色冷凝，目光阴鸷如冰，抬脚将他踹翻在地，然后一脚踩在他的胸口。他鲜少这样憎恨过谁，不敢想象自己若是晚来一步，沈初晴就会被他……只是想想，陆旭就怒火中烧，他抬手抄起桌上的酒瓶，又快又狠向刀疤男的下体砸了过去。凄厉的一声惨叫，巨大的疼痛让刀疤男已然昏厥过去。陆旭丢下破碎的酒瓶，转身出了包间向楼上 VIP 包房走去。也不管什么修养什么礼貌，全都抛在脑后了，陆旭一脚踹开了门，身上带着一阵风大步走了进去。

"旭少，你不能进去。"看到陆旭阴沉的脸色，立即有两名手下拦住了他的去路。

他的话音但落，陆旭伸手一个擒拿反转将两个拦路的摔翻在地，然后直接跨过他们走向陆蘅。陆蘅坐在轮椅上气定自若喝着茶。"陆蘅，我说过不准动她。"陆旭双手按住桌几，冷冷地盯着对面的陆蘅。陆蘅掀了掀嘴角，抬眼对上他的视线，轻飘飘抛出一句："我动了又怎样？"

"陆蘅！别逼我。"陆旭咬牙切齿道。陆蘅脸色陡然沉下，"啪"的一下将手中的茶杯重重摔在桌上："陆旭，你好大的出息。为了这么个女人要跟我这个做哥哥的翻脸吗？""你答应过我的。"陆蘅冷哼一声，"是她自己撞上来的，怪不得我。要是她发现岳峰跟我们来往，下面的棋要怎么走？"陆家已经输了一次，绝不会输给骆晋第二次。所以，他不允许计划有半点失误。"她不会阻碍你任何事。"陆蘅只是冷笑，"陆旭，别在这里自欺欺人。""骆晋这次死定了，他们不可能在一起了。总有一天，她会接受我。"

陆蘅摇摇头看着他这个弟弟，陆旭已经彻底陷进去，无法自拔了，他们一样一辈子就认定了一个女人。"你这个傻子，她只会害了你……"陆蘅责骂的同时，眼里是深深的痛心……沈初晴慌不择路地跑出了夜总会，就像是身后有毒蛇猛兽在追赶。一辆出租车很及时地开到了她面前。沈初晴立即拉开车门坐了进去："快开车。"她紧紧抱着手臂咬着唇，可身体还是控制不住地颤抖。出租车就没有熄火。车子距离夜总会越来越远，沈初晴透过车窗看到没有人追过来，才渐渐从惊恐中缓过来。

"小姐，我们去哪儿？"司机回头看了她一眼，刚才有个男人说看见这个女人出来就把车开过去。可总要有个去处吧。沈初晴想找手机打给骆晋，可是手机刚才已经被刀疤男夺走摔了。现在，她真的很想很想见到骆晋，最需要的也只有他。她要问问，他是不是真对她不管不顾了。

岳峰看着司机将沈初晴送回了家之后，悄无声息地离开了。沈初晴站在那里，那栋房子里没有一点灯光，骆晋还没有回来。望着二楼他们的房间，心中一阵酸涩，眼泪泛滥簌簌而落。骆晋，你究竟在哪里？沈初晴瑟缩地抱着双膝坐在台阶上，也不知道在冷风中等了多久，隐隐地听到车子驶过来的声音，她猛地抬起头，远远的一道光照亮了视线。在黑暗中，那尾车灯如此的明亮。迈巴赫稳稳地驶过来。

他回来了。沈初晴立即站起身，却不想坐的时间太久了，脚都僵硬发麻，两条腿如同密密麻麻的针在扎一样，站立不稳摔倒在地。骆晋车子引擎都没来得及熄灭，跳下车大迈步走到沈初晴身边，扶起她。"你在这儿等多久了？"沈初晴满心只有见到骆晋的欣喜，忽略了他语气里的冰冷。一想到今晚发生的险事，想想他一连几天避而不见，沈初晴所有的委屈就像找到了一个宣泄口，扑到骆晋怀里紧紧地抱住了他："我以为你不回来了。"骆晋这几天在医院平复患病员工的情绪，又是配合质检工商部分调查取证，已经忙得焦头烂额。

"沈初晴。"第一次，骆晋平静地叫出她的名字，不带一点感情，也是第一次，他把她直接从怀里拉开。许是，在夜风里吹坏了。沈初晴仰着头看着他，脑袋都有些迟钝有些反应不过来。"以后不要来这里了。"骆晋说完，错身从她身边走过。"骆晋。"沈初晴迅速抓住了他的手臂，转过身，好像不能相信那么冷漠的话是从他口中说出来："你这话是什么意思？""我的意思你应该明白。"骆晋拂开她的手，神色清冷，仿若她不过是个对他死缠烂打的女人而已。

"我不明白。"沈初晴不明白，真的不明白。"沈初晴，戏结束了。"骆晋一字一句，缓慢而清晰，"你和我已经没有任何关系。"沈初晴吸了一口冷气，胸口左边的疼痛随着呼吸一阵阵澎湃，她泪眼模糊，泪光中凝视他模糊的轮廓，她怀疑自己是不是出现了幻听。"你再说一遍。"沈初晴抹掉脸上的泪珠，眼神咄咄逼人，声音微微颤抖。骆晋的黑眸沉了沉，将她的痛楚都看在眼里，沉默后，还是开口说出那句话。"沈初晴，你听清楚，我们离婚。你不要再来找我，还是你就是这么贱，喜欢倒贴？"骆晋一字一字如同冰刃，都刺在了她的心口。

这次没有听错，沈初晴听得再真切不过，有那么一个瞬间，她是呆滞的，仿佛被胸口的痛楚堵得连思绪都静止，只有痛……

这是那个说和她一生一世的人吗？这是那个说无论如何都不会放开她手的人吗？沈初晴痛极反笑，任泪水在脸上肆意："骆晋，从前每次我们吵架，无论谁对谁错都是你先来哄我，每次我都会原谅你。这一次，我想跟你说声对不起，我以为你也会原谅我。我以为……"沈初晴已经语不成调。骆晋微微闭了闭眼睛，心揪做了一团，深深呼吸："我爱你爱得太累了，我放弃了。"

"那你为什么还要碰我？""沈初晴，那晚你喝了药，你也可以当作是成年人的一夜情，没必要认真。"骆晋话音未落，沈初晴挥手一巴掌就落在他的脸上，骆晋不躲不避。

一夜情。他把他们在一起定义为一夜情？

那抹痛楚便从沈初晴裂开的心里一丝丝冒出来，很快漫遍全身每一个细胞，连脚趾尖都是痛的。

"骆晋，你放心，我今后不会再出现在你面前，更不会纠缠你，我会把你忘得干干净净。"说完转身离开。

夜深了，风很冷，可是没有什么比她的心更冷了。沈初晴走得很急，就像是在摆脱什么。泪眼模糊，脚下不知踩到了什么，一崴，沈初晴狼狈得摔倒在地。骆晋呼吸一紧，下意识的反应就是要冲过去，只是迈开一步又僵住，看着她努力着爬起身，似乎是崴伤了脚还倔强挺直背影一步一步地离开。

二十五．是你太残忍还是我太认真

骆晋攥紧的拳头关节都开始发青，内心的挣扎和疼痛几乎要把他撕碎。他已经查出来，原来陆蘅陆旭是陆怀安的儿子。8年前，陆怀安参与最大的走私贩毒案件的主谋，他一个人顶下所有罪名，被判了死刑。听说，他是在监狱自杀的。他的家人都移民到了英国，现在陆蕾他们回来，不能不怀疑，是不是发现他的身份了？所以，只有让你离开，你才会安全。一尾车灯远远地打过来，越来越近，那车一路飙来的速度，估计油门已踩到底，车子急速停下。车里的人跳下车，一个箭步走到初晴身边，扶住了她。"初晴，怎么回事？"是陆旭。他看到泪流满面的沈初晴一身狼狈，还有她手上的血迹，立刻心痛地皱起眉，对骆晋怒道："是你干的吗？"陆旭眼里怒火升腾，冲过去就要去揍骆晋。

沈初晴伸手拽住了陆旭的胳膊，"与他无关。"她艰难地从口中说出这几个字，陆旭听了，回头深深地看了她一眼，沈初晴的眼神里尽是哀伤和毫无生气的绝望，他的心不免跟着痛了。因为深爱，所以才会被伤得那么重吧。"骆晋，就算你不爱她也不能这样伤害她。"骆晋的唇角抿出生硬的线条，他的双手闲散地插在裤兜里，脸上挂着淡漠的笑："我不爱了，你不正好来接手吗？"凉性薄情的话从他口中说出来，陆旭明显感到沈初晴抓着自己的手在发颤，苍白的脸色，羸弱的身体摇摇欲坠，可还是努力地硬撑着，陆旭心疼地搂住了她。

沈初晴拼命咬住唇，不让哭声溢出来，可是胸口那股酸楚的气流却急剧地膨胀着，整个胸腔都开始剧痛，那疼痛仿佛要撑破了胸膜爆炸一般。而全身都因用了力而发抖，唇内很快便渗入了血腥味。"骆晋，我不会恨你。恨也需要用感情，你不配。"沈初晴流泪的脸上死灰一片。骆晋心口一窒，他知道自己说得有多可恨，也知道自己已经彻底伤到她了。

"骆晋，她真的爱错了你。"陆旭伸出手将沈初晴圈紧，低柔地对她道："初晴，我们回家……"沈初晴缓缓地闭上了眸子，深深地吸了一口气，眼窝火辣辣的疼，她挥手拂开陆旭的手，挺直了脊背一步一步走开，她的耳边只有骆晋绝情的话不断地在回荡。

"沈初晴，你听清楚，我不爱你了，你不要再来找我，我也不想再见到你。

"沈初晴，那晚你喝了药，你也可以当作是成年人的游戏，没必要认真。"

"我不爱了，你不正好来接手吗？"

到最后，骆晋的声音便成了魔音，持续不断地说着"我不爱你了我不爱你了……"，那声音让她头晕目眩，身上的力气仿佛被抽干了，更将她逼近崩溃的边缘……"初晴……"陆旭一步跨上前，抓住了她的手臂将她抱到车上。骆晋戳在原地，看着陆旭车的尾灯越来越远，他的心里便划出了一道口子，直到车子彻底消失在他的视线。那道伤口便撕裂开来，将胸腔里所有的痛吸入，那一瞬，痛到了无以复加……骆晋痛苦地闭上了眼，脸上凉凉的，竟是他的泪，蜿蜒而下……

"对不起，初晴……对不起……"他似乎，用尽了力气在说话，可是，他的声音却那么微弱，那么沙哑，沙哑得连他自己也听得不那么清楚……半路途中经过电影院，巨大的《暮光5》的海报划过沈初晴的视线。"陆旭，停车。"沈初晴突然拽住了陆旭的手。"不行。"陆旭的车子没有减速的迹象，反而提速了。"陆旭，我要你停车！"陆旭看了她一眼："初晴，你现在需要休息一下。"沈初晴没说话，直接打开了车门往下跳。"你疯了。"陆旭吓得脸青白，迅速伸手一把扯住了她，脚下紧急地踩住了刹车，方向盘歪向了一旁。与此同时，马路上对面那辆车风驰电掣慌忙打了方向盘，同他们的车擦肩而过避开了，险些撞在一起。

"长没长眼睛，会不会开车！"车主连带着车里三四个年轻人下车叫嚣着踹着陆旭的车，一边辱骂着："想死啊！给老子下车！""待在车里别动。"陆旭拔下了钥匙下车锁住了车门，怕她再做出什么冲动的事。等沈初晴反应过来，车外已经打作一团，几个人围殴陆旭一人。几个小青年以为势众低估了陆旭，在陆旭看来不过是花拳绣腿，几分钟之后，一个个哀叫地躺倒了在地上。

陆旭走到他们的车前，从口袋里拿出一沓钞票，别在车子的雨刷下："医疗费。"然后，走回自己的车旁拉开车门，上车，一言不发地发动车子，他握着方向盘的手沾着血迹，不知道是他自己的还是那些人的。

"对不起。"她不是故意的，就算是死也不会连累他。车子猛然在桥中央停下，陆旭仍旧是一言不发停下车，然后拉开沈初晴的车门，把她拽下车。"沈初晴，你要疯我陪你疯，你要是想死的话就从这里跳下去，我决不拦你，只要你跳，我就陪你一起跳下去。跳啊，跳下去就什么都解决了，跳下去他就会继续爱你了……"最后一句，陆旭吼得很大声。

北架桥贯穿市中心，有几十米楼房的高度，沈初晴站在桥边，夜风吹得她发丝群魔乱舞，北架桥下是一望无际的沁河，在夜里犹如一个不见底的深渊。也许，就像陆旭所说的，跳下去就什么都解决了。她闭上眼，脑海里不断回放着他们从最初到现在的记忆，一点一点，可是占据脑海最多的，还是刚才的画面。那样的痛彻心扉，心如死灰。以前看到有女人为了爱寻死觅活的时候，自己还笑她们傻。既然那个男人都不爱你了，你寻死觅活也只会让他更加看轻你而已。从前的她只会对此鄙视。

陆旭嘴上虽然这样说着，但眼睛却是死死盯住沈初晴，生怕情绪激动的她真的会一跃而下。不过，他说的也是实话，若她真的跳下，他一定陪她。"陆旭。"沈初晴转过头看着陆旭，没有血色的嘴唇有些颤抖："对不起。"陆旭凝视着她倔强的唇角，心里划过一丝痛："沈初晴，你知道吗？你跟我说过最多的，就是对不起和谢谢，对不起陆旭，我爱的不是你，谢谢你，陆旭……"说到这里陆旭嘴角掀起一抹苦笑，"可你知道，我最不需要的就是你的对不起。我爱你，为你做什么都是心甘情愿。我知道现在让你接受我不可能，也不强求你忘记他。可你看看你现在的样子？你就算为了骆晋伤心死了又怎么样？他看得到吗？他会心疼吗？你为什么一定要像个疯子一样虐待自己。你这样他就能回头吗？你现在伤的不只是你自己，还有我。"

沈初晴咬着唇，眼里含泪望着陆旭，千言万语，他从来都懂。有的人，在对的时间遇见了错的人。有的人，却是在错的时间遇见了对的人。他们之间，无所谓的对错，而是晚了一步。她的心早先一步，倾尽全力爱上了骆晋。对于他，她就剩下了抱歉。"初晴，任何时候，只要你一句话，只要你愿意，我就会在你身边。如果，你想离开，无论去哪里，我都愿意陪着你。"陆旭的黑眸深深地凝在她身上，明亮的眼睛里折射出太阳的光芒，亮得有些灼人眼。

对不起，初晴。对不起，陆旭只能在心里默默地在对她说声对不起。

这样也好。他们这样彻底断开最好，如果以后她知道骆晋死了，也就不会那么伤心了。曾经某人也这么对她说过那样的话，她信了，他说的什么，她都信了。可是，同样一个人，为什么说变就变了。"陆旭，我想一个人静一静，放心，我还不想死。"她还没有傻到寻死觅活的地步，只是觉得身体某处已经空了，心没有了，跟死了又有什么区别？沈初晴没有寻死，没有逃，回到家睡了两天。戴上耳机，把音乐开到最大，让震耳的音乐淹没她心底的空洞。

景颜说，她就是一只鸵鸟，遇到事情永远第一个想到逃避。但这个世界，不会因为你的悲伤而有任何改变，该面对的始终要面对。

沈初晴重新回到医院上班，生活按部就班，就像完全不记得骆晋这样的人存在一样。陆旭欣慰的同时却又深深地担心着，他每天接送她上下班，甚至中午都和她一起吃午餐。有时候，她有手术，陆旭就在车里等她。沈初晴对他说不用这么麻烦，陆旭只是笑笑，一切照旧。

现在他们几乎可以算作是形影不离，沈初晴的一举一动都在他的视线范围之内，为的就是怕哥哥对她有所举动。

一切正按照他设计的轨迹发展。鼎峰 vina 产品添加致癌化学剂的事件席卷了新闻媒体的头条。一时间，鼎峰被舆论推到风口浪尖，旭日也成功取代了鼎峰同法国斯艾尔公司合作。可是陷入舆论的不单单是骆晋，还有沈初晴。

"你知道天天来接沈初晴的那个男的是谁吗？""听说，好像是旭日集团的二公子，也是有钱有势的人物。这沈医生还真有本事，离了婚了还能找到这么好的下家。""要我说，这个沈初晴也太不知羞了，以前跟那个骆晋挺好的，现在姓骆的一出事就一脚把人家给蹬了，又去勾引别的男人，什么东西！""你没听说过吗？夫妻本是同林鸟，大难临头各自飞。鼎峰跟旭日就是死对头，说不定啊，是她串通了姓陆的把鼎峰给弄垮的。""啧啧……这女人太恶毒了。以后得离她远一点。"……

沈初晴本来是来护士站拿一份病历，结果却听见了她们兴致勃勃地"讨伐"，沈初晴的脸色白许多，现在在所有人眼里，她恐怕已然是忘恩负义的代名词了。心底蔓延过一丝苦涩。没有说话，也没有惊动她们，稳了稳心绪，自己在病历架上找到病历，转身走开了。

说什么都好，无所谓了。病人还在手术室等她，她一天有好几台手术，晚上还在医院值夜班，一天 24 小时，几乎都是在医院。

她把时间安排得很满，这样就没时间胡思乱想。

在一楼门诊，意外遇见了岳峰带着一个女孩。"嫂子。"沈初晴已经看见了他，岳峰不好再躲。"是菁菁吗？她不舒服吗？"岳菁菁戴着鸭舌帽帽檐压得很低，还戴着口罩，沈初晴险些没认出来。往常菁菁看见她早就晴姐晴姐叫个不停，今天却躲在岳峰身后不说话。"菁菁，怎么了，过来我给你看看。"说着，沈初晴伸出手想拉她到身边。"晴姐……"除了哥哥，就是沈初晴对她最好了，菁菁委屈地想投入她的怀抱。

"没，没事。"岳峰立即伸手拦住了菁菁，他扭头对菁菁说道，"嫂子那么忙，别麻烦她了。"同时，岳峰给了菁菁一个严厉的眼神。要是被沈初晴看到妹妹身上的伤，她一定会追问的。岳菁菁瑟缩地往哥哥身后缩了缩。

"嫂子，菁菁就是不小心被车撞了一下，不碍事的，医生说拍个片子就行了。你去忙吧，不麻烦你了。"因为心虚，说话的时候岳峰根本不敢看沈初晴的眼睛。沈初晴不好勉强："有事就给我打电话。"岳峰点点头拉着岳菁菁走了。岳峰他们走得很快，根本就是在躲她，是因为骆晋吗？可菁菁为什么也对她那么生疏？沈初晴看着他们匆匆的背影，再想想岳峰刚才紧张的神情，越觉得岳峰奇怪。转弯处，岳峰拉着岳菁菁的手，手腕露了出来。沈初晴一眼就发现了菁菁手腕处的瘀痕。她是学医的，自然能分辨伤口的来源。那分明不是撞伤的。

发生了什么事？岳峰要瞒着她。下意识的，沈初晴悄悄跟了上去。CT 室有辐射，除了病人，其他人是不允许入内的。可是，岳菁菁的情绪很不稳定，没办法医生准许岳峰陪她进去，但手机不允许带入内，岳峰把手机留在了对面医生的操作室。

操作室同拍片室仅隔着一个小正方的玻璃窗，沈初晴站的位置隐蔽，岳峰丝毫没有发现，拍片子大概十分钟左右。沈初晴盯着电脑屏幕扫描的影像，发现岳菁菁手部的骨头有些错位，身体其他部位并无大碍。撞伤，会只撞到手腕吗？正在疑惑，桌子上岳峰的电话忽然响了。沈初晴瞟了一眼，屏幕上一串号码在跳动。那个号码似乎有点儿熟悉，沈初晴一时间却想不起来。她记下号码，先岳峰一步出了CT室，等岳峰检查完取了药离开医院，沈初晴立即去找给菁菁检查的医生。外科的何医生和她很熟，她告诉何医生，岳菁菁是她的亲戚，何医生就给她看了病历。沈初晴查看了病历，果然，根本不是什么撞伤，像是绳子之类勒的。何医生还说，岳菁菁身上还有几处伤，是被她男朋友打的。男朋友打的？岳峰为什么要告诉她是撞伤的？

顿时，沈初晴疑窦丛生。这时，她口袋里的电话响了。屏幕上显示，陆旭。他的名字下面是一串小字体的数字，电光火石间，沈初晴猛然间想起来，岳峰手机上的那个号码。竟然，是陆旭的。岳峰是骆晋的心腹，怎么会和陆旭有联系，再想想今天岳峰的态度，还有那天她明明跟着他进了夜总会。难道，他们之间……沈初晴心中咯噔一下。

"还在忙吗？"手机响了很久，沈初晴才接了起来。那端传来陆旭的声音，一如既往的温柔。"还好。"沈初晴的心绪有些乱。"今天能不能不加班？我带你去一个地方。""好。"沈初晴换好衣服，出了医院。不知道什么时候，天下起蒙蒙细雨，天色灰蒙蒙的一片，就像一张水墨画。看见沈初晴走出医院大厅，院子的松树旁，陆旭下了车撑着一把雨伞迈着沉稳的步伐向她走过来。尽管陆旭穿得随意，可是他俊美的容颜和挺拔的身姿，不可避免地引来众人的侧目。"天这么冷，怎么不多穿些。"可不是，从大厅出来沈初晴立即就感觉到了寒意。她这些天，不是待在门诊就是手术室，竟忘记已经初冬了，自己还穿着单衣。陆旭脱下外套披在她身上。

沈初晴立刻感觉到周围许多道鄙夷的目光射过来："陆家那么有钱，

她还来医院上什么班？""不知道吧，她毕竟是离过婚的女人，陆家也不是那么好进的。""这种女人没什么好下场。"陆旭凌厉的目光扫过，众人皆是噤声。

沈初晴坦然自若地上了车，在车上，两个人都没有说话，气氛沉默却不尴尬。沈初晴支着头看着车窗外后退的风景，车子在蜿蜒的马路上行驶，两边是不知名的树木，入冬的天气树叶飘落，加上细雨绵绵，便有些萧瑟的味道。电话的事情如同笼罩在沈初晴头顶的乌云，有些沉重。下意识的，她微微侧过脸悄悄打量着陆旭。

在她的印象里，陆旭不同于骆晋的冷酷，他一直是温润儒雅的模样，他的眼睛总能轻而易举地看穿她的心思，对她从来不曾勉强半分。他给她的感觉更像是亲人，像……兄长。

她从来不会把陆旭往不好的地方想过。那串号码在脑海里盘旋时间久了，却越来越模糊。

可是，若是他真的和岳峰有联系，那么对骆晋一定会不利，鼎峰现在的危机会不会跟他们有关？沈初晴心中一颤，不敢想下去。所以，她一定要确认一下。"那些流言蜚语，不要放在心上。"陆旭侧过头单手开着车，用另外一只手握了握沈初晴的手。他以为沈初晴是在为这些伤神。沈初晴收回思绪，神色淡然："没事。"

"要是在医院里做得不开心，就不要勉强自己。你的梦想不是做一名设计师吗？我认识法国很多有名的设计师，要不要我帮你联系一下。或者，你想去学习，我也给你安排学校。"其实，陆旭内心最主要的想法就是尽快带她离开。"不用。现在挺好。他们爱说什么就说什么，时间久了自然就淡了。"对付流言蜚语最好的办法就是置之不理，时间久了，那些谈论者就会失去兴趣。

至于，再学设计，沈初晴却是不想了，当初的Ravenne就是在骆晋的支持下开的。骆晋知道她的梦想，所以坚持让她做自己喜欢的事。她也以为自己很有设计的天赋和经营的头脑，所以生意一直顺风顺水。后来才知晓，原来，暗地里骆晋是为她铺垫好的一切。

陆旭看到沈初晴眉宇间那份淡然，知道她是真的不在乎，只是，她眼眸里还藏着一抹忧伤，还是没能逃过他的视线。"累了就睡一会儿。到那里还需要点时间。""嗯。"起初，沈初晴只是闭上了眼。这些天，值班睡眠不足到后来竟真的睡着了。她的头靠着车窗，怕颠到她，陆旭将车开得缓慢。到了地方还没醒，陆旭也没有叫醒她，凝着她安静的侧颜，闻着她清浅的呼吸。陆旭轻叹一声，这是她待在他身边最久的一次，不想惊动她。抬起手，将遮住她脸颊的头发撩在耳后。似乎是不舒服，沈初晴皱了皱眉，动了动，身体却往陆旭的一侧滑落。陆旭倾过身，沈初晴滑落的身体就落在了他的怀中，第一次，她对他没有抗拒。相反，还在他怀里蹭了蹭，找了舒适的姿势安稳地睡去。

这一刻，世界仿佛就此安静下来。他所希望不过就是如此，能这样陪着她。而她，是不是因为相信他，所以这样放心他，这样想着陆旭唇角勾起一抹微笑，在她的额头轻轻落下一个吻。

沈初晴，把你的余生都交给我吧。

二十六. 怎么习惯失去你

沈初晴再睁开眼的时候，天色已经完全黑了。因为下雨，月亮也不见踪迹没有一丝光亮，只能听见雨滴打落在车窗的声音。

"陆旭。"身处在漆黑的环境，沈初晴不免恐惧。"我在。"陆旭打开了车内的灯。

昏黄的车灯亮起，视线清晰。她才知道他们还在车里，而自己居然睡着了，而且还靠在陆旭的怀里，立即坐正了身体，身上的外套滑落。

"几点了？我怎么睡着了？你怎么不叫醒我？"沈初晴捡起滑落到脚

边外套。醒过来的沈初晴，恢复了疏离。陆旭眼眸划过一丝黯然。"看你睡得香，就没叫你。"沈初晴不敢看他温柔的视线，转过头看向黑漆漆的车窗外："这是什么地方，我们在哪儿？"陆旭没回答，只是下了车绕到另一侧，为她打开了车门。

细雨绵绵中，他打着一把伞向她伸出手。沈初晴不知道他要做什么，随他下了车。走了一段距离，始终看不到一线光亮，只能听到雨滴打在雨伞上清脆的响声。"陆旭，你要带我去哪里？"沈初晴话音刚落，倏然间，距离他们几米远的，拱桥上的灯笼亮了起来。同一瞬间，桥的另一端的灯光在黑暗中也亮了起来。

烟雨迷蒙中古色古香的小镇，在细雨中露出了轮廓。拱桥下，遮天连碧的荷叶，微风吹过，荷花随着浮动，幽香阵阵。陆旭含笑看着沈初晴脸上的惊讶还有惊喜。并肩缓步走进小镇，映入眼帘的便是，古色古香的亭台楼阁，青灰色斜飞的屋檐，青石板的小路……这里完全没有现代化的商业气息，置身其中，这样的景致，立刻就能让浮躁的心沉淀下来，好像转换了一个时空。

"喜欢吗？"沈初晴点点头："这是什么地方？"陆旭笑笑："这是旭日和政府合作打造的一个旅游景点。是一个古镇，我们完全保留了古貌。"在城市看惯了高楼林立大厦巍峨，来这里有着洗尽沿华褪尽沧桑的宁静。沈初晴兀自感叹。她明白陆旭的用心，他费心只想让她高兴起来。千言万语到最后只有一句谢谢，可对陆旭来说只是多余。

逛完了古镇，陆旭带着她找了一家饭店，挑了楼上临窗的位置。俯视下去烟雨蒙蒙的古镇一览无余，再闻着店里的古韵悠扬的古筝，别样的诗情画意。"初晴……""嗯。"沈初晴淡淡作答。"你相信有穿越时空这回事吗？"陆旭突然问。沈初晴侧过脸来看着他，似乎不明白他为何这么问。"我倒是真的希望有。"陆旭的嗓音里蒙上一层伤感。他想说的是，如果真的能回到过去，我一定想尽办法在骆晋之前找到她。茫茫人海，时间的荒芜里，他与她只是晚了一步。

"但愿。"沈初晴抿了一口茶，转而看向夜空。雨已经停了，空气里尽是湿冷的味道。

是什么时候，她和骆晋的婚姻开始出现了裂痕。好像，是那次看到了短信，好像，是那天看到顾小蔓坐在他的车上。如果能时光倒流，她也想回到以前，一定不会如此的倔强，那么他们是不是不会走到这一步？

可是，明知那是不可能的事。忽然间，黑沉沉夜空骤然明亮起来，伴着清脆的爆竹声响打破了夜的宁静，明亮璀璨的烟花在天空绽放。刹那，夜幕上空万紫千红，光彩夺目。清冷的整个小镇在它的映照下，也生动起来。

"是烟花？"沈初晴惊讶道，笑望着陆旭，"是你安排的？你到底准备了多少惊喜？"

陆旭笑而不语。璀璨的烟火下，她的笑容亦是明艳动人。她不知道，她的笑容此时深深地印在了他的心里。他最喜欢的就是看见她的笑容，干净，纯粹，发自内心的。这场烟火持续了半个小时，之后陆旭去了一趟洗手间，沈初晴撇到椅子上他的外套。对不起，陆旭，希望你不要让我失望。沈初晴迅速拿过陆旭外套拿出手机翻看通讯记录，竖着耳朵听着外面的脚步声，一颗心脏怦怦地乱跳，手都有些发颤，从未有过的紧张。

终于岳峰的那串号码跃然进入了眼帘，沈初晴的心就像一颗石头被掷入了湖底，沉沉地坠了下去。他们是一伙的。很快，脚步声走过来。沈初晴迅速将手机放回原处，尽管内心翻涌不已，还是努力装作若无其事。之后，陆旭说了什么做了什么，沈初晴全然没了心思，只是在敷衍着。她只是装了这么一会儿，就觉得累，可是，陆旭呢？忽然想起骆晋跟自己说的话，他说陆旭是危险的。现在她甚至在想，陆旭对自己那些好，有几分是真？又有哪些是假的？骆晋说得对，肉眼看到不一定是真的，她那么信任他。沈初晴现在再看陆旭，竟有种陌生的感觉。她又错了吗？

回到市区。沈初晴做的第一件事就是找骆晋，她要把这件事告诉骆晋。骆晋电话不接，她只好去了公司。还是上次那位前台小姐将她拦住了。这次倒是没说总裁不在，很简单一句话，没有预约不能放她进去。沈初晴早去车库看了骆晋的车，确定他在公司，今天非见到他不可，也没多说什么，沈初晴直接走进了总裁的专属电梯。"小姐，小姐，你不能进去……"前台想拦也是来不及了。

这个电梯直通骆晋的办公室，沈初晴刚走到骆晋办公室前，就听到里面传出的说话声。

"骆总，请你相信我，这件事真的不是我做的，我从鼎峰建立开始就在这里工作，在它还不是上市企业的时候，也有很多公司来找我，可我都拒绝了。我的为人骆总应该很清楚，我怎么可能泄露公司资料，出卖鼎峰背叛你。"办公桌后，骆晋的脸没有表情："王叔，你也知道和新华合作的计划案只有你我岳峰三个人接触，岳峰也是跟了我多年，他的为人我也很了解，他是不会出卖我的。那天下班，你重新返回公司，后来你手里拿资料袋出来的，你把资料交给的那个人偏偏是旭日的人，这些监控录像都记录下来，你还要怎么解释？"

"骆总……你相信我，我真的没有做过，那天是岳特助让我给他送文件，我是给他送的。你相信我……"王志平显得很激动。"王经理，大晚上的，我叫你送什么文件？"一旁的岳峰一脸无辜茫然。"就是你，是你打电话给我的，你陷害我……"王志勇冲过去抓住了岳峰的衣领。他哪敌得过岳峰年轻力壮，推搡间跌倒在地。"岳峰，你这个浑蛋，你陷害我，我饶不了你……"最终，王志勇被保安拖了出去。

岳峰冷眼看着王志勇被越拖越远，这件事，总归要有一个人出来顶着。王志勇，只能算你倒霉。之后，他再悄然观察了一下骆晋的神色，他若有所思的样子不知道有没有对自己产生怀疑。"你怎么来了？"骆晋看见门外的沈初晴很意外。

"晴姐。"沈初晴看着岳峰的目光很是凌厉，岳峰有些不自然："我先出去。"他走了出去，顺手关上门。"有事吗？"骆晋恢复了淡漠。"有。"这个时候沈初晴也顾不得理会他的冷漠。"给你五分钟，五分钟后我有会议。"骆晋坐回办公椅上。"你要留意岳峰，他跟陆家的人有联系。"沈初晴直截了当。骆晋唇角勾了一勾，吐出一句硬邦邦的话："说完了吗？那就请回吧！""你不相信我？"沈初晴走上前几步，盯着骆晋的眼睛。"我为什么要相信你？"骆晋反问。沈初晴一时语结："我说的都是真的。""证据呢？"沈初晴愣在那里，她哪里有证据，她只不过看到了他们的通话记录，那又能说明什么？

"沈初晴，我想我上次说得已经很清楚了。我跟你已经没关系了。所以，我的事情不需要你费心。更不需要你插手，听不懂吗？从今以后，不要再在我面前出现。"对于她的提醒，骆晋却十分恼怒，他径自走出了办公室。走过去带过的风和冷漠的话，都让戳在原地的沈初晴犹如坠入了冰窟。"以后，不准她再进入公司，做不到的话，你就不要出现了。"骆晋训斥前台的话，穿过她的耳朵刺进心里，他当真那么厌恶她吗？他不相信她说的话。他要证据，那好她就给他找证据。

这段时间新闻媒体都在围绕着鼎峰，每天都播报着骆晋的最新动态，可各种报道透给人一种鼎峰已经岌岌可危的感觉。相比鼎峰逐渐败落的趋势，旭日却是风头正茂。沈初晴将所有关于鼎峰的新闻都浏览了一遍，心中大概了解了。鼎峰不但陷入了添加剂的事件，还有和英国合作商的一个重要的项目也告吹了。鼎峰具体什么情况她不清楚，但是，就目前形势来看，也是大为不妙。

沈初晴心烦意乱地关掉了网页，她清楚，陆旭精明如斯，从他那里查困难。现在，只能从岳峰那里入手了。

门外敲门声，嫂子进来递给她一封信，是从法国寄来的。是巴黎时装设计比赛的入围通知书，后面还夹着一张机票。这是沈初晴一直以来的一个梦想，能在巴黎时装设计比赛拿一个奖项。然而如今通知书拿在手中，沈初晴却蹙起了眉头。她不记得自己什么时候参加过这样的比赛？她将通知书放下，现在这个时候，她哪有心情还去关心什么比赛。此时，法国那端。著名设计师凯瑞给某人打电话，我已经按照你说的做了。那人，淡淡地"嗯"了一声挂了电话，他耀眼的黑眸凝着办公桌上他们的合影，心中默默地说了句，不要怪我心狠，不要恨我冷漠，只有远离我，你才安全。

　　想好办法，沈初晴去找了岳峰。在他的公寓外等了很久，见到他露面才悄然跟他上了楼。"岳峰？"身后突然的声音吓了岳峰一跳，他拧动钥匙的手僵了一下："晴姐，你怎么来了。"沈初晴提着果篮笑着说："来看看菁菁，她怎么样了？""她很好，她没事，已经回学校了。"相对沈初晴的自若，岳峰心底有些没底。"那就好。"沈初晴点点头，看着岳峰站着没动，更没有请自己进去的意思，问道，"怎么？不请我进去坐坐吗？""我光顾着说话了，晴姐快进来。"岳峰赶忙接过了她手中的果篮。

　　岳峰的公寓是很简单的三室一厅，客厅照片墙上挂着他们的全家福，其中还有一张是沈初晴和他们的合影。岳峰自幼父母双亡，和妹妹相依为命，父母留给他的只有这几张照片。若不是当初遇上了沈初晴，他恐怕不可能有今天的舒适。

　　"晴姐，喝水。"岳峰倒完水看见沈初晴还在看那堵照片墙。"时间过得真快。"沈初晴转过身接过他递过来的水杯，似有感叹。"是啊！"岳峰清楚沈初晴今天是来找他的。"岳峰，我们认识有 7 年了吧。"在她心里一直拿他当作弟弟看待，当年也是被他对妹妹的感情打动的。所以，她深信那样的人，怎么会是那种忘恩负义背信忘义的人。或许，他是有什么不得已的苦衷也说不定。岳峰坐在她对面，视线盯着桌上的水杯，双手放在双腿上沉默着，盘算着如何应对她的质问。

　　"当年你还是一个大三的学生，为了给妹妹凑手术费累到昏倒。知道我为什么会帮你吗？"晴姐，你想说什么就直接说吧！"岳峰猛然抬起头，对上了沈初晴的视线。

　　沈初晴看着他，不疾不徐地说道："因为你正直，坚强，还有责任心。"停顿了几秒，她又补充道，"不知道时间久了，人是不是真的会变？""晴姐，我……"沈初晴的话让扯动了岳峰心头紧绷的弦，有些话险些冲口而出，还好及时打住了。他压制住心中的纠结："你不要太担心晋哥了，他会有办法的。"沈初晴目光沉了沉，看样子岳峰是不打算摊牌了，索性也不拐弯抹角了，"岳峰，你要我怎么能不担心，要知道明刀易躲暗箭难防。"晴姐，你这话是什么意思。"沈初晴正色道，"你知道。"岳峰讪讪地笑了一声，那笑容太过牵强，"晴姐，你今天是怎么了？你没头没脑的话我真不明白。""岳峰，人都会犯错，但不能一错再错，不然，就真的无法回头了。""晴姐，我不知道你到底想说什么，我只能告诉你，每个人做什么事，都有一定的原因。我只会做了自己该做的事。我还有事，你回吧。"岳峰打断了沈初晴的话，下了逐客令。

沈初晴看着岳峰坚决的态度，知道自己再多说什么也是无用。"晴姐。"岳峰追上进电梯的沈初晴，神情严肃，"有些事，你最好不要插手。"这算是警告吗？沈初晴还想说什么，电梯门已经关上开始下降。这场谈话，无疾而终，也在她的意料之内。

沈初晴迅速回到车上，调试窃听设备，这东西是她找段西平拿的，她放在了送去的果篮里。当初，她闹着跟骆晋离婚，就是找的段西平这个私家侦探，没想到，还有用到的一天。

打开设备，里面听到嗤嗤的声音，沈初晴按照段西平给她说的方法，调试好，接着，果真听到了声音。有皮鞋走动的声音，然后岳峰好像是在打电话。"她今天来找过我，没说什么。不过，她好像开始怀疑我了。"岳峰口中的她指的，一定是自己。沈初晴屏住了呼吸，不敢漏掉一点。

那端好像在说什么，沈初晴什么也听不清楚，中间就是一段沉默，之后，岳峰又说话了，"在他的车上动手脚？你是要造成他车祸的假象？"陆蘅的意图岳峰不难猜测，他捏着手机的手青筋暴露。沈初晴听得心惊胆战。

而后只听得岳峰情绪激动地说，"不行，你要我做的我都做了，这件事，我决不会答应你的。我已经出卖了骆晋一次，我不能再害死他。陆蘅，鼎峰已经被你弄垮了，他现在一无所有了，你为什么一定要赶尽杀绝？"

沈初晴现在明白了，陆蘅这段时间使用了各种手段，用添加剂陷害，又连续截了骆晋几宗大单……使得鼎峰和骆晋的信誉度急剧滑落。现在，鼎峰正在建造的大楼，施工中出了重大伤人事故，几名民工安全措施突然断裂高空坠楼，偏偏这时候包工头捐款携逃，工人延误了最佳治疗时间不治身亡……现在，工人集体罢工讨要说法。大楼若不能如期竣工，对于鼎峰无疑是雪上加霜。

不知道陆蘅那边又说了什么，岳峰坚决的抵抗态度，渐渐变弱。最终，沈初晴还是听到了自己最不愿意听到的话。岳峰艰难得从口中挤出一个字，"好。"沈初晴的整个心就被悬空抛了起来，岳峰的话在她的脑海里回荡。他们的阴谋现在骆晋还是毫无所知，不行，她要通知骆晋阻止陆蘅的阴谋，不能让他得逞。

沈初晴反应过来，迅速将录下他们通话的录音笔装在包内，有了它作为证据，骆晋会相信的。一切都会水落石出，骆晋就能夺回失去的一切。一想到骆晋会有的危险，沈初晴恨不得自己能立刻飞到骆晋眼前，告诉他这一切。她开着车一路疾驰，连红绿灯都顾不得了。

就在快要到达鼎峰的十字路口时，沈初晴被骑着警车的交警追上了，交警挥手让她停下车，"小姐，请你出示你的身份证和驾照。"仓皇间，沈初晴哪里带着驾照。"对不起，我有急事，人命关天，你能不能让我先过去，等我办完事，你要罚款还是扣人都可以。"眼看着就要到鼎峰了，沈初晴此刻是心急如焚，怕自己来不及通知骆晋，害怕他会出意外。

"对不起，小姐，请出示你的身份证和驾照。"交警依法办事，一副公事公办的架势。

顾不得解释什么，情急之下，沈初晴拎起包下了车，车也不要了。鼎峰就在前面，她跑过去还来得及。"喂……"交警也没想到她竟弃车跑了，一时没反应过来。沈初晴庆幸自己出门的时候穿的是平底鞋，满心满脑只想早点见到骆晋，竟不妨从身后突然窜出来一辆摩托车，骑车的人在经过她身边的时候，突然伸出手拽走了她手里的包。事发突然，沈初晴猝不及防，连带着摔倒在地。骑车人得手之后，加大油门迅速逃离现场。"站住……救命，抢劫啊……"沈初晴爬起来奋力追上去，脚下却不知道被什么一绊，再次重重摔在了地上。

再起身，摩托车已经完全脱离了她的视线，她的包被扔在了地上。

沈初晴顾不上分析，这件事是突发还是被人预谋，目前，最为主要的是，无论如何她都要阻止这件事。

二十七. 为什么你不懂我

　　自从上次骆晋交代过后，鼎峰员工上上下下对沈初晴都是统一的口径。不知道骆晋在哪儿。沈初晴要闯，这次前台吸取教训，让保安守在了总裁电梯口。无论沈初晴说什么都不肯放她进去。成铭赫一出电梯就看见了快急疯了的沈初晴。他告诉沈初晴，工地出事了，骆晋去解决了。二十分钟前就走了。听到这句话，沈初晴的脑袋轰的一声，炸开了。

　　"工地在哪儿？"

　　"出什么事儿了？"成铭赫发现沈初晴脸色瞬间煞白，连声音都变调了。沈初晴顾不解释："快，去工地，不然就来不及了。"成铭赫看她神色凝重，片刻也不敢耽误，立即驱车载她赶往工地。途中，沈初晴将事情大概跟成铭赫说了一遍。成铭赫拧着眉，神情凝重。其实，他早怀疑公司出了内鬼，旭日给新华出的方案竟然和他们的一样。还有他们的产品怎么掺杂致癌物，偏偏送去工商质检部分的那批产品就出了这样的问题。种种迹象表明，是有人在给他们设了套，而且一套连着一套。

　　很快，他们到达了工地。未完工的施工现场嘈杂一片，几百名民工堵着骆晋喊嚷着讨要说法，个个神情激愤，有的手里还抄着钢筋棍，大有说不好就动手的架势。"叫你们最高的领导出来，要不是你们躲起来，我们的工友怎么会死了？今天你们不给我们一个交代，我们决不罢休！""叫你们老板出来……"骆晋站在略高的地方，他身边只有岳峰和三四名保安。他推开挡在他身前的岳峰，走了出来看着拥挤的人群，沉着冷静的样子。

"我就是鼎峰的负责人，有什么都跟我说。我会为大家做主的。"人太多，嘈杂太大，骆晋花了很大的声音才压住他们的吵嚷。"你算老几？""这是鼎峰的总裁骆晋。这件事，我们会给你们一个交代。你们这样是聚众闹事，是犯法的。"岳峰本来是想吓唬吓唬他们，却不想起了反效果。骆晋想阻止已是来不及。

"他们有钱人，给我们用劣质的安全措施东西，拿我们的命不当命，不管我们的死活。""我们的工友死了，我们要他以命抵命。""对，以命抵命，以命抵命……"人群里不知是谁起了头，民工们都跟着应和起来。骆晋此时再明白不过，这里面是有人蓄意挑事，在煽动人群。现在，当务之急，是先安抚他们的情绪，不然再往下场面必然失控。偏偏此时，尖锐的警笛声响起，几辆警车疾驰而来。

"该死的，他们报警来抓我们。""他们害死我们的工友，还要抓我们，没天理了。""兄弟们！上啊！反正也要被警察抓走了，我们干脆以血还血！""先抓住他们的头。""是谁报的警？"骆晋怒斥身后的岳峰。这个时候报警等于是在激怒他们，让事态恶化。在他转身的瞬间已经看见，其中一个报完警的保安已悄然溜走，现在他想说什么都来不及了。几百名民工，有的私下逃开。有些胆子大的，还有那些死去的民工的亲属冲了上去，也不管手里拿的是什么就砸了过去，完全疯了的架势。

现场完全失控了。就算骆晋身手再好，也架不住这么多人的围攻，更何况他们手里还拿着家伙。若是在以前对付敌人，骆晋完全应付得过来。可是，面对情绪激动的民工，他不能下狠手不能伤他们，不能让失态再度恶化。所以，他的形势很被动，只躲不还击身上不免挨了几下。

混战期间，竟不乏多个身手矫健的，下手狠准，那架势根本就是在要骆晋的命。骆晋清楚，他们根本不是民工。成铭赫他们到的时候，就看到这一幕。"你不能去。"成铭赫迅速抓住了沈初晴，"你去只能添乱，待在这里别动。"而他自己却加入了混战。眼见着，骆晋身后有人拿钢筋棍向他的头上偷袭，那一棍子落下，恐怕就性命堪忧。

"骆晋。"沈初晴吓得脸色苍白,不顾一切冲了过去。然而,骆晋反应比她快,他敏捷地抱住了她,那粗重的钢筋棍结结实实得落在了他的后背。沉闷的疼痛迅速席卷了他的身体。

"你疯了?"骆晋嘶吼着,忍着痛转身一个回旋踢将偷袭的人撂翻在地。"她是老板的女人,我见过,打她……"看到同伴倒地,旁边的立马冲了上去。"管他女人男人都不是好人!照打。"他们已经打红了眼叫嚣着,拳脚纷乱而至。骆晋为了保护沈初晴,现在更加受牵制,以至于那些拳脚通通落在了他一个人身上。从挨打到警察抵达,不过几分钟的时间,但几分钟足以取一个人的性命。还好,警察到了,那些闹事者见势不妙四下逃窜。

救护车也赶来了。"让铭赫送你去医院,我必须要去警局去处理一下这件事。"骆晋将沈初晴小心交给医护人员。"不能去,你的车……"沈初晴迅速抓住了骆晋胳膊。骆晋头上流着血,连衣服上都染着血迹。"什么都不要说,先去医院。"骆晋的脚步没有一丝一毫的停顿。

"你的车不能开,有人动了手脚。"沈初晴的声音很大,让在场的所有人都看了过来,现场忽然安静下来,都在看着她,是那种奇怪的眼神。唯有,警笛声还在呼啸着。

"你在说什么?"骆晋拉开车门的手顿住了。正在包扎头上伤口的岳峰,不知道是因为失血过多还是什么,脸色难看得要命,直直地盯着沈初晴。"是陆蘅指使岳峰,一切都是他做的,他在你车上动了手脚,造成你车祸的假象。"沈初晴指着岳峰。"她说的是真的吗?岳峰。"骆晋锐利的目光落在岳峰脸上。

"晋哥,怎么可能?""岳峰,不要再狡辩了。"沈初晴恼怒得打断了他的话,"我都听到了。你跟陆蘅的谈话,我有录音可以证明。"岳峰脸上有瞬间的慌乱,头皮发麻,一度的心跳加速,想说什么却又欲言又止,一颗心绷在了弦上,随时有断的可能。"录音呢?"骆晋向沈初晴伸出手。沈初晴这才想起,在来的路上包已经被抢了:"我赶来的路上,包被人抢了,录音就在包里……"

"所以，录音也不见了。"骆晋接上了她的话。"我说的都是真的，骆晋。"看着骆晋冷漠的神色，沈初晴心里一阵酸涩。骆晋跟一名警察说了句什么，几分钟后有人走了过来。有名警察走了过来带着设备："骆总，我来帮你检查车子。"疏散了现场人群，警察排查隐患很快。检查完后，技术员摘下了手套说道："骆总，车子没有发现任何异常。"听到这句话岳峰提着的心，才稍稍松一口气。骆晋转而看向沈初晴："听到了吗？""怎么可能？我明明……"沈初晴显然不可置信，她亲耳听到的，这是怎么回事？她的脑袋根本反应不过来。

"初晴。"成铭赫也走了过来，拿眼神询问她。"铭赫，我……"骆晋什么也没说，转身走了。"骆晋，你听我说……"沈初晴急了，慌忙抓住他的手臂，拦住了他的去路。"沈初晴。玩够了没有？"骆晋冷硬地打断了她的话，拂开了她的手，一字一句，"我再说一遍，我们已经没关系了，我是好是坏是生是死，与你无关。今后离我远一点，还是你犯贱，我不要你了，你又觉得我好了？你这样，让我很厌恶，知道吗？"

沈初晴竟真的从他眼睛里看到了厌恶的神色，如果说心痛也分等级的话，那么现在的她已经痛到无以复加，痛到麻木。没有流泪，待在那里，看着他离去。

岳峰跟着要走，被沈初晴叫住了，"岳峰，你什么时候发现我的？"沈初晴走到他面前，看着他，一动不动地盯着他的眼睛，有疑问，有痛惜，有失望。

"晴姐。"岳峰这次没有躲闪，迎上了她的目光。"不要叫我晴姐，从今以后，我不再是你晴姐。骆晋信任你，是因为他拿你当兄弟？你呢？你把他当什么？问问自己的良心，你这么做，不会愧疚？不会晚上睡不着吗？好好想想你会有什么下场。"沈初晴扔下这句话，错身从他身边走过。

事到如今，沈初晴也不指望，岳峰会念及旧情回头了。岳峰望着沈初晴离去的背影，知道她说出那番话的同时，是在跟自己断绝情谊。可是这件事，他不知道陆蘅怎么临时变卦，唯一可以肯定的是，不是他发现了沈初晴，而是陆蘅。也是到现在，岳峰才知道，原来陆蘅说在车上动手脚根本就是一个幌子，那些闹事的民工才是他真正的撒手锏，现场那么多人，民工闹事伤了人，到时候也无从查起。陆蘅安排的这一切真是天衣无缝，一想到陆蘅这人的城府之深，岳峰就一阵胆寒。现在的他如同步履薄冰，稍有不慎就有可能性命不保。从刚开始的被迫胁从，到现在的不得不从，自己要怎么做才能全身而退？

远处，一栋建筑里，里面的人将工地上刚才发生的一切尽收眼底。"你都看清楚了？"陆蘅微微转过头，冷漠地看着站在窗边的陆旭："沈初晴心里根本就没有你。和你在一起，不过是在利用你。我不过稍微试试她，她就露了马脚。"他这么费尽心思，不过就是自己这个傻弟弟，看清楚自己一心所爱的女人值不值得他的付出。陆旭暗沉的眸，凝着远处沈初晴离开的身影渐渐模糊。哥哥故意用他的电话跟岳峰联系，让沈初晴怀疑他，恨他，怨他。从始至终，他都知道沈初晴的心里没有放下过骆晋。和她相处的这段时间，她不提，他就装作不知。

陆蘅却一下就拆穿了他的自欺欺人。"哥，你真是用心良苦。"陆旭冷笑一声。"陆旭，死心了吗？她是在利用你，你和她在一起，她迟早会害死你，害了整个陆家。"陆旭的态度让陆蘅大为恼火。

"哥，我不会让她妨碍你，我会带她离开A城。"陆旭毫不退让。"你带得走她吗？用绑的吗？她是个人，有手有脚，你能关她一辈子不让她回来吗？""我有我的办法。"陆蘅看着弟弟坚定的神色，最终还是妥协了。"好，我给你两天时间。你若不能带她离开，那就别怪我了。"陆蘅走了。

两天？哥哥笃定，她是不会跟自己走。陆旭苦笑。沈初晴一个人在电影院坐了很久，《暮光5》连续播放着，身边的人来来去去，大多是情侣结伴而来的。喝着可乐，吃着爆米花，说说笑笑地看着电影。唯有沈初晴形单影只，似乎把自己屏蔽了，身边的热闹都与她无关了。她的前排坐着一对小情侣，男孩抱着大桶的爆米花一手环着女友的肩，女孩边吃还不忘喂自己的男友，两人偎在一起看起来幸福甜蜜。

沈初晴眨眨眼思绪沉淀，想想，她已经好久没有进过电影院了，最后一次好像还是几年的事。那还是她和骆晋刚认识的那一年。骆晋从来不会说什么甜言蜜语，总是行动多过于嘴上说的。第一次遇见骆晋是在医院，哥哥让他给她送落在家里的手机。偏巧，那天她还遇到野蛮的病人家属，差点被打，是骆晋替她解的围。后来，在家里偶尔能见到他，沈父说他是战友的儿子，说他是个孤儿，然后家里大大小小的节日总不会少了叫上他，到最后她几乎每天都能见到他的身影。她学开车是他教的，学骑马也是他教的……直到，有天她偷偷听到，沈父在书房和他谈话，沈父数落了一大堆她的坏毛病，不懂事，脾气差，任性，长得也不漂亮……总之一无是处。最后，沈父问骆晋愿不愿娶她？

沈父的语气，好像骆晋娶了她是受了多大委屈。没等骆晋回答，沈初晴就冲进了书房，指着他对沈父反驳。我才不要嫁给他这种人。沈父脸色沉下，喝道，胡说八道什么？她才没有胡说，她亲眼看到一个女的亲了他。我嫁猪嫁狗也不会嫁给他。沈初晴狠狠地瞪了骆晋一眼，气咻咻地扭头跑了。现在想想她那时生气，大概是怕听到他的拒绝吧。后来她连着几天没回家，她生日那天景颜找了几个朋友给她庆祝，骆晋打电话过来，景颜骗他说，她们在酒吧也没说地址就给关机了。

结果，骆晋竟然真的一家一家的酒吧找了过去，找她到大半夜。最后，找到她的时候，她也喝多了。不要回家，非要吵着去看电影。看的恰好也是这部《暮光》，也是在那一天，他吻了她。沈初晴在想，冥冥之中，一切是不是注定了。

电影结束打着落幕，场内的人纷纷起身离场，一片喧哗过后留下了寂静。过了好久，也没有人再进场。影院里只剩下她一个人。所以，她也不知道身后，有一个人和她一样坐了很久。

终于，沈初晴动了动，起身准备走，一回头，发现了陆旭，吓了一跳。四目相对，时间在他们之间缓缓流动，谁也没有动也没有开口。最后，陆旭走到了她的面前："有一句话，在我心里很久了。虽然我心里早已经有了答案，可还是要跟你说。"他低声说着，摊开了手掌，一枚钻戒静静地躺在他手心里，并没有很大，却熠熠生辉："你愿不愿意？"沈初晴没有想到陆旭竟然会这样向她求婚，有些反应不及。陆旭的手就那样僵在空气里，很久。他自嘲地笑了一下，这个结果早在预料之中，戒指他买了很久，也想象了很多种求婚的方式，都要比今天这样浪漫，他想给她刻骨的记忆。

就在陆旭就要收回手的前一秒，沈初晴却忽然伸出手来，握住了他的手掌。"陆旭，你为什么还要求婚？我在怀疑你，翻看你的手机，你不怕我会利用……""嘘……"沈初晴的话未说完，陆旭食指按住了她的唇："不要说了，是我哥用我的手机给岳峰打的电话，故意让你发现，误会我，恨我，他不想让我们在一起。你怀疑我也好，恨我也好，我还是想把藏在心里的那句话来告诉你，沈初晴，嫁给我。"沈初晴望着他，他的目光灼灼，在等着她回答。

"陆旭，你喜欢我什么？"她真的不知道陆旭喜欢自己什么，她不年轻还离过婚。以他的条件什么样的女孩找不到？

"这个问题我也不止一次问过我自己。记得，我们最初相遇，总是在你最窘迫的时候。在餐厅，顾小蔓的男朋友找你麻烦，你硬装的坚强。还有那天的雨中，我看见你在大雨里哭，柔弱无助的样子真的让人疼惜。你大概不知道我跟了你一整天，我怕你出事。再后来的一次次相遇，你真的很不一样。我不懂，你明明有一颗脆弱的心，总是把自己伪装得很坚强，装作一切都无所谓。我由开始的好奇到慢慢被你吸引，再后来我发现你身影不知道什么时候已经占据了我整个思绪。后来，我告诉自己，如果你能和我在一起，我一定不舍得让你再掉眼泪。"

喜欢和爱，是一种感觉，是一种说不清道不明的感觉。谁也左右不了这样微妙的感觉。

"陆旭，你有没有想过，我没你想得那么好，我也许做不了一个好妻子，也许我会让你失望。""初晴，你可以直接拒绝我的。在我心里这一辈子，唯一想要娶的女人就只有沈初晴。她可以任性，可以对我发脾气，可以不那么完美……我要娶的，就是只有她。"

陆旭情真意切，直击到沈初晴心底最脆弱的地方，终是不受控，掉下了泪珠。陆旭对自己是真心的，他握着她的手也是温暖的，她此刻的心中百转千回，脑海里闪现出某人的影子，往事历历在目，可他绝情的话也在耳边回荡。不要再犹豫，不要再有所顾忌，也许这是最好的选择。

也许能赌上一赌。沈初晴在心里对自己说，终于下定了决心。她拿走了陆旭手心里的戒指，缓缓地套到了自己空空的无名指上，心底不可避免刺痛了一下，戒指大小竟然很合适，随后将手背呈现给他："好看吗？"陆旭眸色翻涌，竟许久不能说话。

这样的场景只出现在他的梦里，现在的他有太多的喜出望外，甚至不敢相信不是真的。"不好看吗？"陆旭一下子就回过神来，握住了她的手，摩挲着那枚戒指，低声道："好看，只是该由我给你戴的。"沈初晴哑然："我太心急了……那要不我现在脱下来，你重新给我戴？"陆旭却一下子将她的手握得更紧，顺势将她也拉进了自己怀中，紧紧抱住，沉声回答："不许脱，以后都不许脱。"沈初晴静静靠在他肩头，双手缓缓地抱住了他的腰际，轻轻回答了一声："嗯。"

二十八．世事变迁

第二天，陆旭和沈初晴的婚讯就像一颗重磅炸弹，轰动了整个 A 城。同样轰动的是，骆晋入狱的消息，罪名有两条，在产品里添加致癌物和在建筑工程上行贿罪，已经被拘留。

这两则消息，席卷了所有的媒体娱乐新闻的头条，一时间引起了众人的热议，说的更多的则是沈初晴的狠心和冷血……同情骆晋的却莫名多了起来。

此时的沈家气氛有些凝重，沈初晴带陆旭回家亲口证实了婚事。陆旭谦和有礼，举止得体，沈家人似乎挑不出任何不满意的地方。沈父沉默不语，其他人对陆旭也是不冷不热。

趁着准备饭菜的空当，沈母将沈初晴拉进了房间盘问。对于陆家她也有所耳闻，虽然陆旭样样也不输给骆晋，可是就是因为他太好了，自己女儿却又是离过婚的，所以她才担心女儿会再受到什么伤害。更何况，骆晋做了她这么多年的女婿，就算已经离婚，他对沈家也是照顾周到。现在他出了这档子事，偏偏这个时候沈初晴又宣布婚讯，这无疑显得她无情无义落尽了骂名。

"那个陆旭对你是不是认真的？陆家的人同意吗？婚姻大事可不能开玩笑，你可要想清楚。"沈初晴上前握住了沈母的手："妈，我知道你担心什么，我有分寸。"看女儿的样子，是已经下了决定，沈母叹了一口气。"小晴，有些话我还是要跟你说，骆晋这次出事，公司也被封了。我听你爸说，如果罪名成立，最少也会被判20年。骆晋来我们家也有几年，对我和你爸那么孝顺，多好一孩子，我不相信他能做出这样的事，你……""妈。"沈初晴打断了沈母的话，忍了忍心中的酸涩，"警局会调查清楚的，如果什么都没做过，不会冤枉他的。""我知道。"沈母犹豫了一下，"不管怎么样，毕竟夫妻一场，你去看看他吧！"

沈初晴苦笑一下，想起一句话：夫妻本是同林鸟，大难临头各自飞！"算了，现在他最不想见的恐怕就是我了。"看着沈初晴淡漠的神情，沈母摇摇头："当妈的都只有盼着儿女们好，我看得出来，陆旭对你也是真好。唉……妈老了，你们年轻人的事，我也管不了了，你们以后好好过吧！"沈家这顿饭吃得有些压抑，也在陆旭意料之中。

"小晴，你跟我到书房来。"饭毕，沈父终于开口了。进了书房，她知道，沈父一直没说话，其实最反对的就是他了。"把门关上。"沈初晴关好了门，站在书桌前。小时候，她和哥哥每次犯错，都会被父亲叫进书房教训，罚站。沈父的书桌上还摆着一个相框，是他们全家的合影。

"骆晋现在什么状况，你知道吗？"沈父坐在书桌后，一脸严肃。"知道。"那你要在这个时候结婚?"沈父声音带着怒气。"爸,我们已经离婚了,我结不结婚是我自己的事。"沈初晴陈述着事实。"沈初晴,我告诉你,我就认骆晋这一个女婿。"显然,沈初晴激怒了沈父,他重重拍了一下桌子,"还有,骆晋不会做那样伤天害理的事,你在这个时候,非但不帮他还要弃他不顾,你还有良心吗?你是不是我女儿?"沈初晴的视线从全家合影上移开,"爸,骆晋做没做过,警察会调查清楚的。我知道你喜欢他,如果他要坐20年牢,我就要终身不嫁等他20年吗?""你说的这是什么混账话!"沈父着实被气着了,连连咳嗽了几声。"爸。"沈初晴慌忙上前拍沈父的后背给他顺气。

"小晴,我们欠骆家,不,是顾家的一份情你知道吗?"沈父推开她的手,翻开桌子上的相册,上面有一张已经泛黄的照片。照片上,是两个年轻穿着军装的男人。左边的是年轻的沈父,右边是……沈初晴捧起来仔细看着,竟然和年轻的骆晋有些相像。"爸,他是……"沈父年轻时候在云南当过兵,沈初晴知道,那么右边穿军装的男人应该是沈父的战友。"唉!"沈父这声叹息竟是莫名的伤感,"他是我的班长,顾江,你应该叫他爸,他是骆晋的爸爸,你的公公。"

什么?!

沈初晴惊愕地看着沈父,捧着相册的手有些颤抖。沈父凝着照片,目光似乎穿透过照片回到了当初的记忆里,娓娓道出:"18岁的时候,我当兵入伍,他是我的班长。云南于缅甸泰国是边界,那边种植罂粟的比比皆是,所以,就多了许多贩毒的人。后来有一个大毒枭潜逃到了云南,我们接到任务配合特警追捕。就是那次,是班长为了救我,他自己却中枪牺牲了。那时候,他的妻子刚刚怀孕,也就是现在的骆晋。"

沈初晴呆住了,失神地看着照片上从未谋面的公公,她不知道两家之间竟还有这样的故事。

"后来,我退了伍,就去了班长的家乡,把工作也安排在了那里想替班长照顾他们。班长的妻子生下了孩子没有改嫁,辛辛苦苦一个人把孩子拉扯长大。骆晋的本名,叫顾云琛。"沈父继续说道,"云琛跟你哥哥年龄相仿成了好兄弟，但没几年，我工作调动到了 A 城。跟他们来往渐渐少了。云琛妈妈说，云琛的学习很好，很孝顺，还考上了警校。再后来，就听到了云琛牺牲的消息。云琛妈妈受不了打击跟着去世了，没想到的是，云琛没有死。他是被选中做了卧底，顾小蔓的爸爸不是他撞死的，因为做他的线人被害的。任务完成后警方为了他的安全，避免他遭受报复，抹去了他以前的所有信息，为他换了一个新的身份，也就是现在的骆晋。直到几年后，我意外遇见了他，他和他爸爸一样正直。所以，我不相信他会做违法的事。"

沈初晴凝着照片，眼眶已经发红，死死压制心中酸涩，"啪"的一声，合上了相册放在了桌上。她也不相信，可是有什么办法，现在证据确凿。

"爸，警方会调查清楚的。""我说了这么多，你难道还不明白吗？"沈初晴不语。"云琛，他不会做这样的事，那就是有人在陷害他，与他为敌的只有……"那个陆字没说出口，沈初晴厉声打断了他的话："爸，现在凡事都要讲证据。没凭没据不要乱说话。""好。"沈父说了那么多也不能改变她的心意，怒了，"你和陆家的婚事，我不同意。"

沈初晴预料到这个结果，沉默了一会儿，她深深地吸了一口气，狠下心说道："爸，我是个成年人，结婚不结婚，和谁结婚，是我自由也是我的权利。今天，我是来通知，不是来跟你商量，也不是来征求你的同意。"

啪！

沈初晴的话音未落，沈父的巴掌就挥了过去。她脸颊立刻显出了五个指印，可见沈父有多生气。"你要敢跟他结婚，我就没有你这个女儿。从今以后，不准再踏进沈家一步。"沈父的胸口剧烈起伏，可见气得不轻。沈初晴抚着火辣辣的脸颊，心中却比这个痛上百倍，这是爸爸第一次打她。从小到大，她和哥哥从来都没有这样忤逆和顶撞过他。

唯有，这一次。

沈初晴眼眸垂下，"对不起，爸。"在她还未走出书房，就听到身后有东西乒乒乒乓落地的声音，气急的沈父挥手将书桌上的东西扫落在地。

"滚！从今以后我跟你就断绝父女关系。"

书房里的动静惊动了客厅的人，顿时客厅寂静无声，紧张地看向书房。陆旭倏地一下站起身，不敢贸然闯进去。沈初晴拉开书房的手，顿了一下，还是走出去。对不起了，爸。现在她只能说这一句。

陆旭一个箭步冲了过去，看到沈初晴脸颊的红印，心中又疼惜又自责。紧紧地握着她的手，低声说道："对不起，初晴。是我不好。""不用说对不起，这次是我选择的。"沈初晴看着陆旭，他的眼睛里是真的心疼她。这却让她心里更不安。"小晴，你这次就真的这么坚决？连爸妈都不要了？"沈母已经开始掉泪，声音都哽咽了。沈初晴看到沈母哭，她的心里酸到不行。她从来都没惹过父母这么难过过，心里怎么能不难受。"妈……"刚一开口，沈初晴的眼泪就簌簌而落，吸了一口气，硬下心肠说道："过段时间，我再来看你们。"说完，沈初晴拉着陆旭的手快步离开。

门口忽然多了一道人影，挡住了他们的去路。"小晴，你真忘了骆晋，忘了骆晋怎么对你的？他现在坐牢，你迫不及待跟别的男人跑了。你的心呢？！""哥……"沈初晴颤声喊了声沈劲风。哥哥也骂她，从小到大，他从来没有凶过她。因为他们年龄相差8岁，哥哥一直很疼她，也宠着她。犯错了，他会替她扛。"你走出这个门，就没有我这个哥哥了。"沈劲风似乎在做最后的提醒和挽留。

沈初晴咬紧了唇，心里像堵了一块巨大的石头，快要透不过气来。陆旭紧握着她的手，缓缓地松开了。他舍不得她这么为难，舍不得看她难过。下一秒，却被沈初晴紧紧抓牢，抓得死死的，指甲没入了他的肉里。"对不起。"如今走到这一步，她亦是退无可退。刚出了沈家，就有辆车拦住了他们的去路。

"旭少，太太让我们请您和沈小姐回家。"从车上下来的男子毕恭毕敬地说。陆旭和沈初晴面面相觑。"我先回去，你到公寓等我。""旭少，太太有话，说今天务必将沈小姐也带回去。"男子伸手拦住了沈初晴的去路。"滚开。"陆旭怒了，一拳挥了过去。余下几名男子立刻围了上去：

"旭少，请不要为难我们。"那架势明摆着，他们不配合就算要动手绑过去了。

"算了，陆旭，我跟他们回去。"沈初晴拉住了陆旭。去见陆家的人，沈初晴知道是避无可避。由于时间太晚了，沈初晴在陆家休息了一晚。早上，得到了陆太太的召见一起共进早餐。陆母没有她想象中那么严厉，更没有那些富太太咄咄逼人的傲气。虽然年近半百，但时间在她身上沉淀下来的气质和高贵优雅，旁人是无法比拟的。现在看来，陆旭优秀容貌的基因，是遗传陆母的多一些。

她先前所担心的难堪和脸色，都没有发生，除了陆蘅像块冰一样，而他的妻子宁夏就像一个温柔如水的女子。除去，沈初晴带着骆晋前妻的标签，陆母对她这个人，并没有什么不满意的。"你们接下来，有什么打算？"陆母看向沈初晴，她不笑的样子还是有些严厉的。"妈。""我在问她话。"陆旭刚想说话，陆母就打断了他的话。"妈，有什么你冲我来，不要为难她。"陆旭不理会陆母的呵斥，拉起沈初晴的手，大有你们要是说什么难堪的话，起身就走的架势。

"你看看，我的儿子一个个都是有了媳妇忘了娘的白眼狼。"陆母对陆蘅说，"一个个的都想气死我，早知道，他们一出生就该把他们掐死。""你哪里舍得？"陆旭知道陆母骂他就代表事情还有余地。换句话说，她是无可奈何地接受了。"行了，不要拍马屁。"陆母笑了，却又忍住装作严厉呵斥道，"丑媳妇都要见公婆，你连媳妇都不给我们看，我要是不是派人找你们，你们是不是就要私奔去了？"

气氛缓和了下来，沈初晴知道，迫于无奈，陆家父母还是接受她了。天下做父母的，最终都会妥协给儿女。客厅硕大的液晶显示屏上，正播放着早间新闻。画面清晰，众多记者媒体围追着骆晋，沈初晴看到从法院出来的骆晋，神色疲倦憔悴直接被警察带进了警车内。

案件有岳峰当庭指证，他的罪名基本已经落实，只待三审判决下来，他面临的可能是 20 年的监禁。

"李嫂，去把电视关了。"陆旭厉声吩咐，他在桌下捏住沈初晴掐自己的手，她强力忍住不让自己失控。抬起头，她对上了陆蘅的目光，他笑得意味深长。一顿饭，吃得也算和谐。"哥，我有点儿事想跟你说。"陆旭和陆蘅进了书房。

陆母转而对她说："书房是他们男人说话的地方，你到我的房间里，我也有些话想问问你。"沈初晴随陆母进了房间，她拿出了一个精致的木盒，打开来是一枚老式的戒指，但上面镶着一颗红宝石璀璨耀眼，一看就知道价值不菲。"拿着。"陆母将戒指取下交到她的手中。"我不能要。"沈初晴立即缩回了手。"这是陆旭的太奶奶传下来的。要代代传给陆家的媳妇。按理说，传长不传幼，当年，陆蘅跟宁夏闹得也很大，我想着怕他们过不长久，所以戒指也没给她。今天，我把它给你，我的意思你明白吗？"陆母意味深长地审视着沈初晴。

她怎么可能不明白，陆母这是在警告她，既然嫁进了陆家，就应该好好地跟陆旭过日子。

"陆旭这个孩子，跟他哥哥不一样，重性情。但他们兄弟都是倔，认准的事就不会改变，为了你差点都跟家里翻脸。不是我心疼自个儿儿子，陆旭为你所做的，换作是谁都该感动了。这女人，最大的福气就是遇到一个真心爱你疼你的男人。我不管你以前怎么样，既然你踏进了陆家的门，就是我陆家的媳妇，有些道理和规矩我必须要跟你说。陆旭眼里只有你，他不清醒，我虽然年龄大了，但眼睛还是看得清。你也是个聪明的孩子，该明白做父母为儿女的心，谁要是伤害我的孩子，别怪我容不下她。"陆母一边说着话，就将戒指放在了沈初晴掌心。沈初晴听得真切。陆母这是在提醒她也是在警告她。她心里一颤，陆母慈爱的样子让她险些疏忽大意了，她怎么忘了，陆蘅精明狡猾城府之深，他母亲又会差到哪里去？

同一时间，陆家书房。"哥，你也看见了爸妈已经接受初晴，你就不要再针对她了。"陆蘅似是若有所思，没有说话，修长的手指有一下没一下地敲打着书桌。"哥，初晴为了我，已经跟家里闹翻了。"陆蘅轻笑了一声，笑声里夹杂着嘲弄。

陆旭面色沉下："我知道婚讯是你放出来的，你知道不知道，现在舆论和媒体都在指责她。""没错，婚讯是我放出来的。她既然选择了你，就应该想到这些，这也是她必须要承受的。她不是为了你，不惜跟家里人翻脸吗？这点流言蜚语又算得了什么？你以为我真的不知道你心里在想什么吗？"陆蘅说得云淡风轻。陆旭一愣，陆蘅竟然掌握了他的一举一动。

"你什么意思？妈都同意我们在一起了，你还想干什么？"陆旭觉得哥哥越来越偏激了。"我还能干什么？你终于如愿以偿，哥也替你高兴。"陆蘅拍了拍陆旭的肩，"哥就是希望，你能比哥幸福。""我明白。"陆旭回握了一下陆蘅的肩头。

沈初晴出了陆母的房间刚走到楼梯口，就听见陆蘅神色严谨地叮嘱佣人，我的书房是禁地，谁都不能进，尤其是沈小姐。她慌忙收起脚步，躲起来，侧耳细听。

"哥。"陆旭想说什么，但被陆蘅打断了。"那些重要的资料都在我书房的电脑里，这可是我们的命脉，一定要万无一失，等这次能成功收购鼎峰，才算大功告成。"这些话，一字不落传进了沈初晴的耳里。

二十九. 陪你一生的只能是我

沈初晴被陆母留了下来。订婚安排在一星期之后，却刚刚好是骆晋三审判决那天。期间，沈初晴几次三番想找机会进陆蘅的书房，结果都没成功。时间，很快就到了婚礼那天。所有宾客到来，陆家上下都在前厅招呼来客，没人会特别留意她。沈初晴清楚那是自己唯一的一次机会。

想了想，沈初晴拉起礼服用力一扯，昂贵的礼服上立即破了个洞，然后，沈初晴换好它，若无其事地走出房间。

"哎呀！礼服怎么破了，这是怎么回事？"一旁的化妆师眼尖首先发现了。"这可怎么好？仪式就要开始了。"其他的几个人闻声围住了沈初晴。"换一件，再去取一件，应该还来得及。"

从陆家到名门的时间，怎么也要半个小时以上回来，沈初晴知道自己必须把握好这个机会。现在所有人都在陆家的前厅，很容易就进到了陆蘅的书房。她的目光落在书桌的电脑上，电脑居然还是开着的，这真是省了她破译密码了。迅速将U盘和电脑连线，将所有的资料拷贝下来。一边竖起耳朵留意着外面的动静，狂跳的一颗心简直要从嗓子眼里蹦出来了。

电脑上显示着复制的百分比进度……92%，95%……99%……沈初晴比任何时候都觉得，时间如此漫长。

终于，100%。一切顺利！沈初晴攥紧手机，简直是感激涕零。太过顺利，反而让她惴惴不安。可来不及想那么多，现在，要做的是赶紧离开这里。刚出书房门，冷不防，沈初晴被突然冒出的黑影捂住了嘴巴强硬地拖回了书房。沈初晴慌乱中拼命挣扎。

"是我，不要叫。"说话的人，稍稍放松了手上的力道。但还是不敢完全放开。听到熟悉的声音后，沈初晴立刻停止了挣扎，看清了那人的面孔，瞪大了眼眸，那人竟然是陆旭。

"你……"沈初晴想问的话还没来得及出口，立刻噤了声，因为隐隐地，她听到了说话声，说话的人正是陆蘅，而且声音越来越近，朝书房而来。沈初晴吓得魂不附体。

怎么办？现在进也不是，退也不是，等于被抓了个现行。

沈初晴慌了，她被抓住无所谓，关键是手里的资料。迅速打量书房，连一个可以藏身的地方也没有。她的手控制不住地在发抖。

"跟我来。"陆旭的手不知道碰到了哪里，他们身后的墙壁居然开了。原来，那堵墙壁竟然是伪装的门，里面是个密室。陆旭先把沈初晴推了进去，然后自己闪身躲了进去。门缓缓地关上的那一刻，书房的门也被推开了。沈初晴屏住呼吸不敢动，不知道这间密室有什么装置，外面的人说话她听得很清楚。

"老板，事情解决了，他的妹妹，我们已经找到了。"说话的应该是陆蘅的下属，他是在询问老板的意思。"一起解决了，送他们兄妹去团聚。"陆蘅说得好像吃饭喝茶一样简单。

电光火石的瞬间，沈初晴听明白陆蘅的话，他口中的兄妹是岳峰兄妹俩，他说的解决？难道是杀了他们？沈初晴脑袋轰的一声，惊大了眼眸看着陆旭险些叫出声来。幸好，陆旭手快，迅速捂住了她的嘴。

他们发出任何声响，都会被发现。"另一件事，办得怎么样了？"陆蘅又问。"放心，老板，我已经在监狱里安排好了人，这次一定把骆晋给解决掉，再弄成他畏罪自杀的假象。"

"记着，事情要做得干净利落。""明白，老板。"他们说的杀个人，好像就是吃个家常便饭那样简单。

沈初晴再也控制不住浑身的颤抖，尽管咬破了陆旭的手，他死死地抱住她不敢有一丝松懈，如果被陆蘅发现，她就必死无疑了。可是，门忽然被打开了。两个人无所遁形。

"陆蘅，你这个浑蛋。"在陆旭一愣的瞬间，沈初晴终于挣脱了他的手。同一瞬间，有几个人迅速冲上去用钳制住了陆旭，其中一个人从背后击昏了陆旭，然后将他拖到陆蘅旁边的沙发上。

陆蘅好像一点也不意外，他端起面前的一杯茶慢慢品了一口，"把旭少送上飞机。"

"你要送陆旭去哪里？"陆蘅这才抬眼看向沈初晴。"与你无关。"

沈初晴看着他们将陆旭带了出去，"你，这都是你设计好的，你故意让我听见你们说话？"听他的口气根本就是意料之中，那么，电脑里的资料那就是假的了。她有些慌，她那么费尽心思，原来还是被识破了。

"可惜你让我失望了。"陆蘅微微挑眉微笑着，胜券在握的模样让沈初晴压制不住的心慌意乱。"你早就知道我的目的？"事到如今，沈初晴也没有什么好怕了。陆蘅则是嗤之以鼻，扫了陆旭一眼拍了拍他的手臂：

"你以为陆旭就不知道吗？他不过在自欺欺人罢了。沈初晴，你的演技真不怎么样？你的那点小伎俩，在我眼里不过是小儿科。"沈初晴稳了稳心绪，"那你准备怎么处置我？"

"我不会杀你。"陆蘅抬抬下颏，他的手下拿出了一只注射器："这是新型的毒品，会让人亢奋产生幻觉，我加大了剂量到时候你一个不小心一个意外，那就……"

沈初晴垂眸凝着那只注射器，他是要制造自己吸毒出现意外死亡的假象，她深深地吸了一口气，抬头直视陆蘅，"在死之前我想问你几件事，也算死个明白。""可以。"陆蘅倒是很有耐心。"陆蘅，产品添加剂的事，是你买通人陷害鼎峰的吧。"沈初晴问话的同时悄悄将手机拨通了某人的号码。"是。""鼎峰的案子被抢，也是你收买的岳峰。""对。"陆蘅回答得很干脆。"工地上的事故，和那些人闹事也都是你在背后指使的？"

"没错。"陆蘅摊开了双手，坦诚不惧笑道，"一切都是我做的。不过，沈初晴，知道真相的人都要死。"说到这里，陆蘅的目光变得阴鸷，"这次，陆旭也救不了你。"

"呵。"沈初晴笑得无所畏惧，"既然被你发现，我就没打算能活着。""好。你有勇气，也很聪明，陆旭也算没看错你。就算让陆旭恨我一辈子，我也不会让你害了他，毁了整个陆家。""陆蘅，你会为你所做的付出代价的。"他们刚才说的话，想必成铭赫已经完整录音了。有这个作为证据，足够救骆晋，她也算死得值得了。陆蘅扬手举起了枪，枪口对准了沈初晴的额头，而后又缓缓下移到她的手臂，"拿出来。"

沈初晴慢慢将藏在身后的手机拿了出来。陆蘅毫不犹豫地扣动了扳机。

"砰……"

下一秒，子弹准确无误击中了沈初晴手握着的手机。手机一下四分五裂，强大的力道震得她手掌发痛，但手机的碎裂也划破了她的手掌。仅差一丁点，子弹射穿的就是她的手。

这是她人生中第一次亲耳听见枪响，若说不惊魂，那是假的。过了几秒，沈初晴才缓缓睁开了眼睛。

"把我们的对话录了音是吗？传给了谁？"陆蘅的枪口指向沈初晴的脑袋。沈初晴无所畏惧地迎上他冰冷的目光："你怕了？""怕？"陆蘅嘲讽地一笑，"所以说你幼稚，你以为引我说出真相，就能当作证据救骆晋吗？你太天真了。整个陆家这里我都已经屏蔽了信号，你什么东西也发不出来的。"

沈初晴脚下一个踉跄，脸色又难看了几分，陆蘅果然是老奸巨猾。"现在你可以死得明白了吧。"陆蘅手下的几人个个枪洞都指着沈初晴脑袋，还有两个人挡在了陆蘅身前，防止她有任何妄动的行为，有两人向她走过去。如果说不怕，那是假的。沈初晴本能地后退，可是身后的人立即钳制住她，一点也动弹不得。

她真的逃不过这一劫了吗。就在千钧一发的时刻，突然，有人闯进了书房疾步走向陆蘅，附耳不知说了什么。沈初晴看见陆蘅剑眉微蹙，面若冰霜的脸，看不出一丝端倪。

"把她带过去。"陆蘅走过她身边的时候，停了一下，"别想玩什么花样？我就是让你亲眼看看，骆晋和他一手创建的鼎峰，是怎么被我毁了！"

沈初晴被塞进车里带到了一个拍卖会上。原来是鼎峰名下资产在拍卖。鼎峰这样的上市企业，就算收购也需要有一定的实力，大多小公司的老板不过是来应应景看看热闹。这里唯一有这样实力的毫无疑问，只剩下旭日了。陆蘅稳操胜券的姿态，让沈初晴恨不得将他碎尸万段，"嘘……安静。"陆蘅侧过脸看着她，修长食指放在唇上，笑得邪魅。

可是，偏偏冒出成铭赫，他一再抬价。价格已经飙到了98亿5千万。"98亿5千万，第一次，有没有出价更高的……""100亿……""100亿，第一次，第二次，第三……眼看着主持人举起的小锤就要落下。

"200亿。"突然，会场传出一个沉稳清晰的男声。众人皆诧异地看向声音的来源。只看见，一个男子信步走入会场，映入眼帘的是一张如雕如刻的五官，穿着暗蓝色的西装，从容不迫的姿态散发着卓尔不群的气势。那熟悉的面孔，不是骆晋，又是谁？

他不是应该在监狱吗？众人哗然。沈初晴猝不及防，被人一扯带离陆蘅的控制范围。

"晴姐，跟我走。"竟然是岳峰。骆晋身后跟着几个穿着藏青色制服的人，他们直径走到陆蘅面前亮出证件。

"陆先生，我们是商业犯罪调查科的……"原来，骆晋早就察觉了陆蘅的阴谋，从他威胁岳峰的第一次开始，他就知道。岳峰是谁，是他一手带出来的，他的细微变化，怎么能逃得出他的眼睛？所以之后的一切，他就将计就计，为了沈初晴的安全，他才一再对她说那么无情的话，故意伤她，把她推到陆旭的身边。因为他知道，陆旭拼了性命也会护她的安全。沈初晴望着他，千言万语都无法形容。他这次将计就计，收集了足够的证据。陆蘅供认不讳，一力认下所有罪名，而陆旭早已在飞往英国的飞机上了。

一切尘埃落定。

沈初晴久久地望着，湛蓝的天空，云缓慢地流动，他在地球另一端可好，她还欠他一个解释，欠他那么多……骆晋注视她了很久，初晴，陪你一生的只能是我！将那封信递给她。没有署名，只有一行字：如果有下辈子，我一定在他之前找到你。她的眼泪滴落在信上，泪珠晕染了陆旭刚劲有力的字迹。她欠他的，这辈子是还不清了。

三十．今生相逢，只为住进你心里

三个月后。

沈初晴还在奇怪，成铭赫和景颜的婚礼办在私人牧场，连同他们孩子的满月宴，简单而隆重。看着他们一家三口，忽然有种恍如隔世的感觉，他们终于在一起了。于悦接受最好的心理治疗，终于放下了心中的执念。一切，似乎都回归它应有的轨道。

宴会开始有些时间了，沈初晴环视了一圈仍没有发现骆晋的踪迹。忽而，听到马蹄声。

宴会上所有人本能地回头一探究竟，一匹黝黑的骏马飞驰而来，所过之处烟尘纷腾，直冲着会场而来，这马儿的速度太快，一时间根本无法看清策马之人是谁。只听得宾客们惊叫连连，四下逃散。

"吁！"

马上的人娴熟地勒住了缰绳，一番嘶鸣下，黑色马前蹄腾空，最后稳稳地停在红毯的起点。"不好意思各位，我迟到了。"一身白色骑马装的骆晋微笑着拍了拍坐骑的脖子以示奖励，完全无视一干被他的惊险亮相吓得半死的宾客。

骆宝！

骆晋身下这匹高大威猛色泽鲜亮、通身看不到一根杂毛的名驹，是她当初学骑马的时候，骆晋送给她的，名字还是她取的。

沈初晴伸手抚摸它的脑袋，骆宝认出了主人一反方才的狂野不羁，高兴地晃了晃脑袋。忽然，沈初晴仰起头瞪着还不准备从马上下来的骆晋。"你该不是要把我的骆宝送给成成吧？"成成是成铭赫的儿子。骆晋笑笑挺直身子，收起笑容，神色凝重端立马上，字字清晰地说："各位，我有件事要宣布，希望亲友们做个见证。"

全场鸦雀无声。

"我，骆晋，在此正式向沈初晴女士求婚。"一只有力大手不失半分优雅地伸到目瞪口呆的沈初晴眼前，"骆太太，我保证，从今以后，只对你一个人好。不骗你，答应你的每一件事，都要做到。对你说的每一句都是真心。你开心的时候，陪你开心。你不开心的时候，哄你开心。永远觉得你最漂亮，做梦都会梦见你。在我的心里，只有你。"

一瞬间，时间仿佛都静止了。

这么俗气的表白，可沈初晴的心满满当当地被一种叫作幸福的东西充斥着，经历了那么多事，他们兜兜转转又回到了原点，泪水不受控地簌簌而落，是感动，是感慨……各种的情绪交缠在一起，那种感觉无法用任何语言描述。

"答应他。"

"答应他……"

宾客们已经替她着急。

骆晋保持着看似潇洒其实费劲的 poss，等待她的回应。她喜欢浪漫，他就给她一个特别而终生难忘的求婚。

沈初晴哭笑不得，"两次都嫁给同一个人，是不是太亏了？"

"沈初晴，这辈子只能是我一个人的。"骆晋探身大手一捞，已将她带上马背。

唔……

沈初晴想反驳，可余下的话被封在情意绵绵的吻里了……